언제나 일요일처럼

언제나 일요일처럼

떳떳하게 게으름을 즐기는 법

톰 호지킨슨 지음
남문희 옮김

P 필로소픽

목차

프롤로그

게으른 혁명에 즐겁게 동참하시라! ◆ 8

◆

아무것도 하지 않는 것은 세상에서 가장 어려운 일이자
가장 지적인 일이다.

오스카 와일드

◆

게으른 혁명에
즐겁게 동참하시라!

나는 게으르게 사는 것이 좋다. 이 책은 게으름에 찬사를 보내는 동시에, 참으로 많은 이들을 옭아매어 노예 같은 삶을 살게 한, 서구의 일 중독 문화에 공격을 가하기 위해 탄생했다. 그러나 오스카 와일드 Oscar Wilde가 갈파한 대로, '무위無爲'라는 것은 말처럼 쉬운 게 아니다. 우리 주변에는 우리가 무슨 일이든 하지 않고는 못 배기도록 부추기는 사람이 너무나 많기 때문이다.

이에 나는 지난 3천년간의 철학, 소설, 시, 역사서에서 게으름에 관련된 글귀들을 추려내 나름의 본보기를 만들었다. 그리고 이를 우리 게으름꾼들이 정신적 탄약고로 삼아, 앞서 말한 일과의 전쟁에 나섰을 때 당당히 맞설 수 있도록 했다. 또 한편으로 우리는 역사상 손꼽히는 골수 게으름꾼들의 존재를 확인함으로써, 우리와 같은 생각을 가진 이들이 분명히 존재해왔다는 사실을 확인하게 될 것이다.

게으르게 산다는 것은 자유롭게 산다는 것과도 같다. 이것은 '맥도날드를 먹을까, 버거킹을 먹을까', 또는 '볼보를 탈까, 사브를 탈까' 하는 정도의 자유보다 훨씬 더 포괄적인 의미를 가진다. 직장, 상사, 월급, 출퇴근, 소비, 부채의 부담에서 벗어나 자유롭게 영위하는 삶다운 삶, 바로 그것을 말한다. 게으름이라는 것은 곧 재미, 만족 그리고 기쁨을 가리키는 말인 것이다.

지금 세상은 새로운 혁명의 탄생을 앞두고 있다. 거기에 동참하기 위해 우리가 해야 할 일이란 '아무것도 없다'. 그러므로 자유를 갈망하는 이들이여, 동참하시라. 게으른 삶이란 이 세상이 겪어본 것 중에서 가장 즐거운 혁명이 될 것이 틀림없으므로.

영국의 어느 즐거운 게으름뱅이가

왜 벌떡
일어나는가?

◆

만사에 게으름을 피우자.
사랑하고 술 마시고 게으름 피울 때만 빼고.

고트홀트 에프라임 레싱

◆

미국의 일벌레 합리주의자이자 대표적인 근면 지상주의자인 벤저민 프랭클린Benjamin Franklin. 그는 1757년, 청교도적 이상이 세상을 지배하던 시절, 사람은 일찍 자고 일찍 일어나야 건강하고, 부유해지며, 지혜로워진다는 너무나 위선적이고 진부한 금언들을 대중에 보급하고 장려했던 인물이다. 그렇게 함으로써 세상 사람들의 삶을 얼마나 비참하게 망쳐놓았는지, 프랭클린 자신은 알고나 있었을지 궁금하다.

우리는 아주 어릴 때부터 아침에 눈을 뜨자마자 최대한 빠르고 기운차게 침대에서 튀어나가 어떤 유익한 일을 시작해야 한다는 도덕적 통념에 짓눌려 살아야 했다. 참으로 슬픈 현실이 아닐 수 없다. 나 또한 어린 시절 '어서 일어나라'는 어머니의 잔소리를 매일 아침 들으며 자랐다.

그럴 때마다 나는 그 고함 소리를 애써 무시하고, 가물가물 사라지는 꿈을 놓치지 않으려 눈을 감은 채 더 없이 나른한 행복 속으로 빠져들었다. 하지만 그 순간 다른 한쪽 머리로는, 아침 먹고 학교로 달려가 조회 직전에 도착하기까지를 얼마나 빠른 시간 안에 해낼 수 있을지 자동으로 계산하곤 했다. 침대에서 뭉갤 시간을 조금이라도 더 벌기 위해서였다. 게으름을 피우기 위한 나름의 노하우를 나는 그렇게 일찌감치 갈고 닦아야 했다.

하지만 부모님은 부지런한 생활 습관에 대해 귀가 닳도록 잔소리를 하셨고, 학교 숙제는 점점 더 어려워져 갔다. 나는 일찍 일어나야 한다는 의무감을 도저히 떨칠 수가 없었다. 그런 감정은 이십 대 초반까지 계속되었다. 아침마다 벌떡 일어나지 못하고 시간을 허비했다는 이유로, 몇 년 동안이나 지독한 자기 환멸에 빠져 살았던 것이다.

대학 시절엔 반드시 여덟 시에 일어나리라 굳게 결심하고는, 복잡한 알람 시스템을 고안해낸 적도 있다. 나는 타이머 장치를 사서 커피 메이커와 오디오에 각각 연결하고, 시간은 일곱 시 오십 분으로 맞춰 놓았다. 오디오에는 내가 가진 음반 중에서 제일 시끄러운 라몬즈◆의 〈이츠 얼라이브〉를 걸어놓고, 볼륨도 귀가 찢어질 듯한 최대 크기로 키워놓았다. 이 앨범은 공연 실황을 녹음한 것이라서 첫 곡부터 떠나갈 듯한 관중들의 함성이 흘러나왔다.

그렇게 설정해둔 시간에 맞추어 오디오는 아침마다 자동으로 작동되었다. 거기에서 함성과 환호성이 흘러나오면 퍼뜩 깨어나 얼른

◆ The Ramones. 1974년~1996년까지 활동한 미국의 4인조 펑크 록 밴드. 이하 모든 주는 옮긴이 주이다.

볼륨을 줄여야 했다. 그렇지 않으면 디 디 라몬Dee Dee Ramone의 "원 투 쓰리 포!" 하는 고함 소리와 함께, 볼륨을 최대한 키워놓은 〈로커 웨이 비치〉의 요란한 오프닝 선율에 기습을 당해야만 했다.

내 계산에 따르면, 잠에서 화들짝 깬 나는 얼른 오디오 볼륨을 줄 이고 이어서 커피를 마시며 졸음을 몰아내면 되는 것이었다. 그러나 그 작전은 절반의 성공밖에 거두지 못했다. 나는 관중의 함성 때문 에 일단 침대에서 뛰어나와 비틀거리며 오디오로 달려가기는 했다. 그러나 그 이후의 상황은 작전과 달랐다. 오디오를 끄고 나면 커피 는 무시한 채, 다시 포근한 침대 속으로 파고들게 되는 것이었다. 그 러다가 열 시 삼십 분이 넘어서야 서서히 정신이 돌아오기 시작했고, 침대 속에서 계속 꾸물대다 보면 열두 시가 가까워지곤 했다. 결국 쓰라린 자기혐오가 스물스물 다시 내 머릿속을 파고들고 말았다.

그렇게 몇 년 지나지 않아 나는 마침내 아주 중요한 사실을 깨달 았다. 나태한 습관이 주는 쾌락과 죄책감 사이에서 갈등하는 것이 나 혼자만이 아니라는 것이었다. 그것을 주제로 한 문헌도 많았다. 대부 분 무척 유쾌하고 재미있는 글들이었다.

빅토리아시대의 유머 작가 제롬 K. 제롬Jerome Klapka Jerome은 1889 년 《게으르게 살아가면서On being idle》라는 제목의 에세이를 발표했 다. 다음의 구절을 읽고 내가 얼마나 홀가분해졌을지 상상해보시라.

아! "오 분만 더!" 하면서 일어나는 걸 포기하고 다시 잠드는 순간은 얼 마나 달콤한가. 주일학교 설교에나 등장하는 인물 말고, 제 스스로 잠자 리에서 벌떡 일어나는 인간이 정말 몇이나 되는지 궁금하다. 세상에는 적절한 시간에 기상하는 게 불가능한 사람들이 있다. 아침 여덟 시에 일어나야 한다면, 그들은 여덟 시 삼십 분까지 일어나도 된다고 둘러댄다. 설사 기상 시간이 여덟 시 삼십 분으로 늦춰진다 해도, 아홉 시나 되어야 일어날 수 있다. 늘 삼십 분씩 꼬박꼬박 늦는 것은 흡사 정치인과도 같다. 이들은 깨어나야 할 시간에 깨기 위해 별의별 방법을 다 동원한다. 알람 시계(걸맞지 않은 시간에 걸맞지 않은 사람을 깨워 놓는 기묘한 발명품)를 구입한다거나 … 내가 아는 사람 중에는 잠을 몰아내려고 눈 뜨자마자 냉수 목욕을 하는 사람도 있다. 그러나 그 방법조차 아무 소용이 없었다. 언 몸을 녹이려고 다시 침대로 뛰어들었기 때문이다.

내가 편집을 담당하고 있는 잡지 《아이들러Idler》의 기고가 중에 루이스 서루Louis Theroux라는 자칭 게으름뱅이가 있는데, 그는 자기 친구에게서 힌트를 얻어 다음과 같은 기상 작전을 실천한 바 있다고 했다.

"나의 작전은 이거였어. 차가운 커피 한 잔과 프로플러스◆ 알약을 침대 옆에 준비해두는 거야. 알람은 원래 일어나야 되는 시간보다 삼십 분 일찍 맞춰놓고, 알람이 울리면 즉각 꺼버린 다음, 커피와 알약을 먹고 다시 잠을 자. 삼십 분 후면 카페인과 알약의 엄청난 효력 때문에 눈이 저절로 떠지는 거지."

잠이란 너무나 강력한 유혹이라서 인간은 어떤 끔찍한 기계를 발명하고야 말았다. 바로 알람 시계다. 망할! 어떤 저주받을 발명가가

◆ Pro Plus. 영국에서 판매되는 자연 허브 성분의 음경 확대 약품

게으름의 두 강적, 즉 시계와 알람을 하나로 합쳐놓을 생각을 했단 말인가. 아침마다 행복하게 꿈나라를 여행하던 사람들이 귀를 찢을 듯한 소음에 의해 잠자리에서 떠밀려 나오고 있다. 알람 시계는 이른 아침 지극히 만족스러운 꿈속에 빠져 있던 우리를 억지로 끌어내, 책임과 의무의 굴레를 뒤집어쓴 일꾼으로 뒤바꿔버린다.

그런데도 우리 손으로 알람 시계를 직접 구입하고 있으니 참으로 어이없는 일이다. 힘들게 번 돈으로 우리들 하루의 시작을 불쾌하게 망쳐놓는 장치를 구입한다는 건 정말 앞뒤가 안 맞는 일이 아닌가. 또한 우리의 시간을 구입한 고용주 입장에서 봐도, 그렇게 불만스럽게 하루를 시작하는 게 회사를 진정으로 위하는 길이라 할 수 있을까?

물론 시끄러운 경고음 대신 라디오 DJ의 수다로 잠을 깨우는 알람 시계도 있지만, 그게 더 낫다고 말할 수 있을지는 잘 모르겠다. DJ의 실없는 농담과 과장된 활기는 잠시나마 청취자의 기분을 전환시키고, 기분 좋게 하루를 시작하게 하려는 의도일 것이다. 하지만 나는 오히려 그게 더 짜증스럽다. 심각하고 진지한 존재적 상념에 빠져 있을 때 다른 사람이 떠드는 소리보다 더 듣기 거북한 것은 없다. 지상 최고의 게으름꾼인 내 친구 존 무어John Moore는 아침에 아내가 깨우려고 할 때마다 이렇게 말한다고 한다.

"일어날 만한 일이 있으면 그때 일어날게."

잠 깨우기 라디오 프로그램 중에서도 〈투데이〉는 대표적인 '잘난 체' 버전이라 할 수 있다. 〈투데이〉는 그날의 사고 및 재난과 관련된 주제를 놓고 매우 진지하게 토론하는 프로그램이다. 대부분의 다른 나라에서도 아침 첫 뉴스로 심각한 보도를 내보내는 경우가 많을 것이다. 이는 분노나 불안 같은 부정적인 감정을 자극하는 효과를 가져온다. 결과적으로 많은 청취자들은 그런 뉴스에 귀를 기울이는 게 마치 세상을 개선하기 위한 의무라도 되는 양, 귀를 쫑긋 세우곤 하는 것이다. 오, 의무란 얼마나 버거운 굴레인가!

라디오 방송국에서 뉴스를 내보내지 않으면 결코 안 되는 걸까. 나는 운전 중에 종종 라디오로 클래식 음악을 감상하는데, 헤드라인 뉴스라는 방해꾼이 갑자기 등장해 판을 깨버리는 경우가 있다. 따분한 현실이 내 기분 좋은 환상의 세계를 침범하고 들어오는 것은 정말 참기 힘든 일이다. 이런 프로그램으로 인해 많은 사람들은 하루를 고통으로 시작하게 된다. 그냥 잊어도 좋을 세상 소식들을 뉴스를 통해 새삼 확인하며, 눈 뜨자마자 침울한 현실 속으로 끌려나오는 것이다.

알람 시계가 울리고 나면, 이제부터는 미스터 켈로그가 우리를 주눅 들게 할 차례다. 콘플레이크 포장에 적힌 "어서 일어나!" 하는 문구부터 벌써 훈계 투다. 콘플레이크 같은 시리얼이 우리 몸에 어떤 영향을 미치는지, 텔레비전 광고에서 묘사해놓은 것을 보라. 게으른 사람한테 놀라운 마력을 불어넣어서 열심히 일하게 만든다는 식이다.

광고에서는 꺼벙하고 면도도 하지 않은 게으름뱅이(악)가 시리얼의 힘으로 마치 마술처럼 원기와 의욕(선)에 가득 찬 씩씩한 직장인으로 변모한다. 들리는 말에 따르면, 켈로그를 만들어낸 장본인 W. K 켈로그W. K Kellogg는 금욕적인 건강 광이라서 섹스도 하지 않았다고 한다(관장을 더 선호했단다). 그런 사람이 우리더러 이러쿵저러쿵 하루의 시작을 훈계하고 있는 것이다.

현대의 문명사회는 여가와 휴식 등 우리가 원하는 것은 무엇이든지 주겠다고 갖은 약속들을 늘어놓지만, 대부분의 사람들은 스스로 선택하지도 않은 스케줄에 얽매여 여전히 노예처럼 살아가고 있다. 왜 우리는 이렇게밖에 살지 못하는가. 그 뿌리는 아주 오래전으로 거슬러 올라간다. 아담과 하와의 타락 이후, 안티 게으름 세력들이 계속 주도적인 영향력을 행사해왔기 때문이다. 2천 년 전에 씌어진 성경에도 늦잠에 대한 반감이 뚜렷이 드러나 있다. 잠언 6장을 보면 늦잠의 해악에 관해 이렇게 이야기한다.

> 게으른 자여, 개미에게로 가서 그 하는 것을 보고 지혜를 얻으라.
> 개미는 두령도 없고 간역자도 없고 주권자도 없으되
> 먹을 것을 여름 동안에 예비하며 추수 때에 양식을 모으느니라.
> 게으른 자여, 네가 어느 때까지 눕겠느냐 네가 어느 때에 잠이 깨어 일어
> 나겠느냐.
> 좀 더 자자, 좀 더 졸자, 손을 모으고 좀 더 눕자 하면
> 네 빈궁이 강도같이 오며 네 곤핍이 군사같이 이르리라.

성경에 기록된 신의 목소리는 계속 침대에 누워 있기만 한다면 그 대가로 가난하고 주리게 될 거라고 경고한다. 게으름은 죄이며 죄의 대가는 사망이라는 것이다. 이렇게 기독교는 잠에 대한 죄의식을 줄기차게 전파해왔다. 위의 구절만 해도 도덕주의자, 자본가, 관료들이 '신은 우리가 늦게 일어나는 걸 몹시 싫어한다'라는 통념을 각인하기 위해 대중에게 휘두른 곤봉 역할을 해왔다. '시간을 낭비하지 말라'고 외치는 안티 게으름꾼들의 구미에 딱 들어맞는 구절인 것이다.

18세기 중반에 활약하면서 수많은 저작물을 남긴 작가 Dr. 존슨Dr. Johnson은 그럴 필요가 전혀 없어 보이는 데도 불구하고, 자신이 게으르다고 생각해 괴로워했다. 그는 29세 때 쓴 일기에 "오 주여, 제가 나태하게 흘려버린 시간을 되찾게 하옵소서"라고 적었다. 그러나 20년 후에도 상황은 전혀 개선되지 않았다. 그는 '여섯 시에는 무슨 일이 있어도 꼭 일어나겠다'는 결의를 새삼 밝혔지만, 다음 해에도 여전히 실패하고 말았다. 결국 그는 다음과 같이 새로운 해결책을 세운다. "나는 여덟 시에 일어나기로 계획을 세웠다. 물론 그 시간에도 일어나지는 못하겠지만, 어쨌든 지금 내가 일어나는 시각보다는 훨씬 빠를 것이다. 사실 나는 오후 두 시까지 누워 있을 때가 많다."

신앙심이 독실하고 우울한 기질이 있던 존슨은 자신의 게으름을 수치스럽게 여겼다. 그러나 그의 게으름 때문에 다른 어떤 사람이 고통을 받았는가? 그 때문에 누군가가 목숨을 잃기라도 했는가? 그의 게으름 때문에 하지 말아야 할 행동을 하게 된 사람이 있던가? 아니지 않은가!

18세기 말엽과 19세기에 들어서면서, 노동자계급 사이에 일찍 일어나는 문화를 보급하려는 풍조가 새로이 조성되었다. 1775년 J. 클레이턴J. Clayton 목사는 《빈자들에게 보내는 친절한 충고Friendly Advice to the Poor》라는 책을 발간했다. 이 책에서 그는 노동자들이 일찍 일어나는 습관을 들이면 거리에서 말썽 부리는 일이 없어질 거라는 주장을 펼쳤다. 그 내용은 다음과 같다.

"일찍 일어나는 버릇을 들여놓으면, 빈자들은 시키지 않아도 저절로 일찌감치 곯아떨어질 것이다. 그럼으로써 한밤의 폭동을 사전에 예방할 수 있다.”

한편 감리교 목사 존 웨슬리John Wesley는 매일 새벽 네 시에 일어났던 인물로, 〈일찍 일어나야 할 의무와 보람〉이라는 제목의 설교문을 작성했다. 그는 침대에서 오래 뭉기적대는 건 건강에 해롭다고 주장했는데, 꽤나 과학적인, 하지만 다소 우스꽝스러운 근거를 내세우고 있다. “따뜻한 이불에 너무 오래 파묻혀 있으면 살이 마치 푹 익힌 것처럼 힘없이 늘어져버리고, 신경들도 상당히 약해진다.”

1830년 낭만주의 여류 시인 해나 모어Hannah More는 〈일찍 일어나기〉라는 시를 발표했다.

너 조용한 살인자 나태함이여, 더 이상은

내 마음을 가두지 말지어다.

너로 인해 또 다른 시간까지 허비케 하지 말라.

너 중대한 죄악, 잠이여.

매우 직설적으로 잠을 공격한 시다. 모어는 나태함이 일곱 번째 대죄악(본래 일곱 번째 대죄악은 슬픔이었다)이며, 시간의 살인자이며, 게으른 사람의 마음을 감금해버리는 요물이라고 주장했다. 아마도 그녀는 잠과 싸워야 했던 사람이었을 것이다. 잠을 떨쳐버리기 위해 단호한 의지로 전쟁을 벌여야 했던 게 틀림없다.

그러나 그녀의 주장은 명백한 난센스다. 잠은 친구이지 죄악이 아니기 때문이다. 잠은 우리의 마음을 가두지 않는다. 오히려 미처 깨어나지 못한 상태에서 잠의 여운을 음미할 때, 우리의 정신세계는 한없이 너른 자유를 구가하며 상상의 날개를 펴곤 한다. 수면과 비수면 사이의 달콤한 공간에서만 맛볼 수 있는 창조적인 즐거움, 그 독창적인 쾌락을 누리기 위해 우리는 자꾸만 다시 눈을 붙이려고 하는 것이다.

사실 '독창성'이란 새로 부상한 자본가 계급이 좋아할 만한 용어가 아니었다. 산업혁명의 주창자들은 지루하고 획일적인 노동을 통해 얻는 이득을 대중들에게 설득할 필요가 있었기 때문이다. 예를 들어 빅토리아시대의 작가 새뮤얼 스마일스Samuel Smiles의 저서에는 '자조自助', '검약', '의무'라는 제목들이 붙었고, 그와 관련된 훈계들이 가득 채워져 있었다. 청결, 질서, 검소한 살림살이, 시간 엄수, 자기희생, 의무, 책임. 이렇게 자기를 부인하는 덕목들은 도덕주의자, 작가, 정치인들이 연합한 정교한 네트워크에 의해 널리 전파되었다.

그렇다면 현재의 우리들 상황은 어떤가. 근면을 강요하는 사고에서 멀리 벗어나 있다고 믿는 사람들은 아무 잡지나 펼쳐 들고 '당신의 라이프 스타일은 몇 점인가?' 하는 제목의 기사들을 읽어보라. 그런 종류의 글에서는, 더 많이 일하고 더 많은 능률을 낼 수 있다는 다양한 전략들을 거만을 떨며 독자들에게 주입하고 있다. 또한 그런 전략들 대부분은 많은 돈을 소비하도록 부추기는 것들이다.

수많은 남성용, 여성용 잡지들은 독자들이 자기 신체에 대해 더 불만을 갖게 만들어서 헬스클럽이라는 이름의 현대판 고문실로 보낸다. 우리들은 일터에서 하루 종일 힘들게 일한 것도 모자라 새벽부터, 또는 밤늦도록 트레드밀 위에서 헉헉대며 달리는 것이다! 그것도 아까운 돈을 써 가면서 말이다. 각종 운동 기구들의 광고를 보면, 마치 마네킹처럼 완벽한 몸매를 갖게 될 거라는 암시와 함께 그렇게 되려면 아침 일찍 일어나 운동을 해야 한다는 내용도 간접적으로 포함돼 있다.

일찍 일어나는 것은 너무나 부자연스러운 행동이다. 오히려 반쯤은 깨고 반쯤은 자는 상태로 침대에서 뭉개는 것(학자들은 이것을 최면 상태라고 부른다)이 건강과 행복에 훨씬 더 긍정적인 영향을 미친다. 예를 들어 아침 시간 삼십 분 정도를 침대에서 뭉개다 보면, 그날의 일과와 해결해야 할 문제들에 대비하는 데 큰 도움이 된다. 이것은 내가 좋아하는 철학자 린위탕Lin Yutang의 주장이기도 하다.

린위탕은 20세기 초반에 활동한 중국계 미국인 작가로서, 미국인들에게 고대 중국의 여유로운 생활 철학을 전파하기 위해 많은 노력을 기울였다. 그는 그런 생활 방식을 가리켜 '자유와 무심함', 그리고 '지혜롭고 유쾌한 생활 철학'이라고 표현했다. 1938년 출간된 저서 《생활의 발견》에서 린위탕은 침대에서 보내는 시간에 관해 한 장에 걸쳐 설명하고 있다. 여기에서 그는 인간다운 삶을 추구하는 사람이라면, 일찍 일어나는 걸 거부해야 한다고 권고한다.

여덟 시까지 침대에서 빈둥거린다 한들 뭐가 문제가 되겠는가. 침대 곁의 탁자에 두었던 담배를 여유롭게 만끽하고, 이 닦으러 가기 전에 그날의 모든 문제들을 찬찬히 떠올리며 사색하는 일은 멋지지 않은가. 이렇게 편안한 상태에서 우리는 전날의 성과와 실수를 곰곰이 짚어보고, 그날의 일과 중에서 중요한 것과 그렇지 않은 것을 가려낼 수 있다. 아홉 시 정각에 회사에 도착해서 노예 부리듯이 부하 직원을 감시하고 하릴

없이 나머지 시간을 때우기보다는, 차라리 정각 열 시에 도착해서 자기 시간의 주인이 되는 편이 낫다.

나 역시 반쯤 깬 상태로 침대에 삼십 분 더 누워 있으면 삶을 좀 더 효율적으로 만들 수 있겠다는 생각을 한 적이 있다. 시인 존 쿠퍼 클라크 John Cooper Clarke를 인터뷰하던 도중이었다. 클라크는 자신의 게으른 아침 시간을 그날 뭘 입을지를 결정하는 데 쓴다고 말했다. 옷장을 살피며 스타일, 색상, 질감에 따라 다양하게 옷들을 조합해보는 것이다. 그러는 동안 그의 정신세계는 자유롭고도 상쾌하게 날개를 활짝 펼친다. 옷을 고르느라 약간의 정신적 수고를 투자하는 것은 '성실한 시민의 의무'처럼 따분하고 부담스러운 게 결코 아니다.

신랄하고 명석하면서도 인간미가 넘치는 저널리스트 G. K. 체스터턴 G. K. Chesterton은 '일찍 일어나는 건 선량한 일이고, 침대에서 뭉개는 건 도덕적으로 나쁘다'라는 인식에 비판을 가한 또 한 명의 작가다. 그는 자유론적인 시각에서 주장을 펼쳤다. 즉 우리가 일어나는 시간은 개인적인 선택의 문제여야 한다는 것이다. 1909년 저서 《침대에 누워 On Lying in Bed》에서 그는 다음과 같이 말했다.

"우리 사회는 침대에서 뭉개는 습관에 대해 흔히 위선적이고도 불건전하다는 시각을 보낸다. 일찍 일어나는 것을 의무로 보지 말고, 각 사람에 따른 취향의 문제로 보자. 지금까지 우리는 일찍 일어나는 것을 필수 덕목인 양 받아들이고 있지만, 실은 각 개인의 필요와 상황에 따라서 판단하면 그뿐이다. 어느 한 쪽은 옳고 다른 쪽은 그르다고 할 수 없는 것이다."

사실 위대한 사람에게 있어 늦게 일어나는 습관은 따로 분리할 수 없는 천성이다. 늦게 일어난다는 것은 정신의 독립이자 일, 돈, 야망의 노예가 되기를 거부한다는 의미이기 때문이다. '빈둥거리기'의 거장인 시인 월트 휘트먼Walt Whitman은 자신이 일하는 신문사에 열한 시 삼십 분에 도착하여, 열두 시 삼십 분이면 점심을 먹으러 가서 두 시간 후에 돌아왔다. 그러고서 몇 시간 일하고 나면 집으로 돌아갈 시각이 되었다.

위대한 인물은 아니지만 내 경우를 예로 들자면, 알람 시계를 없애면서부터 삶이 극적으로 개선되었다. 알람 시계가 없어도 사람은 대략 일정한 시간에 일어나도록 스스로 습관을 들일 수 있다는 사실을 나는 비로소 알게 되었다. 물론 일정한 시간에 일어날 수밖에 없는 운 나쁜 사람이라면 말이다.

이렇게 자기 자신을 훈련시키면 천천히, 자연스럽게, 그리고 기분 좋게 잠자리에서 일어날 수 있다. 남들의 요구에 의해서가 아니라, 스스로 준비가 될 때 잠자리에서 일어나는 것이다. 요란한 알람 소리에 의해 달콤한 잠에서 억지로 쫓겨나는 매일의 고통이 사라지는 것은 물론이다. 이 방법은 우리를 게으름으로 안내하는 첫 단계이기도 하다.

물론 주변 사람들이 바삐 일하는데, 포근한 이부자리에서 지극한 만족을 구가하는 게 쉽지만은 않을 것이다. 때로는 어서 일어나라는 잔소리, 식구들이 움직이는 소리, 칭얼대는 아기, 또는 창문으로 스며드는 햇살 때문에 마지못해 깨어나야 할 때도 있을 것이다. 그러나 이러한 방해 요소들은 당신이 아침에 침대에서 뭉개는 걸 즐길 운명이라면 얼마든지 해결할 수 있다. 실용적인 조언을 하나 보태자면, 귀마개, 안대, 보안용 챙 등을 구입해보라는 것이다. 일정한 시각에 일어나도록 스스로 훈련하는 것은 어린 나이에 시작할수록 좋다. 스스로 일어나 아침을 챙겨 먹는 시기가 빠르면 빠를수록 그 효과도 더욱 크다.

나는 이번 장의 서두에서 벤저민 프랭클린의 '일찍 일어나기' 금언들이 사람들의 삶을 비참하게 망쳐놓았다고 단언했다. 도대체 무엇을 근거로 그런 말을 하냐고 묻는 사람도 있을 것이다. 건강하고 부유하고 지혜로운 예술가, 작가, 음악가 들을 살펴보자. 그런 인물들 가운데 일찍 일어나는 사람은 거의 없을 거라고 나는 생각한다. 아이디어를 창출하고 그것을 현실화하는 방법을 계획하기 위해서, 독창적인 사람들은 책상, 전화, 그 밖의 복잡한 일상과 가정사에서 벗어나 생각할 시간이 필요하다. 그리고 아침에 침대에서 뭉기적거리는 때는 그런 일을 하기에 안성맞춤인 것이다.

일찍 자는 게 부와 행복을 자동적으로 보장해준다는 주장에 관해서도 나는 할 말이 많다. 그런 주장은 증명된 바가 결코 없다. "열두 시 이전에 잠자리에 들 생각을 하는 자는 누구든지 전부 다 무뢰한이다!"라고 단언했던 Dr. 존슨의 의견에 나도 전적으로 공감하는 바다.

그렇다. 일찍 일어나는 사람들은 건강하지 못하고 부유하지 않으며 지혜롭지도 않다. 그들은 주로 병약하고 가난하며 어리석다. 오히려 그들은 늦게 일어나는 사람들 밑에서 일한다. 내 말을 믿지 못하겠다면, 아침 여덟 시와 아홉 시 사이에 런던, 도쿄, 뉴욕 등 거대한 산업국가들의 대도시 지하철을 방문해보라. 그곳에서 우리는 절망에

찌든 일그러진 얼굴들을 실컷 볼 수 있을 것이다. 그들이 건강해 보이는가? 그렇지 않다. 부유해 보이는가? 물론 아니다. 그렇지 않고서야 붐비는 전철 안에서 출근 지옥을 겪을 리가 없다. 사실 최저임금 노동자일수록 가장 이른 시간에 전철을 타는 경우가 많다. 과연 그들이 지혜로울까? 그런 식으로 출퇴근하며 숨 돌릴 겨를 없이 사는 판에 지혜를 논할 틈이 어디 있겠는가. 건강하고 부유하고 행복해지고 싶다면, 가장 먼저 당신의 알람 시계를 내다버리는 것부터 시작하라!

AM 09:00

비참한 일의 세계

◆

번화한 거리들을 돌아다니다가 템스 강이 흐르는 인근에서
마주치는 얼굴마다 나는 보았네, 질병과 고뇌의 흔적을.

윌리엄 블레이크, 〈런던〉

◆

확실히 오전 아홉 시는 게으름꾼들의 하루에서 가장 두렵고도 잔인한 시각이다. 어딘가에서 누군가는 일을 시작하고 있을 시각이기 때문이다. 오전 아홉 시 직전까지 버스, 지하철, 도로는 우울한 얼굴을 한 남녀로 꽉 채워진다. 이들은 도시의 어느 한 부분에서 다른 부분으로 지친 몸을 끌고 이동한다. 길에는 가벼운 아침을 위한 포장마차가 들어서고, 일찍 나온 점원은 가게 밖에서 서성이며 주인이 열쇠를 들고 나타나기를 기다린다. 갑갑한 지하철에서 내린 사람들은 역시 갑갑한 사무실을 찾아 들어간다. 후줄근한 청바지 차림의 마케팅 임원, 수다 떠는 여직원, 안전모를 쓴 외국인 노동자 들을 가득 태운 엘리베이터는 빌딩의 각 층에 그들을 내려놓는다.

우리에게는 저마다 직장이 있다. 직장이라! 십수 년에 걸쳐 받은

교육의 결과가 바로 그것인가! 어릴 때 열심히 공부하는 이유가 어른이 되어서도 역시 열심히 일하기 위해서라니……. 직장이라! 우리 인생의 목표가 고작 그것인가! 그것이 과연 해답인가!

개인에 관한 것이든 사회 전체에 해당하는 것이든, 모든 불안 요인들에 대한 해결책이 '일자리' 하나로 귀결되는 현상은 현대사회가 신봉하고 있는 가장 어리석은 통념 가운데 하나다. 그런 통념은 정치인, 부모, 도덕주의자, 재계의 리더 들에 의해 지금도 끊임없이 주입되고 있다. 완전고용이야말로 천국을 보장한다는 식이다. 또한 우리는 한 나라의 성공을 가늠하는 주요 지표로서 실업자 수를 측정한다. 직업을 가진 사람의 수가 많으면 많을수록 그 나라의 형편이 더 좋다는 뜻으로 해석하는 것이다. 장차 직업을 갖기 위해 준비하고 있는 학생이나 청소년들에게 직업의 진정한 의미에 대해서는 아무도 정의해주지 않는다. 이른바 '좋은 직업'을 가지면 돈, 지위, 풍족한 생활, 그리고 우리가 그토록 원하는 '보람'을 얻을 수 있다는 그릇된 통념만을 심어주고 있다.

청소년기나 대학 시절에 앞서 말한 조건들에 관해 우리가 진지하게 고민해본 적이 얼마나 되는가를 생각해본다면, 참으로 놀랍기만 하다. 어린 시절만 해도 그렇다. 우리의 부모들은 밤마다 직장 상사나 동료들에 관해 불평을 늘어놓았다. 그 소리를 끊임없이 들으며 자랐으면서도, 우리 역시 일의 세계에 매여 살고 있다. 그저 언젠가는 나아질 거라고 자위하는 것이 고작이다.

지배계급이 대중에게 주입시키는 관념이 늘 그러하듯이, 직업에 대해 우리 사회가 심어주는 환상과 현실 사이에는 엄청난 차이가 있다. 일단 일이라는 비열한 세계에 발을 들여놓고 나면, 그곳에서 처음 맞닥뜨리는 굴욕감에 우리는 이내 충격을 받는다.

내가 가졌던 최악의 직장은 런던 챈서리 레인Chancery Lane 인근의 한 타블로이드 잡지사였다. 그보다 2년 전, 대학에 다닐 때만 해도 나는 소설을 읽고 잡지를 발간하고 하드코어 펑크 밴드에서 연주하면서, 일어나고 싶을 때 일어나는 생활을 했다. 전반적으로 내가 내 시간의 주인이었고, 하고 싶은 일들을 하던 시절이었다.

그런데 그 잡지사에서 기자로 일하게 되면서, 나는 하루에 꼬박 여덟 시간씩 일하며 농산품 가격을 체크하는 따분한 전화 통화에 매달려야 했다. 아침마다 늘 지각하기 일쑤였고 주변의 친구들은 나보다 더 행복해 보였으며, 편집장의 자동차를 대려 차고에 내려가거나 커피 심부름을 해야 할 때마다 분노가 치미는 걸 어쩔 수 없었다. 스물한 살 때는 내가 내 삶의 주인이었지만 스물두 살 때는 노예 신세로 전락했던 것이다.

그 시절 내 삶에 '재미'란 없었다. 금전적으로나 정서적으로나, 나아가 지적인 면으로도 그 일은 분명히 보람과는 거리가 멀었다. 그 직장이 나에게 제공하는 유일한 기쁨이란 하루 일과를 마친 후 동료들과 술집에 모여 상사들을 씹어대는 것이었는데, 실상 그리 긍정적인 방향의 기쁨은 아니었던 셈이다.

월급은 쥐꼬리만 해서 여윳돈을 마련하는 건 엄두도 내지 못했다. 출퇴근하고 점심으로 치즈 샌드위치를 사 먹고 집세를 내고 나면 남는 게 없었다. 그 직장에서 거의 2년을 보내고 나자, 내가 완전히 시간 낭비만 했다는 것과, 직장이란 곳이 얼마나 치 떨리도록 지루하고 재미없는 곳인지를 확실히 알게 되었다. 재미, 만족, 돈과는 거리가 멀었고, 내가 노예가 됨으로써 얻는 유일한 보상이라고는 비참함과 빈곤, 그리고 분노뿐이었다.

끔찍한 사실은 현재의 직업에서 돈과 즐거움을 얻지 못하는 수많은 사람들이 더 나은 일자리를 얻음으로써 문제를 해결할 수 있다고 믿는다는 데 있다. 그러나 비참한 일의 세계, 그 악순환은 어디에서고 계속 되풀이될 뿐이다. 이토록 지긋지긋한 일의 세계를 두둔하는 일부 사람들은 이런 말을 하곤 한다. "하지만 일을 통해서 사회적 교류가 이뤄지잖아. 거기에 일의 즐거움이 있는 거지."

나는 그 이야기를 절대 믿지 않는다. 솔직히 말해서, 엄청난 금액의 복권에 당첨된 뒤에도 저임금의 공장 일을 계속하려는 사람이 과연 있을까? 케케묵은 미담 속에서가 아니라면 대부분 사람들은 그런 선택을 하지 않을 것이다.

우중충한 잿빛 분위기, 어쩔 수 없이 함께 일해야만 하는 동료들, 지저분한 매점, 흡연과 음주를 금지하는 규칙, '목표 달성'을 외치는 각종 표어들. 이처럼 가망 없는 환경인데도 불구하고 사회적인 교류를 나눌 수 있다는 이유만으로 일을 즐기는 사람이란 있을 수 없다. 직장을 다니지 않으면 사회적 교류가 끊어져버린다는 말 또한 어불성설이다. 사람은 사회적 동물이다. 즉 고용주 밑에 매인 몸이 되지 않더라도, 우리 인간은 사람과의 교류를 찾아내는 데 꽤나 유능한 동물인 것이다. 가족과 친구, 술집, 카페, 시장은 어디에 쓰는 거란 말인가.

우리 사회에서는 일터와 즐거움이라는 개념이 결합하는 것에 대해 상당한 거부감을 갖곤 한다. 잡지사 시절, 상사는 직원들끼리 이야기하는 걸 못마땅하게 여겼다. 미국의 유명한 사회학자 바버라 에런라이크Barbara Ehrenreich는 미국 저임금 노동자의 현실을 파헤치기 위해 잠입 취재를 했고, 그 결과 탁월한 저작《노동의 배신》을 써냈다. 여기에 따르면, 싸구려 식당과 청소 용역 회사의 노동자들은 잡담을 나누고 게으르게 노닥거렸다는 이유로 가장 많은 경고를 받는다고 했다.

또한 영국의 역사학자인 에드워드 파머 톰슨Edward Palmer Thompson은 저명한 저서《영국 노동계급의 형성》에서 직업을 갖는 건 상대적으로 최근의 현상에 불과하다고 지적했다. 즉 산업혁명의 영향으로 생겨난 산물이라는 것이다. 18세기 증기기관과 공장의 출현 이전 시대에 일이란 훨씬 유연하고 덜 구조적인 형태를 띠었다. 물론 그 이전에도 사람들은 일을 했지만, 특정 고용주에게 속박된 채 여타의 돈 버는 행위는 일절 배제되는 그런 구조와는 거리가 멀었다. 그래서 당시의 사람들은 오늘날보다 훨씬 더 독립적인 생활을 영위할 수 있었다.

직조공을 예로 들어보자. 1764년 직조공 겸 목수였던 제임스 하그리브스James Hargreaves가 다축 방적기를 발명하고, 제임스 와트James Watt가 같은 해 증기기관을 발명하기 전까지 직조공들은 대개 자영업을 하며 자기가 원하는 때 일을 할 수 있었다. 엥겔스는 당시의 자영 직조공들이 자신의 시간을 스스로 컨트롤했다고 기록했다. 그는 1845년《영국 노동계급의 상태The Condition of the Working Class in England》라는 연구에서 다음과 같이 주장했다.

"직조공들은 대개 자기 의지대로 일하는 시간을 조절할 수 있었기 때문에, 여가 시간에는 땅을 조금 빌려서 농사를 지었다. 물론 그 여가 시간도 자기가 선택한 만큼 취할 수 있었다. 마음 내키는 때에 내키는 시간만큼 직조 작업을 할 수 있었기에 가능한 일이었다. 그들은 과로할 필요가 없었다. 즉 자기들이 선택한 정도 이상으로는 일을 하지 않았지만, 그들이 필요로 하는 만큼의 소득은 올릴 수 있었다."

직조공들은 자율적이고 여유로운 생활을 영위했을 뿐만 아니라, 옷감이 완성되기까지의 모든 제작 과정을 스스로 관리, 감독할 수 있었다. 그렇게 만든 옷감을 각 지역을 도는 상인들에게 팔면 할 일은 끝났다. 산업혁명 이전 직조공들의 삶은 이처럼 단순하고 소박했다. 엥겔스는 그들이 지식이 거의 없는 상태였고, 사방 8킬로미터 밖에서 돌아가는 일에는 관심도 없었다고 설명했다. 그럼에도 그들은 일에 매여 노예처럼 살지 않았다. 아홉 시에서 다섯 시까지 일터에 속박돼 있었던 것이 아니라 일거리가 있을 때만 일을 했던 것이다. 훗날 벤저민 프랭클린은 시간이 금이라고 주장했지만, 이 직조공들에게 있어 시간은 돈이 아니었다.

톰슨은 《공통의 관습Customs in Common》에서 산업화 이전의 노동 유형을 설명하면서, 20세기 초반 멕시코 광산 노동자들의 삶을 소개했다. 고집 센 이 멕시코인들은 일주일에 사나흘만 일에 몰두했는데, 그 정도면 생활에 필요한 만큼의 돈벌이는 되었다. 그들은 시간을 기준으로 하는 게 아니라, 할당되는 임무를 기준으로 일하는 걸 선호했다. 이에 대해서 톰슨은 다음과 같이 설명했다.

"그들은 채굴한 흙의 양을 톤 단위로 계산하여 보수를 받기로 확실하게 계약을 맺었다. 그러고 나면 임무를 완수하는 데 시간이 얼마나 걸릴지, 또는 어떻게 하면 좀 더 농땡이를 칠 수 있을지를 전혀 생각지 않고 놀라운 기세로 일에 매진했다."

아마 빨리 일을 끝내고 술집으로 직행하고 싶어서 그랬을 것이다. 행복했던 산업화 이전의 멕시코인들과 1750년대 이전의 농부들은 필요한 만큼의 고기와 술만 마련할 수 있으면 그 이상으로는 일할 필요를 느끼지 않았다. 톰슨은 이렇게 적고 있다.

"사람들이 일하는 방식을 스스로 관리, 감독하는 사회에서 일의 유형이란, 일할 때는 집중적으로 몰두하고 그다음에는 게으름을 피우는 식이었다. 그런 주기를 반복하면 되는 것이었다."

일과 삶은 서로 상호 관계를 맺고 조화롭게 운영되었다. 예를 들어 직조공들은 비가 오는 날에는 집중해서 8, 9미터씩 직조 작업을 하고, 평일에는 2미터 정도만 작업을 했다. 그 시대 어느 직조공의 일지를 보면, 남는 시간에는 각종 기구를 손보거나 잡다한 집안일을 하고, 밤에는 편지를 쓰기도 했다고 한다. 또는 체리를 따러 가거나 마을의 댐 공사에 나가 일손을 돕고, 소가 새끼 낳는 걸 건사하고, 나무를 하거나 공개 교수형을 구경하러 가기도 했다. 톰슨은 이렇게 덧붙였다.

"그런 패턴은 오늘 날 자영업자들(예술가, 작가, 소규모 자영농, 또는 게으른 대학생들) 사이에서 지속되고 있는데, 사실 그것이야말로 인간의 자연스러운 근로 리듬이 아닌가 하는 생각이 든다."

그 가증스러운 증기기관의 발명 이전, 영국은 게으름꾼들의 나라였다. 그러나 그 기계가 도래하여 혼란을 불러일으키게 되자, 도덕주의자들은 고민에 빠졌다. 노동자들이 말썽을 일으키지 않도록 통제해야 한다는 생각에 이르렀던 것이다. 1820년 중산층 관리자였던 존 포스터John Foster는 농업 노동자들이 하루 일과를 마치고도 '여가를 몇 시간이나 마음대로 사용한다'라고 지적하며 우려를 표했다. 그들이 죽치고 앉아 있거나 야트막한 언덕에서 쉬려고만 하는 등 빈둥대면서 아까운 시간을 허비해버리고 있다는 것이었다. 매슈 볼턴[Matthew Boulton], 조지아 웨지우드[Josiah Wedgwood] 같은 산업혁명 초기 주창자들의 편지 글에서도, 노동자들이 게으름을 피운다고 불평하는 내용이 종종 발견되고 있다.

어쨌든 새로 부상한 신교도의 노동 윤리는 성공을 거두었다. 산업혁명이 불러온 고된 노동과 게으름 사이의 전쟁에서 결국 승자는 고된 노동을 강요하는 쪽이었다. 기계는 인력을 대신해 생산 과정을 떠맡기 시작했다. 수공업은 제조업으로 바뀌었으며, 자영업자들은 피고용인이 되었다. 각 가정은 월급만으로 생활하기 시작했고, 이전 세대에서는 스스로 재배해 먹던 걸 식료품점에서 사다 먹게 되었다. 돈은 더 많이 벌었을지 모르지만, 삶의 질에는 엄청난 타격을 입게 된 것이다. 자연의 흐름에 맞춰 일하면서 얻는 즐거운 혼란, 시간을 알려주는 태양, 다양성, 변화, 자주성. 그 모든 것들이 혹독하고 획일화된 일 문화로 바뀌어버렸다. 그 영향 아래서 오늘날 우리도 여전히 고통을 받고 있다.

결국 '직업'이란 소수의 지배계급이 더 편리해지기 위해 고안해낸 결과물이었다. 공장 소유주들의 원대한 목표를 달성하느라 일반 사람들의 독립은 박탈당해야 했다. 사회적 지위와 부러움을 한 몸에 받게 된 지배계급은 정작 타인의 고된 노동은 아랑곳하지 않았다. 체스터턴은 《잘못 돌아가는 세상What's Wrong with the World》에서 다음과 같이 지적했다.

부자들은 빈자들을 옛 영빈관에서 끌어내 길거리로 내몰았다. 그것이 진보의 길이라는 간단한 평계를 대고서. 즉 빈자들을 억지로 공장에 집 어넣고는, 현대의 월급식 노예제도가 부와 문명으로 가는 유일한 길이 라고 윽박지른 것이다.

대체 무엇이 진보라는 말인가. 클린트 이스트우트Clint Eastwood가 목사로 등장하는 영화 〈페일 라이더〉에는 그런 상황이 상징적으로 묘사되고 있다. 금광 채굴자들이 자신들의 땅을 양보하지 않자, 그 지역의 유력가는 그들이 자기 회사에 훼방을 놓고 있다며, '진보에 방해가 된다'라고 말한다. 그러자 클린트 이스트우드는 이렇게 되묻 는다. "누구의 진보 말이요. 당신이요, 아니면 그들이요?"

시계와 기계가 우리 사회를 지배하고, 우리를 자연으로부터 멀리 떨어뜨려 놓았다. 《시에스타(낮잠)의 예술The Art of the Siesta》의 저자 인 프랑스 석학 티에리 파코Thierry Paquot는 자연과 조화를 이룬 생활 방식의 상실에 대해 다음과 같이 탄식했다.

자유분방하게 살던 시골 사람한테 누군가가 일을 시킨다면, 그는 더 이 상 자기 기분 내키는 대로 일할 수 없게 된다. 낮잠 잘 시간을 제공한다 해도 마찬가지다. 어차피 타인이 부여한 근무 체계에 복종해야 한다는 사실은 변함없기 때문이다. 이는 그가 살아오던 방식과는 너무나도 다 른 것이다. 들판에서 일하는 것은 시계의 초침 소리와는 거리가 멀었고, 시골 주민들은 자연의 흐름에 맞춰 살아갔다.

이토록 자유를 사랑하는 고집 센 자연인들이 어떻게 자본주의의 노예로 전락했던 것일까. 산업혁명의 주창자들이 가장 고심했던 문제는 독립적이고 소란스러우며 술고래인데다가, 무엇보다도 자신들의 삶을 사랑하는 영국인들을 유순하게 길들여진 일꾼으로 변화시키는 데 있었다. 오늘날 경영의 구루라 불리는 저명한 도덕주의 철학자 앤드루 우어Andrew Ure는 1835년 공장 경영주들을 위해 《제조의 원리 *Philosophy of Manufactures*》라는 책을 썼다. 그 책에서 우어는 게으름뱅이들을 다루는 어려움에 관해 이야기하면서, 그들의 사고방식을 전환시키는 방법을 조언했다. 그가 제안한 '게으름뱅이 개조법'은 다음과 같다.

> 농부든지 수공업 종사자든지 간에, 사춘기가 지난 성인들을 쓸 만한 공장 인력으로 변화시키기란 거의 불가능하다. 일단 무책임하고 고집스러운 그들의 습관을 제압하기 위해 한동안 노력을 기울여본 다음, 고쳐지지 않으면 근무 태만을 이유로 해고시키도록 하라. … 그렇게 하지 않고서는 일꾼들에게서 꾸준한 노동과 집중력, 즉각적인 협조를 결코 얻어내지 못할 것이다. … 사실상 '믿는 자가 넘치도록 얻으리라'는 성경의 진리는 거대한 공장 운영에 가장 잘 맞아떨어지는 논리라 할 수 있다.

자본가들은 대중의 마음을 통제하기 위해 신의 이름을 무작위로 끌어다 붙였다. 일요일이면 교회에서는 빈민 노동자들에게 삶의 기쁨과는 거리가 먼 잔인한 교리를 귀 아프도록 훈계했다. 그 내용은 우리는 죄인이고 모든 쾌락은 부정해야 하며, 구원의 길은 이 지상에서 조용히 고통을 겪는 일뿐이라는 것이었다. 그리하여 신은 독재자로 재창조되었고, '성실한 근무'가 신의 계명으로 굳어지게 되었다. 톰슨은 이에 대해 이렇게 기록했다. "일터에서 태만하게 군다면, 단순한 해고를 넘어서 지옥의 불꽃을 보게 될 것이다. 신은 가장 빈틈없는 감시자다. 벽난로 위에 걸려 있는 '하나님이 나를 보고 계신다'라는 글귀는 바로 그런 의미인 것이다."

감리교의 창시자 존 웨슬리Rev.John Wesley는 특히 어린아이들을 겁주고 통제하는 데 몰두했다. 그는 "아이들의 의지를 일찌감치 꺾으라"고 말했으며 다음과 같은 훈육법을 주장했다.

"아이들에게는 한 살 때부터 회초리에 대한 공포와 얌전하게 우는 법을 가르쳐야 한다. 그 나이 때부터 지시받은 대로 행동하게 해야 한다. … 버릇없이 굴면 사악한 악마가 기다리는 지옥 불꽃에 떨어진다는 무서운 이미지로 겁을 주어야 한다. 이러한 이미지들은 어린아이의 상상 속으로 녹아들어가, 나중에 어른이 되어서도 점잖고 순종적인 성품을 갖게 만든다."

신에 대한 공포로도 농촌의 게으름뱅이들을 도시의 일벌레로 바꿔놓지 못할 경우, 좀 더 효과적인 무기가 있었으니 바로 굶주림이었다. 19세기의 또 다른 경영 철학자, 앤드루 타운센드Andrew Townsend 목사는 사람들에게 새로운 노동 윤리를 각인시키기 위해 약간이라도 법의 힘을 가할 경우 너무 많은 폭력과 소요가 일어난다고 지적했다. 그대신 그는 사람들을 굶주리게 만드는 방법을 제안했다.

"굶주림이란 조용하고 꾸준한 압력인 동시에 노동과 근면에 대한 가장 자연스러운 동기이기에, 사람들의 노력을 가장 평화롭게 불러

일으킬 수 있는 수단이다."

저임금 원칙 역시 적극적으로 도입되었다. 프롤레타리아는 봉급이 낮으면 낮을수록 더욱 아등바등 일에 매달린다는 것이다. 이와 똑같은 맥락의 원칙이 오늘날의 패스트푸드 산업에서도 쓰이고 있다. 패스트푸드 업계는 19세기 직물 생산업계와 마찬가지로 철저하게 산업화 및 분업화되어 있다. 패스트푸드 업체의 노동자들은 업계에서 가장 낮은 임금을 받고 있으며, 하루 종일 단순하고 지루한 노동에 반복하여 시달리고 있다. 다시 말해 현재 우리 사회에 깊이 잠식된 고된 노동의 원칙 속에서 많은 사람들이 여전히 착취를 당하고 있는 것이다.

타운센드와 거의 동시대에 일세를 풍미한 논객 토머스 칼라일 Thomas Carlyle은 고된 노동의 가치를 강조하고, 그것을 낭만적으로 포장하는 견해를 발전시킴으로써 19세기에 엄청난 해악을 끼쳤다. 그는 "인간은 일하기 위해 창조되었다. 명상하거나 느끼거나 꿈꾸기 위해서가 아니다"라고 주장했으며 이렇게 덧붙였다. "게으르게 흘려보내는 모든 순간이 반역이다."

하지만 작고한 영국의 위대한 작가 제프리 버너드 Jeffrey Bernard는 내가 인터뷰를 하러 갔을 때 이런 말을 했다. "고된 노동이 뭐 대단히 낭만적이고 훌륭하기라도 한 거라면, 그게 정말이라면, 웨스트민스터 공작 역시 그 잘난 정원을 손수 파서 일궈야 하지 않겠어? 안 그래?"

실제로 중세 초기에 일을 하는 사람들은 사회의 멸시를 받았다. 최고 상위 계층은 게으른 자들, 즉 성직자와 군인들이었다. 당시의 군인들은 피로써 충분히 얻을 수 있는 것을 힘들게 일해서 얻는 걸 무가치하고 게으른 짓이라 여겼고, 전쟁이 없을 때면 먹고 마시고 난봉질을 하며 시간을 보냈다.

노동자들의 무지는 자본가들에게 있어 또 하나의 담보였다. 노동계급이 스스로 얼마나 교활하게 착취당하고 있는지를 깨닫지 못하게 하려면, 그들이 우둔한 상태에 머물러 있도록 해야 했다. 때문에 칼라일의 제자 제임스 프루드James Froude는 "감각은 많이, 정신은 적게 사용하라. 생각을 적게 하고 책도 적게 읽으라"라고 설파했다.

사회 지배계급으로부터 이처럼 무차별적인 공격을 당한 결과, 수많은 대중들은 대부분 주눅이 든 채 살아가게 되었다. 그러나 그런 와중에도 불의에 저항하는 이들은 있었다. 그들은 상황이 돌아가는 것을 꿰뚫어볼 줄 아는 소수의 이단아들이었다. 훗날 카를 마르크스의 사위가 된 폴 라파르그Paul Lafargue는 《게으를 수 있는 권리》라는 책을 발간하고, 장엄하고도 몽환적인 문체로 노동에 대한 기독교의 가르침에 맹공을 퍼부었다.

자본주의 문명은 기묘한 속임수를 통해 노동계급을 꼼짝 못하게 움켜쥐고 있다. 이 속임수는 개인과 사회 차원의 재앙을 줄줄이 만들어냈고, 2세기 동안 가엾은 인류를 끊임없이 괴롭혀왔다. 그들이 이용한 속임수는 바로 '일에 대한 사랑', '일에 대한 불같은 열정'이다. 성직자, 경제학자, 도덕주의자들은 과로를 조장하는 문화에 저항하기는커녕, 성스러운 후광을 덧씌워주었던 것이다. … 우리 시대는 노동의 세기라 불려왔지만, 사실은 고통과 비참함, 그리고 부패의 세기라 하는 게 더 타당할 것이다.

결국 신교도의 노동 윤리에 저항하는 동요가 일어났는데, 그 윤리에 의해 삶이 파괴되었던 사람들 사이에서 폭 넓은 지지를 얻었다. 1811년에서 1813년까지 진행되었던 러다이트 운동Luddite, 運動을 학교에서는 진보를 가로막는 어리석은 짓이라고 가르쳤다. 그러나 기계를 파괴하자는 기치 아래 펼쳐졌던 그 운동은 기계가 이전의 인간다운 생활 방식을 망쳐버리고 인류의 독립성을 빼앗아갈 것이라고 정확히 내다본 선각적인 봉기였다.

그러나 결과는 진보, 즉 증기기관과 공장의 승리였다. 유쾌하게 살아가던 시골 농부들은 학대받는 노예로 전락했고, 일과 삶이 조화를 이루던 나날은 산산이 흩어져버렸다. 열심히 일하지 않으면 신의 저주를 받는다며 공포에 떨던 빅토리아시대 사람들의 무지를 떠올려보라. 지배계급의 교활한 속임수가 너무도 쉽게 먹혀들어 갔던 것을 생각해본다면, 노동조합운동이 지난 100년간 간신히 얻어낸 발전상은 그저 새 발의 피에 불과함을 알 수 있다. 압박받던 대중들은 놀랍도록 순진했다. 어쩌면 그렇게 쉽게 속아 넘어갈 수가 있는지 궁금할 정도다.

오늘날 우리는 그런 속임수로부터 과연 자유롭다고 할 수 있는가? 석학 줄리엣 쇼어Juliet Schor가 《과로하는 미국인The Overworked American》에서 지적한 바와 같이, 이전과 비교해 사정이 조금 나아진 것처럼 보일 뿐이다.

자본주의가 우리를 과도한 노동에서 해방시켜주었다는 주장은 18, 19세기의 유럽 및 미국과 비교했을 때에만 타당성을 갖는다. 당시는 인류 역사상 가장 길고 힘든 노동을 감당해야 했던 시기였다.

게다가 오늘날에는 한가로운 여가 시간을 방해하는 새로운 강적들이 등장했다. '굶주림'과 '신의 징벌'이라는 개념은 현대 소비의 시대에 들어 '소유'와 '사회적 지위'라는 신무기로 대체되었다. 수많은 광고들은 상품의 구매가 우리의 삶을 개선시킬 거라고 설득한다. 상품을 구입하려면 돈이 있어야 한다. 돈을 벌려면 힘든 일을 해야 하고, 아니면 빚을 져야 한다. 욕망을 충족시키기 위해 우리는 빚을 지게 되고, 그다음엔 빚을 갚기 위해 계속 일을 해야만 하는 것이다. 현대판 머슴살이라 부를 만하다.

앞서 말한 바버라 에런라이크가《노동의 배신》에 기록한 바에 따르면, 당시 식당과 세탁소에서 일하던 그녀의 동료 중 상당수는 청구서를 갚기 위해 허덕였다고 한다. 4천 달러어치의 자동차 대금을 갚기 위해 직장을 두 군데나 다니며 쉴 새 없이 일을 하는 사람도 있었다.

자본주의는 일을 거의 종교의 반열로 승격시켰고, 좌파 경향의 사람들은 '완전고용'이라는 사회주의적인 이상을 계속 주장해왔다. 하지만 차라리 '완전실직'을 달성한다면 더 나은 삶을 만들 수 있지 않을까. 모든 사람들이 자유롭게 자신의 삶, 자신의 일, 자신의 돈을 만들어내는 세상 말이다.

오스카 와일드는 그의 위대한 에세이《사회주의하에서 인간의 영혼*The Soul of Man under Socialism*》에서 완전고용이라는 개념의 불합리성을 지적했다. "우리 사회 일각이 사실상 노예 상태에 있다는 것은 애석한 일이 아닐 수 없다. 하지만 사회 전체를 노예화함으로써 그 문제를 해결하려는 것은 지극히 유치한 발상이다."

스스로 자신을 책임지고 자신의 공화국을 설립해야 함에도, 오늘날 우리는 자신에 대한 책임 의무를 고용주와 회사, 정부에 떠넘기고는 뭐가 잘못되기만 하면 그들 탓으로 돌린다.

일, 특히 최하 계층의 일은 매우 위험하다는 사실도 분명히 짚고 넘어가도록 하자. 전 세계적인 소비재 상품에 대한 열광은 '과로'라는 치명적인 문화를 만들어냈다. 최근 유엔의 보고에 따르면, 일 때문에 죽는 사람이 일 년에 200만 명에 달한다고 한다. 9·11사태가 매일 발생한다고 칠 때, 그것의 두 배에 달하는 피해자가 생겨나는 셈이다. 하지만 아직까지 '일터가 곧 전쟁터'라고 천명하는 국가는 없었다. 실제로 UN의 그 보고서는 제대로 보도되지도 않았다. 영국의《가디언》에 실리기는 했지만, 겨우 몇 단락으로 소개되는 데 그쳤을 뿐이다.

신문이란 본래 게으른 삶을 추구하는 사람들한테는 별로 도움이 되지 못한다. 신문은 문제를 제시하고 해결책을 제안하는 도구다. 그들이 제시하는 문제란 전쟁, 기아, 정치 부패, 기근, 스캔들, 절도, 유괴, 강간 따위 사건으로 매일 같이 지면에 게재된다. 즉 신문들이 하는 일이란 사람들에게 불안을 부추기는 것이다. 이러한 불안 요인에 대한 해결책은 사설과 특집 기사 형식으로 제시되는데, 물론 냉장고, 자동차, 의류, 섹스 테크닉, 경보 시스템, 대출 정보, 보험 정책, 그리고 음악, 영화, 도서 등의 크고 작은 문화 상품들에 대한 광고가 그런 해결책의 하나로 한몫을 한다. 결국 신문들이 제시하는 문제는 불안이요, 해결책은 돈이요, 방법은 일이라는 뜻이 된다.

힘들게 일에 파묻혀 살 필요가 없다는 주장에 대해 종교적인 타당성을 찾고 싶다면, 산업혁명 이전 시대에 전도사들이 종종 인용하던 성경 구절들을 찾아보자. 이 구절들은 고된 노역에 확실히 반발하고 있다. 일은 신이 아닌, 에덴동산의 뱀으로 인해 시작된 저주였다. 뱀이 아담과 하와에게 물질적인 욕망을 일깨웠고, 그 결과 인간은 수고와 노동이라는 저주를 받게 되었으며 노동이 없던 낙원의 삶에서 쫓겨난 것이다.

우리가 아무것도 원하는 게 없다면 일할 필요가 없다. 욕망으로 가득 차 있기 때문에 그러한 욕망을 채우기 위해 돈을 벌어야 하고 일을 해야 하는 것이다. 예수 그리스도는 이렇게 말했다.

"또 너희가 어찌 의복을 위하여 염려하느냐. 들의 백합화가 어떻게 자라는가 생각하여 보라. 수고도 아니하고 길쌈도 아니하느니라. 그러나 내가 너희에게 말하노니 솔로몬의 모든 영광으로도 입은 것이 이 꽃 하나만 같지 못하였느니라."(마태복음 6:28-29)

폴 라파르그는 앞서 말한 《게으를 수 있는 권리》에서 신이 우리에게 몸소 좋은 모범을 보여주었다고 말했다. 즉 엿새 동안 세상을 창조하는 일을 하고 나서, 영원토록 쉬고 있다는 것이다.

지금껏 살펴본 바와 같이 우리의 마음 가장 깊은 곳에는 공포가 도사리고 있다. 그 공포가 우리를 꼼짝 못하게 하고 있는 것이다. 두려움을 버리고 직장을 그만둔다 해도 우리가 잃을 것은 불안과 빚, 그리고 궁핍 정도일 뿐이다! 우리는 일주일에 사흘만 일했던 용감한 선진 게으름꾼들의 교훈을 따를 필요가 있다. 한 주를 기준으로 볼 때 내가 다른 사람에게 팔리는 날들보다 자유롭게 보내는 날들이 더 많다면, 그 사실은 엄청난 위안이 될 것이다. 일에 한층 더 매진할 수 있고, 나머지 나흘 동안은 자신이 하고 싶은 것을 마음껏 즐길 수 있게 된다. 물론 금전적인 타격이 있겠지만, 수입의 손실은 여유 시간에 의해 쉽게 채워진다는 것을 곧 알게 될 것이다.

시간은 돈이 아니다! 일과 여가는 다시 하나로 합쳐질 수 있다! 즉 우리가 자주적이고 유쾌하게 살아간다면 일은 더 이상 부담스러운 존재가 되지 않으리라는 것이다. 이제 우리는 일과 삶을 스스로 다스리고, 그것들을 다시 행복한 조화 상태로 되돌려 놓을 때가 되었다.

마지막으로 아직까지 현실의 속박을 실감하지 못하는 사람들을 위해 19세기의 시인 찰스 램Charles Lamb이 남긴, 〈일〉이라는 제목의 서글픈 노래를 읊고자 한다.

누가 처음에 일이라는 건 만들어내고
성일聖日을 즐거워하는 자유로운 영혼을
집요하게 따라붙는 돈벌이에 붙들어 매었는가.
푸른 들판에서 그리고 도시에서
쟁기, 베틀, 모루, 가래에.
그리고 오! 가장 안타깝나니,
죽은 나무로 만든 책상에 붙박여
지루하고 고된 업무에 파묻히게 만들었는가.

AM 10:00

이불 속에서 뒹굴기

◆

**인생에서 가장 행복할 때란,
아침 잠자리에서 눈을 뜬 채로 보내는 시간이다.**

Dr. 존슨

◆

아침 열 시다. 성공적인 게으름꾼이라면 사회적으로 규정된 기상 시간인 여덟 시에도, 근무 시작 시간인 아홉 시에도 굳이 죄책감을 느끼지 않고 굳건히 잠들어 있을 것이다. 그리고 열 시가 될 때쯤이면 여전히 침대에 누운 채 '이제 일어나볼까' 하는 궁리를 시작할 것이다. 잠깐, 여기서 '침대에 누운 채'라는 말은 깨어난 상태 그대로 침대에 누워 있다는 것으로, 이기적인 방종이 아닌 진정한 게으름꾼이라면 반드시 추구해야 할 필수 생활 습관을 뜻한다. 아무 일도 하지 않으면서 침대에 누워 있는 것은 고상하고도 정당하며 즐겁고도 생산적인 행위다.

관료주의자들과 이른바 사업가들은 잠재적인 생산성을 갖춘 시민들이 벌렁 드러누워 꼼짝도 하지 않고 천장만 바라본다면 심한 거부감을 드러낼 것이다. 자기들은 그 시간에 사람들한테 팝콘을 팔아먹는 새로운 방식이나, 주차 벌금을 내지 않은 사람들한테 소환장을 발부하는 효과적인 방법 등 '유익한' 일을 찾아내느라 분주하게 움직이는데 말이다. 그런 사람들은 꼼짝도 안 한다는 것을 결코 이해하지 못하며 두려움마저 느낀다.

아마도 열 시면 게으름꾼들은 잠이 깨어 천장을 지그시 바라볼 텐데, 물론 서둘러 벌떡 일어나지는 않을 것이다. 침묵과 정적이 다시 한 번 그를 지배한다. 그 시간에 일터의 사람들은 사무실이나 공장, 상점 등에서 업무를 볼 것이다. 하지만 게으름꾼은 아직도 누워 있다는 사실에 죄책감 느끼는 걸 거부한다. 자기가 자기 시간의 주인이기 때문이다. 그렇다면 이제 그가 해야 할 일은 무엇인가? 명상하고 생각하고 책 읽는 것이 전부다.

창조적 영감의 대가들에 관해 한번 살펴보기로 하자. 존 레논은 현대의 위대한 게으름꾼이라 칭할 만하다. 내가 보기에 레논은 '생산적인 게으름꾼'이라는 모순적 개념이 구체화된 인물이 아닌가 한다. 그는 자신의 룰에 맞춰 생활하는 타고난 게으름꾼이었지만, 그 게으름이야말로 위대한 노래들의 산실이었다. 〈아임 온리 슬리핑〉, 〈아임 소 타이어드〉, 그리고 말년의 〈워칭 더 휠스〉는 레논이 일 자체를 위한 일은 결코 미덕으로 보지 않았고, 오히려 나태함을 찬양했음을 증명하고 있다.

1969년 레논과 요코 부부는 세계 평화를 위한 유명한 시위를 벌였다. 일주일 동안 아무 일도 하지 않고 침대에 누워 있는 게 시위 내용의 전부였다. 그러나 그들의 행위는 엄청난 영향을 미쳤다. 예술이 언제나 그러하듯이 그들의 시위는 수백만 명의 시각을 바꿔놓았다.

멋들어진 자유주의자였던 조 스트러머^{Joe Strummer}와 피터 도허티 ^{Peter Doherty}도, 존 레논처럼 사람들의 삶을 바꿔놓는 데 지대한 영향 력을 행사했다. 그들은 사람들에게 새로운 차원의 가능성을 열어주 었고, 권위가 반드시 진실, 선, 정의의 편에만 서는 것은 아니라는 걸 일깨워주었으며, 스스로 생각하고 자신만의 진리를 만들어가는 게 가능함을 증명했다. 이런 의미에서 레논의 노래와 해프닝은 예술의 목적에 대한 오스카 와일드의 다음 정의를 훌륭하게 이행한 것이었 다고 할 수 있다. "예술이 저항하고자 하는 대상은 형식의 획일화, 관 습의 속박, 습관의 지배, 그리고 인간이 기계 수준으로 전락하는 것 이다."

침대에 누움으로써 우리는 우리 자신을 기계 이상의 수준으로 끌 어올릴 수 있다. 로봇은 사고하지 않는다. 그저 인간의 사고가 빚어 낸 산물일 뿐이다. 따라서 아이러니컬하게도 아무것도 하지 않음으 로써 우리는 훨씬 더 많은 것을 얻을 수 있다.

명탐정 셜록 홈즈를 유명하게 만든 놀라운 추리력의 비결 중 하나 는 바로 담배를 입에 물고 푹신한 소파에 파묻히는 것이었다. 헐렁한 가운을 걸치고 소파에 느긋하게 기대어 앉아 파이프 담배를 뻐끔거 리며, 교묘한 사건의 수수께끼를 몇 시간이고 궁리하곤 했던 것이다. 걸작 〈입술 비뚤어진 남자〉를 보면, Mr. 플로드가 찬탄해마지 않으며 이렇게 말하는 장면이 나온다.

"어떻게 그런 결론을 이끌어냈는지, 그것만이라도 알 수 있으면 좋 겠군." 그러자 홈즈는 이렇게 대답한다.

"베개를 다섯 개나 포개 놓고 앉아서, 담배를 1온스 태워대며 얻어 냈지."

17세기의 철학자 겸 수학자 데카르트도 마찬가지로 무위無爲의 즐거움에 푹 빠졌던 사람이다. 실제로 그것은 데카르트 철학의 핵심이기도 했다. 예수회 수사들 곁에서 자라고 공부하던 어린 시절, 그는 도무지 아침 일찍 일어나지를 못했다. 수사들이 양동이로 찬물을 길어다가 쏟아 붓기까지 했지만 이내 다시 잠들어버리곤 했다. 다행히 그는 타고난 천재성을 인정받아 아침 늦게 일어나는 특권을 허락받을 수 있었는데, 바로 그 습관이 천재 수학자 데카르트를 탄생시켰다.

그는 침대에 누워 생각을 했기에, 즉 누운 자세로 연구했기에 수학의 수수께끼를 풀 수 있었던 것이다. 그토록 굼뜬 사람이 '정신과 신체는 각각 분리된 하나의 전체'라는 결론을 내릴 수 있었다니, 결국 게으름이 데카르트의 이원론을 완성시켰던 셈이다. 그에게 있어서 침대에 누워 사고한다는 것은 인간으로서 살아가는 본질이었다. '나는 생각한다. 고로 나는 존재한다'라는 말은 곧 '나는 침대에 누워 생각한다. 고로 나는 존재한다'라는 말로 바꿔도 좋을 것이다. 사실 침대에 누워 생각하면 아이디어가 정말 쉽게 떠오르곤 한다. "작가는 진종일 책상 앞에 끈덕지게 앉아 있을 때보다는 편안한 자세로 있을 때 원고나 소설에 대한 아이디어를 훨씬 더 많이 얻을 수 있다. 왜냐하면 전화벨 소리, 지인들의 방문, 잡다한 일상사에서 멀리 떨어져 삶을 투명하게 꿰뚫어보며, 현실 세계에 시적 환상이라는 후광을 덧입혀 신비한 아름다움으로 승화시킬 수 있기 때문이다."

린위탕이 그의 에세이 《침대에 누워》에서 한 말이다. 게으름이 시간 낭비라는 인식은 영적으로 텅텅 빈 세력들이 심어놓은 잘못된 견해일 뿐이다. 그들은 게으름을 피우면 대단히 생산적인 결과를 얻어낼 수 있다는 진실을 애써 억압해왔다. 심지어 음악가들을 나태한 사람으로, 작가들을 이기적이고 몰염치한 사람으로, 예술가들은 위험인물로 치부해버렸다.

로버트 루이스 스티븐슨Robert Louis Stevenson은 그러한 모순을《게으른 자에게 보내는 사죄An Apology for Idlers》에서 다음과 같이 표현했다. "게으름이란 … 아무 일도 하지 않는다는 뜻이 아니다. 지배계급의 편협한 테두리 안에서 인정받지 못할 뿐, 오히려 많은 일을 해낸다."

그러므로 오랫동안 아무것도 하지 않고 천장만 바라보며 게으름을 피우는 것은 아이디어를 개발해야 하는 창조적인 분야의 사람들에게는 꼭 필요한 일과라 하겠다. 20세기 초반, 유럽을 대표하는 게으름꾼 지성인 발터 벤야민Walter Benjamin은 창조와 게으름이라는 두 가지 개념을 동시에 실현하며 살았던 인물이다. 그는 자신의 방대한 명문집名文集《아케이드 프로젝트》에 다음과 같은 훌륭한 구절을 인용해놓았다. "예술가나 시인들이 창작을 가장 소홀히 하고 있는 것처럼 보일 때가, 사실은 가장 깊이 몰입해 있을 때다."

또한 린위탕은 중국의 학자 구양수가 집필할 때 구상이 제일 잘 되는 세 가지 장소를 '침상枕上, 말 등馬上, 그리고 화장실厠上'로 꼽았다고 지적했다. 하지만 만약 당신이 상사에게 '상품 개발을 위한 아이디어 구상 때문에 점심시간까지 출근하겠다'라고 말한다면, 상사가 허락해줄 가능성은 거의 희박하다고 할 것이다.

침대에서 뭉개지 못하도록 쫓아내는 우리 사회의 분위기 속에는 우리가 너무 많은 생각을 하지 못하게 하려는 의도가 깔려 있다. 1993년, 작고한 철학자 겸 마약 연구가 테런스 매케너Terence Mckenna와 인터뷰를 했을 때였다. 나는 왜 우리 사회가 사람들이 게을러지는 걸 허용치 않는지 그 이유를 물어보았다. 그는 다음과 같이 대답했다.

그 이유란 '게으른 손은 악마의 도구'라는 금언 한마디로 요약할 수 있겠군요. 즉 기존의 제도는 게으른 인구가 많아지는 걸 두려워하는 겁니다. 게으른 사람은 생각을 많이 하고, 생각을 많이 하는 사람은 대부분의 사회제도에 거부감을 갖거든요. 사고하는 자는 반항아가 되고, 그러므로 게으른 자는 곧 반항아라는 말도 성립되는 겁니다. 결국 현재는 우리 모두 매우 바쁘게 살아갈 수밖에 없는 처지가 됐지요. … 어떤 환경하에서도 자신의 마음을 조용히 들여다볼 겨를이 없다는 말입니다. 프로이트는 게으름뱅이들의 자기 성찰 태도를 가리켜 병적이라고 단정했습니다. 그들의 사고방식이 불건전하고 왜곡돼 있으며 반사회적이고, 지나치게 예민해서 잠재적인 질병과도 같다고 진단한 거지요.

자기 성찰이 끔찍한 결과로 이어질 수 있다는 것은, 그것을 통해 균열되고 조화롭지 못한 이 세상의 끔찍한 실상을 명확하게 꿰뚫어볼 수 있다는 뜻이기도 하다. 작가 윌 셀프Will Self는 이에 관한 사회의 분위기를 다음과 같이 설명했다.

"깊은 사고를 방해하는 이 문화적인 금기는 … 사람들이 게으르면 안 된다는, 생각조차 해서는 안 된다고 강조하는 신교도의 노동 윤리 때문에 영국에서 아직도 지속되고 있다."

이러한 편견은 서구에서 깊이 뿌리를 내렸다. 정부는 게으른 자를 좋아하지 않는다. 게으른 사람은 정부를 불안하게 만들기 때문이다. 그들은 쓸모없는 물건을 제조하지 않고, 쓸모없는 노동이 투입된 상품은 소비하지도 않는다. 그래서 그들을 통제하는 것은 불가능하다. 정부의 통제 범위 밖에 있는 것이다. 또한 게으른 사람들은 사회의 지도층처럼 살기를 바라지 않는다. 그들은 어떤 도움도 원하지 않는다.

특히 나치는 게으른 사람들을 불편하게 여겼다. 실제로 1938년 1월 26일, 나치의 가장 잔혹한 관료였던 힘러^{Heinrich Himmler}는 모든 게으름뱅이들, 소위 '일을 기피하는 분자들'을 모아서 노동 수용소로 보낼 것을 다음과 같이 지시했다.

여기서 말하는 '일을 기피하는 분자'들이란 노동이 가능한 연령에 이르렀고, 최근에 의사의 공식 건강 확인서를 받았거나 받을 사람 가운데, 타당한 사유 없이 노동 요청을 두 번 거부한 사실이 확인된 사람, 또는 일단 승낙해놓고 나중에 적절한 사유 없이 취소한 사람들을 말한다. … 이들은 모두 보호관찰 대상인 죄수들로서 바이마르 인근의 부헨발트 강제 수용소로 보내질 것이다.

강제수용소에 도착하자마자 게으름뱅이들은 검은색 삼각형이 새겨진 옷(정치범은 붉은색, 여호와의 증인은 자주색, 범죄자는 초록색, 동성애자는 분홍색 삼각형이었다)을 입어야 했다. 힘러는 일을 기피하는 것을 일종의 전염병으로 보았다. 그 병원균이 국가라는 한 유기체를 좀먹고, 나아가 나치가 꿈꾸는 완벽한 세계를 내부에서부터 파괴시킬 수 있다고 여긴 것이다. 따라서 게으름꾼들은 그들 구미에 전혀 맞지 않았다.

상상의 영역이기는 하지만 할리우드 애니메이션 영화 〈슈렉〉에는 그와 유사한 상황이 등장한다. 괴팍한 성격의 파콰드 영주는 모든 동화 주인공들을 자신의 '완벽한 세계' 밖에 있는 외딴 지역에 강제로 모여 살도록 하는 정책을 편다. 이에 따라 세 마리의 눈 먼 쥐, 피노키오, 아기 돼지 삼형제가 트럭에 실려 '재배치'된다. 동화 주인공들은 파콰드의 질서정연한 나라에서는 설 자리가 없었던 것이다.

그러나 알다시피 우리 삶을 살아갈 가치가 있게 만들어주는 존재가 바로 동화 주인공들이 아닌가. 부적응자, 기인, 떠돌이, 괴짜, 시인, 방랑자, 게으름꾼 또한 이 사회에 발붙이기가 어려운 동화 주인공들이라 할 수 있다.

파콰드 영주의 정책과 비슷한 예로, 대처 전 영국 수상은 예술에 의혹의 시선을 보냈으며 실용 기술만 가르치는 일련의 대학들을 설립하려고 했다. 현재 대부분의 정부들은 그와 마찬가지로 노동을 선호하는 편에 서 있다. 프랑스는 최근 법정 근무시간을 주당 35시간으로 단축하려던 계획을 취소했고, 미국은 청년 인력이 연간 14일의 휴가만 가질 수 있도록 제한하는 방침을 발표했다. 영국에서도 역시 실직 인구를 일터로 돌려보낼 정책안을 계속해서 발표하고 있다.

그럼 이쯤에서 린위탕의 무위에 관한 주장에 다시 귀기울여보자. 그는 침대에 가만히 있는 것의 가장 위대한 장점은 바로 너무나 편안하다는 데 있다고 말했다. "삼나무로 만든 중국 의자를 가져다가 그다리를 몇 인치쯤 톱으로 잘라내고 앉아보면 한결 편안함을 느낄 수 있을 것이다. 그리고 다시 또 몇 인치쯤 잘라내면 훨씬 더 편안하게 느껴질 것이다. 이런 논리로 계속해서 생각해보면, 침대에 완전히 벌렁 드러누웠을 때가 가장 편안하다는 당연한 결론에 도달한다. 문제는 그처럼 간단한 것이다."

이처럼 사치스러운 자세를 취한 상태에서 시 한 편으로 하루를 시작한다면, 그보다 더 좋을 수 있을까? 나는 이 생각을 존 키츠John Keats의 편지를 읽으면서 떠올리게 되었다. 시는 복잡한 도시인들에게는 거부의 대상이 되곤 한다. 그렇게 게으르게 낭비해버릴 시간이 없다고 여기기 때문이다. 그러나 시는 몇 분 안에 읽을 수 있는 데다 그 효과는 매우 크다. 특히 오전 열 시까지 침대에서 뭉개는 최고의 게으름꾼들은, 이런 시도를 해볼 만한 여유가 충분할 것이다.

키츠는 스물세 살의 어느 날, 이런 내용의 편지를 썼다. "좋은 생각이 있습니다. 이렇게 하면 매우 즐거운 하루를 보낼 수 있을 것 같네요. 어느 날 어느 시집의 어떤 페이지를 읽고는, 그걸 들고 천천히 걷는 거지요. 이리저리 생각을 전개하고 골똘히 명상에 잠기기도 하다가 마침내 그 참 의미를 깨닫고 나름의 결론을 내리기도 하면서 … 그렇게 상상의 나래를 편다는 것은, 참으로 달콤하고도 부지런하게 보내는 게으름의 시간이 아닐까요!"

"달콤하고도 부지런하게 보내는 게으름의 시간"이라는 말을 만들어낸 키츠는 실로 천재라 할 만하다. 그 말 안에 '생산적인 무위'라는 모순된 쾌락이 너무나 정확하고 우아하게 담겨 있지 않은가! 키츠의 편지는 게으름을 피우는 그 숭고함에 대해 계속해서 언급한다.

"헤르메스처럼 날아다니기보다는 신들의 제왕 제우스처럼 자리를 틀고 앉는 게 더욱 고귀합니다. 그러니 꿀벌처럼 새로 도래한 지식을 얻으러 바삐 돌아다니지 말자고요. 잎을 활짝 벌리고 꿀벌을 맞아들이는 꽃처럼, 우리 삶을 그렇게 수동적으로 그리고 수용적으로 활짝 열어두기만 합시다."

공포, 증오, 시기, 질투로 채워진 신문 지면의 공허한 수다가 아닌, 시 한 편으로 하루를 시작한다면 우리 삶은 훨씬 더 나아질 것이다. 신문들은 우리의 자아를 부정적인 방향으로 몰아간다. 작가 마르셀 서룩스Marcel Theroux는 내게 이런 말을 한 적이 있다. "올해 나는 정신적인 면에서 큰 발전을 이뤘네.《데일리 텔레그래프》* 신문을 9일간 읽지 않았던 데 그 모든 공을 돌리고 싶어."

키츠의 제안을 실천하는 의미에서, 그의 시 〈나태함에 보내는 송시〉 몇 구절을 음미해보자. 여러분이 그 시를 찾아보는 수고를 덜어주기 위해 여기 3연을 소개한다.

오, 아무 성가신 방해도 없는 시간이여,

나는 달이 어떻게 이지러지는지도 전혀 알지 못하네.

부지런히 훈계하는 상식의 목소리까지도!

무위는 숭고하다. 행위는 패배자들의 것일 뿐이다. 오스카 와일드는 그의 에세이 《예술평론The Critic as Artist》에서 행위를 이상理想으

◆ Daily Telegraph. 중도 우파 성향의 영국 일간지

로 보는 시각에 대해 다음과 같이 비판했다.

행위란 … 아무 일도 하지 않는 사람들을 가두는 수용소다 … 행위의 기반은 상상력의 부재에 있다. 그것은 꿈꿀 줄 모르는 사람들의 마지막 핑계거리다. … 행위는 제한적이고 상대적이다. … 무한하고 절대적인 가치는 편안하게 앉아서 바라보는 사람, 혼자서 걷고 꿈꾸는 사람의 시각 안에 존재한다.

… 사람들은 행위라는 끔직한 사회적 이상에 완벽하게 제압을 당해버렸다. 그 이상을 근거로 하여, 개인적인 견해를 가졌거나 일반 대중과 다른 생각을 가진 사람한테는 너무나도 무례한 공격이 가해진다. 엄청나게 큰 소리로 "대체 무슨 짓을 하는 거요?"라며 따지고 든다. 사실은 "무슨 생각을 하는 거요?"라고 조용히 묻는 것이 문명인답고 타당한 질문이라 할 것이다. … 사람은 직업을 가져야 마땅하다고 믿는 지배 계층의 시각으로 볼 때, 깊은 사고란 시민이 저지를 수 있는 가장 중대한 죄다. … 아무것도 하지 않는 것은 세상에서 가장 어려운 일이요, 뿐만 아니라 가장 지적인 일이라고 나는 말하고 싶다. … 아무 일도 하지 않는 것은 선택받은 사람만의 몫이다.

깊은 사고를 하는 생활, 그런 삶의 목적은 행위가 아닌 존재에 있으며, 단순히 존재에만 그치는 것이 아니라 발전에 있다. 그것은 비판의 영혼이 살아있을 때에만 가능한 일이요, 본래 신이라는 존재는 그렇게 살아가는 법이다.

이 구절에서 와일드는 게으름꾼들을 처치 곤란한 사회의 잉여물,

즉 아무 쓸모가 없고 비정상적으로 예민한 존재에서 이끌어내, 신과 가까운 존재로 승격시키고 있다. 게으름꾼들은 사회의 부담은커녕 오히려 엘리트, 즉 선택받은 자라는 것이다. 게으름꾼들은 신의 제자이자 환상을 보는 자다. 일하는 사람들보다 훨씬 더 현실을 명확하게 꿰뚫어본다. 그래서 타인들이 만든 관습에 희생되는 걸 거부한다. 그들의 눈은 열려 있으며 그들 스스로 자신만의 시간을 창조한다.

인간다워질지어다. 그러기 위해 무한히 상상의 날개를 펼지어다. 그러면 신의 제자가 될 것이요, 그러기 위해서는 무엇보다 침대에서 떠나지 말지어다.

AM 11:00

유쾌한 반항, 농땡이

◆

그가 학교 문설주에 비스듬히 기댄 채
젊은 학생들에게 둘러싸인 모습을 흔히 볼 수 있었다.
학생들은 학사 경고를 간신히 면할 정도만 되면
나머지 시간에는 그와 함께 흥미진진한 대화를 나눴다.

퍼시 주교가 옥스퍼드에서 Dr. 존슨을 추모하며

◆

오전 열한 시다. 게으름꾼들은 이제 본격적인 휴식 시간이 되었다고 느낀다. 이들은 곰돌이 푸우처럼 입맛을 쩝쩝 다시면서 커피 타임, 티 타임, 또는 담배 타임을 갖는다. 작가 그레이엄 그린Graham Greene이 살던 시대는 운 좋게도 애주가들이 현재처럼 환자 취급을 받기 이전이었다. 그가 하루 중에서 최초로 칵테일을 마시는 시간이 바로 오전 열한 시였다. 사실 이 시각은 많은 사람들이 슬슬 잔꾀를 부리는 시간이라 할 수 있다.

이때가 되면 직장인들은 슬쩍 사무실을 빠져나가 커피를 마시고, 남학생들은 넥타이를 비뚜름하게 맨 채 화장실에서 시시덕거리며 담배를 피우고, 여자아이들은 벤치에 앉아 수다를 떤다. 꾀병으로 학교를 결석한 아이는 집에 누워 TV를 보거나 멍하니 천장을 바라보고 있다. 이 사람들이 하는 짓을 가리켜 우리는 흔히 농땡이라고 부른다. 그들은 일종의 반항을 하고 있는 것이다.

농땡이를 부리는 것은 학교와 일터에서 주입받는 무미건조한 생활원리, 즉 '지금 고생하면 나중에 행복해진다'라는 통념에 대해 직접적으로 반발하는 행위다. 그들은 내일까지 기다릴 수가 없다. 가상의 안정된 미래를 위해 즐거움을 늦춘다는 것은 부르주아들이 생각해낸 얕은 속임수일 뿐이라고 여긴다. 그러므로 지금 닥친 순간을 붙들고 달아나버리는 것이다.

이처럼 농땡이를 부린다는 것은 위에서 내리누르는 압력에 저항하는 개인 의지의 표현이다. 또한 현재의 순간을 놓치지 않고 살아가는 자유이며, 동시에 권위에 대한 조롱이자 기쁨 그 자체이기도 하다. 농땡이를 부릴 때 얻을 수 있는 가장 큰 즐거움은, 일하도록 규정된 시간에 일하지 않는다는 데 있다. 내 경우 글을 쓸 시간에 방안을 서성대거나 이메일을 보내면서 시간을 허비하는 게 농땡이의 한 방법이다. 작가 제롬 K. 제롬 역시 그런 즐거움을 누릴 줄 아는 사람이었다. 그는 농땡이의 즐거움을 다음과 같이 간단한 문장으로 정확히 묘사했다.

"아무것도 하지 않아도 되는 시간에 아무것도 하지 않는다면 재미가 없다."

제롬이 즐겼던 농땡이 방법은 사소한 일에 많은 시간을 소비해버리는 것이었다. 그는 "게으름이란 키스와 같아서 돌발적으로 이루어져야 달콤하다"라고 정의한 바 있다.

주말, 쉬는 시간, 휴일 등 공인된 시간에 빈둥대고 시간을 허비하는 건 당연한 일이다. 그러나 진정한 반란이란 다른 사람들이 힘써 일하는 시간에 일하지 않는 것이다. 당신이 카페에 앉아 차 한잔을 즐기고 있는 그 시간에 당신의 동료는 갑갑한 사무실에서 골머리를 앓고 있다는 사실을 안다면, 그 즐거움이 천 배는 더할 것이다. 마찬가지로 토요일에 공원에 나가서 원반던지기 놀이를 하는 것은 재미가 없다. 진정한 게으름꾼이라면 다른 사람들이 일에 파묻혀 있을 때 원반을 던지고 싶어 하는 법이다. 그런 상황에서 즐기는 원반던지기는 그야말로 깨소금 맛일 것이다.

농땡이가 실리적인 면에서도 이롭다는 걸 증명하기 위해, 게으름의 위대한 벗이었던 로버트 루이스 스티븐슨의 글을 인용하고자 한다. 그가 26세에 쓴 에세이 《게으른 자에게 보내는 사죄》에는 농땡이를 두둔하는 대목이 있다. 그 글에서 스티븐슨은 교실이 아닌 침대에 있을 때 삶에 대해 더 풍부하게 배울 수 있다고 강조했다.

누구나 학창 시절에 수업을 빼먹는 경험을 해보았을 것이다. 우리는 그 시간을 충만하고 활기차게 보내며 더 많은 걸 배울 수 있었다. 그 시간을 후회하는 사람은 분명히 없을 것이다. 오히려 깨어 있는 것도 아니고 잠든 것도 아닌 상태에서 몽롱하게 흘려보낸 수업 시간에 더 아쉬움이 많을 것이다. … 사실 지성인이라면 불면증에 걸린 위인들의 삶에서보다도 자기 눈으로 직접 보고 귀로 들은 것에서 더 큰 교훈을 얻을 것이며, 그럴 때 얼굴에 내내 미소를 머금을 것이다. 학교에서는 차갑고 무미건조한 지식들을 배운다. 그러나 따뜻하고 생생하게 고동치는 삶의 진실들은 우리 주변에 널리 흩어져 있어, 그것들을 배우려면 그만큼 찾아다

57

닐 수밖에 없다. 일주일도 되기 전에 절반은 잊어버리고 말 영어 단어들을 억지로 머릿속에 쑤셔 넣는 그 시간에, 농땡이를 피우고 달아난 사람들은 진실로 유익한 기술, 즉 인간관계의 원리를 배우고 좋은 담배의 맛을 배우며 편안하게 대화를 나눌 줄 알게 되고 다양한 사람들과 접할 기회를 갖는다.

정말 그렇다. 내가 십대 학창 시절에 수업을 빼먹고 카페에 앉아 벤슨앤드헤지 담배를 피우면서 보낸 시간은, 그 어떤 교훈보다도 내 마음을 훨씬 더 다채롭게 물들여놓았다. 이러한 진실을 잘 보여주는 영화로 존 휴즈John Hughes 감독의 1980년대 코미디 영화 〈페리스의 해방〉을 들 수 있다.

영화의 주인공 페리스는 자신의 재능과 잔머리를 최대한 이용해서 학교를 빼먹고는, 마을 전체가 자신이 아픈 걸로 믿도록 속인다. 그러나 페리스의 하루 땡땡이는 단순한 게으름이 아니었다. 그와 친구 캐머런에게는 곧 자기 탐험의 여정이기도 했다. 그리고 그런 여정의 효력이 캐머런에게 실제로 일어난다. 마침내 폭군 아버지에게 주눅들지 않고 맞설 수 있는 용기를 갖게 된 것이다. 결국 캐머런은 자신의 문제를 새로운 시각으로 보기 위해, 그리고 아버지를 진정으로 이해하기 위해, 매일 반복되는 지루한 일상에서 빠져나오는 계기가 필요했던 것이다.

농땡이를 피운다는 것은 도둑맞은 시간을 도로 훔쳐 와서 정열적이고 풍부하게 사용한다는 데 의미가 있다. 학교 울타리 밖의 번화한 시내를 누비며 게으름꾼은 삶을 배워 간다. 흥겹게 들썩이는 시내 주변은 십대 도망자들에게는 엄청난 매력의 대상이다. 오전 열한 시에 즐기는 맥주 한 잔과 당구 한 게임. 그 시간을 그보다 더 즐겁게 보낼 수 있는 방법은 아마 없을 것이다.

사실 농땡이에는 길고도 장엄한 역사가 깃들어 있다. 1867년 발간된 토머스 라이트Thomas Wright의 《노동계급의 습관과 관례Some Habits and Customs of the Working Classes》에는 갓 들어온 신입 사원이 맡는 첫 번째 임무가 이른바 "이상 무", 즉 망보는 일이라고 설명했다. 그래야 선배들이 마음 놓고 농땡이를 부릴 수 있었기 때문이다.

> 신입 사원에게 주어지는 '이상 무'라는 임무는 농땡이 부리는 사람, 몰래 책을 보거나 담배를 피우는 사람, 또는 각자 떨어져 하게 돼 있는 일을 모여서 하던 사람들을 위해, 감독이 오는지 주의 깊게 망을 보는 것을 말한다.

그러나 농땡이를 공식적으로 아주 당당하게 실행하던 때도 있었다. 지금은 거의 잊혀진 '성 월요일Saint Monday'이 바로 그것이다. 에드워드 파머 톰슨과 더글러스 레이드Douglas Reid 같은 역사학자들에 따르면, 성 월요일은 제도화된 농땡이 관습이었다. 이 관습은 17세기의 기록에서 처음 언급되었고, 18세기 내내 지속되다가 19세기부터 차차 사라지더니 산업화에 의해 완전히 소멸되고 말았다. 성 월요일이란 안식일이 월요일까지 연장된 형태라고 할 수 있다. 그날이 되면 신발을 만드는 제화공, 실크 양말을 만드는 사람, 직조공들은 일을 하지 않고 선술집에서 술을 마시거나 맨손 격투와 투계를 구경했다.

그 시대에 유행한 노래에 다음과 같은 구절이 나온다.

> 드디어 성 월요일 날이 밝으면
> 횡하니 술집으로 달려가나니,
> 일터에 있어도 은근슬쩍 눈치만 보다가
> 연장과 작업대는 금세 잠들어버리고
> 가게는 덩그러니 혼자 남았네.
> 오늘 일은 여기서 끝이라네.

성 월요일은 아픈 직원에게 회사가 선심 쓰듯 허용해주는 현대의
휴일 제도와는 다르다. 아래서부터 자발적으로 진행되었다는 데 핵
심적인 의미가 있는 것이다. 즉 이 관습은 노동자들에 의해 시작되었
고 그들이 주축이 되었으며, 고용주의 반대 의사를 거스르고 시행되
는 경우도 많았다. 성 월요일이 그토록 오래 지속되었던 이유 가운데
하나는 이 관습을 실천했던 사람들이 오늘날처럼 재산 축적에 열망
을 품지 않았기 때문이었다. 그들은 생존에 필요한 만큼 이상으로는
돈 벌 필요를 느끼지 않았던 것이다. 19세기의 한 감독관은 이렇게
기록했다.

자수 공예자나 실크 양말 만드는 사람들은 비싼 상품 가격 덕에 월요일
과 화요일은 거의 일을 하지 않고 대부분의 시간을 술집에서 보내거나,
구주희* 놀이를 하며 보냈다. … 따라서 그들은 월요일에도 취해 있기
십상이었고 화요일까지 숙취에 시달렸으며 수요일에는 연장 고장 등의

이유로 일을 또 쉬었다. … 그들은 동전 한 닢의 빚만 없다면, 그런 생활 방식을 계속 유지하려 했다.

이제 성 월요일은 사라져버렸지만, 그 정신은 계속 이어져 내려와 오늘날 게으름꾼들의 꾀병 전략으로 계승되었다. 꾀병이 일터에 얼마나 깊게 뿌리를 내렸는지, 영국 정부는 신문을 이용해 심리전을 벌일 정도가 되었다. '매년 병가를 계기로 수백만 명이 영국 산업계를 떠난다'라는 기사를 연달아 게재함으로써, 잠재적인 꾀병 환자들에게 죄의식을 불어넣으려 한 것이다. 그들은 병을 핑계 삼아 게으름을 피운 그 수백만 명이 얻은 자존감, 또는 자기 인식이라는 이득에 관해서는 전혀 언급하지 않았다. 그런 기사들 속에 숨은 뜻이란 간단히 말해 이런 것이다.

"아프다고 회사를 빼먹으면 다른 사람들의 사기까지도 떨어뜨린다. 사회 전체가 원활하게 돌아가려면 개인은 희생을 감수하는 게 마땅하다!"

흥미롭게도 꾀병의 빈도를 보면 경찰과 교도소 간수들이 제일 높은 수치를 나타내는데, 한 사람당 1년에 병가 내는 날수가 평균 12일 정도라고 한다. 이 통계 결과에 긴장한 정부는 급기야 꾀병을 몰아내겠다며 공식 캠페인을 벌이기에 이르렀다. 이것은 농땡이 노동자와 사업주가 수백 년간 벌여온 전쟁 가운데 가장 최근의 전투 기록이라 할 것이다. BBC의 최근 보도에 따르면, 고든 브라운^{Gordon Brown} 대

◆ Ninepins. 볼링의 전신

법관이 공공 부문에서의 장기 결근율을 5년 안에 3분의 1로 줄이겠다고 공언했다 한다. 행운을 빌어요, 고든!

몇 년 전 '데카당 액션Decadent Action'이라는 무정부주의 단체가 나타나, 꾀병의 엄청난 힘을 증명한 적이 있었다. 1999년 이 단체에서는 5월 1일 노동절을 '꾀병 부리는 날'로 제정했다. 이를 놓고 신문들은 엄청난 분량의 칼럼을 쏟아냈다. 나 또한 '꾀병 부리는 날'의 창시자인 이아인 에이치Iain Aitch를 인터뷰하고 그 행사의 배경에 대해 물어보았다. 그는 다음과 같은 대답을 들려주었다.

이 행사는 꾀병이 이기적이고 죄의식을 유발하는 행위가 아닌, 자신의 시간을 되찾아오는 정당한 행위라는 인식을 사람들에게 심어주는 데 그 목적이 있습니다. 고용주와 노동자 사이의 계약 관계에서 균형을 찾고, 결국 자신을 책임질 사람은 자신뿐이라는 걸 깨닫게 하는 거죠. 꼭 우리 단체가 지정한 날에만 꾀병을 부릴 필요는 없습니다. 마음속에 반항의 씨앗이 심겨져 있다면, 병가를 요청할 시기는 각자의 선택에 달린 것이지요. 하루든 육 개월이든 일을 중단하고 내가 진정으로 하고자 했던 일을 충분히 고려해보아야 합니다.

실제로 이 아이디어를 떠올리고 동료들끼리 서로 도와가며 게으름 피울 수 있는 방법을 고안해낼 당시, 이아인 에이치 본인은 한창 꾀병을 부리던 중이었다고 한다.

이 모든 일들을 꿈꾸던 당시 나는 아주 가망 없는 회사에 다니고 있었습니다. 근무 환경이 너무 열악하고 직원들의 사기도 심하게 저하돼 있어서, 모두들 한눈을 파는 시간이 많았어요. 육 개월간의 장기 병가를 내는 사람들도 많았고요. 육 개월 병가는 월급을 받으면서 자리를 비울 수 있는 최대 기간으로, 노동자에게는 일종의 유급휴가인 셈이었습니다. 사람들은 이 기간에 새로운 진로를 모색하고, 자신이 진정 하고자 하는 일이 무엇인가를 찾아내기도 했습니다. 저 또한 그 육 개월 동안 나 자신을 되찾고 글 쓰는 경험도 충분히 해보았는데, 결국 이 일을 계속해야겠다고 결심했지요. 직장에 있을 때는 하루 여섯 시간 근무하면 많이 한 것이었습니다. 그나마 사흘은 카드놀이를 하며 가까스로 때웠고요. 그래서 카드놀이에 도가 텄고, 농땡이에도 일가견이 생겨 단 한 번도 들킨 적이 없었답니다.

병가를 얻어내는 매우 효과적인 방법을 하나 들자면 의사의 공식 진단 기록을 제시하는 것이다. 내가 본 가장 탁월한 진단서는 게으름 문학의 고전이라 할 수 있는 이반 곤차로프Ivan Goncharov의 《오블로모프》에 등장한 것이다. 1859년 출간된 이 러시아 소설은 젠틀한 귀족 게으름꾼을 묘사하고 있다. 그는 열심히 일하는 게 체질상 어려운 사람이었으며, 미래에 대한 야망도 없었고, 그런 자신의 태도에 아무런 잘못이 없다고 생각했다. 책 서두에서 오블로모프는 관청의 서기로 취직한다. 그러나 이내 그는 정신없이 쏟아지는 서류 작업들에 견딜 수 없는 부담을 느끼게 된다.

그는 한밤중에 자다 말고 두 번이나 불려나와 '기록'을 해야 했다. 방문

객의 시종에서부터 친구들에 이르기까지 수많은 사람들이 몇 번이나 그의 잠을 깨워대곤 했는데 이유는 늘 기록을 해달라는 것이었다. 오블로모프는 이런 상황에 점차 진저리를 내게 되었다.

"도대체 나는 언제쯤 숨을 쉴 수 있게 되는 거지?"

그는 고통스럽게 이 말을 되뇌곤 했다.

결국 2년간 직장을 다닌 후 오블로모프는 그만하면 이제 충분하다는 결론을 내린다. 그리고 얼마간 쉬기 위해 의사한테 진단서를 써달라고 부탁한다. 그 결과 꾀병에 신빙성을 더해주는 온갖 의학 용어들로 장식된, 진단서 분야의 최고 걸작이 탄생했다. 여러분도 이것을 베껴다가 상사한테 써먹는 건 어떠실지?

아래에 서명한 본인은 조합 서기 일랴 오블로모프 씨가 심장 비대증과 좌심실 팽창 증상을 보이며, 만성적인 간염을 앓고 있어 환자의 건강과 생명에 위험을 줄 수 있다고 판단, 매일 출근하는 것은 발작을 일으킬 소지가 있다고 진단하여, 본인의 인장印章을 아래와 같이 첨부한다. 본인은 오블로모프 씨의 고통스럽고 반복적인 발작 증상의 악화를 예방하기 위해, 그가 출근하는 걸 중단해야 하며 모든 지적 추구 활동과 어떤 종류의 신체 활동도 삼가야 한다고 권고하는 바이다.

독자들에게 소개할 만한 또 다른 농땡이 전략으로는 위임, 즉 남한테 떠맡기는 방법이 있다. 이런 종류의 농땡이는 침대에 누워 작업하는 걸 즐기던 또 한 명의 게으름꾼 작가 마크 트웨인Mark Twain의《톰

소여의 모험》에 잘 묘사돼 있다.

톰은 폴리 이모로부터 울타리에 하얀 페인트칠을 하라는 벌을 받는다. 그러자 톰은 친구들이 보는 앞에서 울타리 칠은 사실 일이 아니라 장난이라고 설득하기 시작한다. 솔깃해진 아이들은 아끼는 물건을 하나씩 내놓고 그 대가로 페인트 붓을 들게 된다. 결국 톰은 힘하나 들이지 않고 이모의 명령을 완수해낼 뿐만 아니라, 올챙이, 고양이, 폭죽, 장난감 군인, 놋쇠 문고리 등 친구들의 보물까지 주머니 가득 수집하게 된다.

결국 그리 운수 나쁜 날은 아니었다고 톰은 혼잣말로 중얼거렸다. 인간 행동의 위대한 원칙, 아직 그 말을 쓸 줄은 모르지만, 어쨌든 톰은 그 의미를 발견한 셈이었다. 즉 어떤 사람으로 하여금 어떤 것을 하고 싶어 못 견디게 하려면, 그 어떤 것이 아주 손에 넣기 어려운 것으로 보이도록 만들면 되는 것이다. 톰이 위대하고 현명한 철학자라면 일이란 몸이 해야만 하는 어떤 것이요, 놀이란 몸이 안 해도 되는 것임을 오늘 깨달았을 것이다. 조화造花를 만들거나 방아를 돌리는 것은 일이고, 반면 볼링을 하거나 몽블랑 산에 오르는 것은 왜 놀이가 되는지, 그 이유를 알게 되었을 것이다.

영국에 말 네 마리가 끄는 승합마차를 매일 30~40킬로미터씩 몰고 다니는 부자들이 있었다. 그 정도 거리를 마차로 다니려면 상당히 많은 돈이 든다. 하지만 만약 그 사람들한테 봉급을 받고서 매일 똑같은 거리를 마차로 오가라고 한다면, 마차를 모는 것은 정식으로 일이 되어버리기 때문에 사람들은 그 일을 그만두고 말 것이다.

톰 소여가 사용한 농땡이 방법은 일에 대한 증오를 교묘하게 이용한 것이다. 혹시 남한테 일을 떠맡기는 것은 찜찜하다고 생각하는 사람이 있을지도 모르겠다. 하지만 단순하게 생각하라. 누군가가 나를 대신해서 일을 하는 게 내가 하는 것보다 낫지 않은가. 자기는 여유를 부리며 기분 좋게 구경이나 하고, 고된 일을 다른 사람들이 떠맡도록 설득시키는 교묘한 수단을 발휘했다는 점에서, 톰 소여는 기업계의 리더에 적합한 소질을 지녔다고 볼 수 있다.

농땡이에 관련된 문학 작품은 매우 드문 편이지만, 그중 가장 대표적이면서 가장 훌륭하다고 할 만한 작품을 마지막으로 소개하고자 한다. 바로 1853년에 출간된, 허먼 멜빌Herman Melville의 고전 《필경사 바틀비》다.

어느 변호사가 서기를 새로 고용하면서 이야기는 시작된다. 이 서기가 바로 바틀비인데 이상스러울 정도로 무뚝뚝하기는 하지만, 정확한 시간 엄수, 꼼꼼한 업무 처리, 절대적 순종, 단정한 복장 등 고용주들이 중요하게 여기는 모든 덕목을 갖춘 모범 사원이었다. 그러나 속을 알 수 없던 이 직원은 이내 기이한 행동을 하기 시작한다. 어느 날 아침 그의 고용주인 변호사가 바틀비에게 함께 서류 작업을 마치자고 제안했을 때였다.

바틀비가 평소와 조금도 다름없이 차분하고 또렷한 목소리로 "싫습니다"라고 대답했을 때, 나의 놀라움, 아니 경악을 상상해보라.
나는 놀란 가슴을 진정시키느라 한동안 아무 말도 못하고 앉아 있었다.
처음에는 내가 잘못 들었거나 바틀비가 내 말을 잘못 알아들었을 거라고 짐작했다. 그래서 내가 원하는 바를 또박또박 다시 들려주었다. 그러나 방금 전과 조금도 다름없는 대답이 또렷하게 들려왔다.

"싫습니다."

그 말이 들리자마자 극도로 흥분한 나는 방안을 성큼성큼 누비고 다녔다.

"뭐라고? 자네 정신이 어떻게 된 거 아닌가? 여기 이 서류를 내가 대조해볼 수 있도록 도와달라는 말이네! 이거 말일세!"

나는 그 서류를 바틀비에게 내밀었다.

"싫습니다."

그의 대답은 한결같았다.

바틀비의 저항 방식은 거의 간디에 버금가는 수준이라고 할 만하다. 수동적이면서도 확고하고 점잖고 품위가 있다. 실로 거절의 정수를 보여주었다 하겠다. 이야기가 진행되면서 바틀비는 점점 일에서 손을 놓는다. 그러면서도 절대 사무실을 떠나지 않고, 생강 과자로 연명하며 소파에서 잠을 잔다. 변호사는 그를 해고하려고 하지만 실패하고, 결국 수수께끼 같은 조수를 떼어놓기 위해 스스로 사무실을 옮겨버린다. 밤이고 낮이고 복도에 숨어 기다리던 바틀비는 새로 들어온 입주자에 의해 발견된다. 결국 그는 체포되어 감옥으로 보내지는데, 거기에서도 말하거나 먹는 걸 거부한다. 며칠 후 바틀비는 극단적인 농땡이를 감행한다. 죽은 것이다.

67

숙취를 즐기라!

◆

나의 심장은 아파오고
나른한 마비감이 나의 감각을 고통스럽게 하네.
마치 내가 마셨던 독주처럼…

존 키츠, 〈나이팅게일에게 보내는 송시〉에서

◆

숙취가 공격을 시작하는 시간은 대략 낮 열두 시쯤이다. 대개 정오 이전까지는 전날 밤의 취기에 잠겨 있거나, 선잠으로나마 에너지를 보충하기 때문에 숙취를 잘 느끼지 못한다. 아마 이 때문에 신화 속에도 '정오의 악마'가 등장하는 듯하다.

티에리 파코는 《시에스타의 예술》에서 "열두 시가 되면 정오의 악마는 어떤 사람이라도 손에 넣고 제압할 수 있다"라고 적었다. 이슬람에서도 정오는 불경한 시간으로 치며, 나 또한 열두 시쯤에는 일터에서 아주 괴로운 시간을 보내곤 했다. 몸은 축 늘어지고 입에서는 끙끙거리는 신음 소리가 절로 새어 나와, 도저히 일에 집중할 수가 없었다. 당시 머리를 감싸 쥔 채 전날 밤의 과음을 죽어라 후회하던 날들이 얼마나 많았던가. 아, 괴로운지고!

숙취는 대개 지나치게 방만한 생활이 부른 부작용, 즉 쾌락에 대한 징벌로 여겨진다. 숙취의 고통에 대해 써 나갈 때면, 나는 어떤 영화의 주인공이 떠올라 종종 웃음이 터져 나오곤 한다. 〈위드네일과 나〉에서 우스꽝스러운 자기 연민에 빠진 주인공으로 등장했던 위드네일이 바로 그 사람이다. 위드네일은 어떤 모임에서 망신창이가 되도록 위스키를 퍼마신 다음 날 아침 이렇게 탄식한다. "내 머릿속에 돼지가 들어가서 난동을 부리는 것 같아."

숙취가 일으키는 심각한 문제는 몸과 마음, 양쪽을 모두 괴롭힌다는 데 있다. 바로 거기에 숙취의 놀라운 위력이 숨어 있는 것이다. 숙취는 우리의 신체와 영혼을 동시에 공격한다. 신체적으로는 속 쓰림과 두통, 메스꺼움, 온몸이 콕콕 쑤시는 듯한 통증을 동반하며, 뱃속이 울렁거리고 머릿속은 윙윙거리는 소음으로 가득 차게 만든다.

거기에다 설상가상으로 정신적 고뇌까지 더해져 그 후유증은 증폭된다. 우리는 과음함으로써 자신의 몸에 해를 입혔을 뿐만 아니라, 마음과 더 나아가 영혼까지 소진시키는 고통의 소용돌이에 스스로를 내맡겼다는 자괴감에 시달린다. 또 한편으로 그것은 책임감과 의무라는 따분한 덕목을 포기한 대가라는 생각도 들게 된다. 자학적인 세계관에서는 쾌락과 고통이 정확히 균형을 이뤄야 하기 때문에, 술을 퍼마시며 실컷 쾌락을 맛보았으니 '아파도 싸다'라고 생각하는 것이다.

그러나 숙취를 긍정적인 경험으로 바꿀 수 있는 대처 방법은 분명히 있다. 헛소리로 들릴 수도 있겠지만, 약간의 독창성과 사전 계획만 동원한다면 숙취란 실제로 얼마든지 즐길 수 있는 대상으로 바꿀 수 있다. 결국 우리 마음먹기에 달렸다는 것이다.

전통적인 숙취 치료법(온갖 해장국과 약물 등)이 저지른 첫 번째 과오는 오로지 치료의 관점에서만 생각했다는 데 있다. 본래 숙취란 것은 치료될 수가 없다. 더불어 껴안고 살아갈 수밖에 없는 존재인 것이다. 두 번째 과오는 신체적 고통의 완화에만 신경을 썼다는 점이다. 실제로 숙취에서 가장 고통스러운 요소는 정신적인 면에 있으며, 따라서 우리가 집중해서 해독을 해야 할 대상 또한 바로 정신이다. 선禪 불교의 사상가 스즈키 슌류鈴木俊隆는 숙취에 대해 이렇게 풀이했다. "당신의 마음에는 잡초가 가득합니다. 그러나 그 잡초들을 억누르려고 애쓰는 걸 포기할 수만 있다면, 잡초들 또한 당신이 깨달음으로 가는 길을 비옥하게 만들 것입니다."

한편 작고한 저널리스트 개빈 힐스Gabin Hills는 숙취 증상이 상상력에 의해 발생할 수도 있다는 사실을 아래와 같은 일화를 통해서 증명했다(그렇다고 그가 두통, 메스꺼움, 피로, 집중력 저하 같은 증상이 그저 상상에 불과하다고 주장했던 것은 아니다).

최근 어느 일요일 아침에 있었던 일이다. 나는 평소 습관대로 잔뜩 짜증이 나서는 투덜대며 잠자리에서 일어났다. 삭신이 쑤시고 속에서는 구역질이 올라오고 머리는 지끈거렸다. 알코올을 탓하며 전날 밤 벌였던 술자리를 후회했다. 이렇게 투덜대다가 문득 떠오르는 생각이 있었다. 사실 전날 밤 나는 집에 혼자 있었고, 술은 입에도 대지 않은 채 TV를 보다가 일찍 잠자리에 들었던 것이다.

아침에 눈을 떴을 때 찾아오는 숙취의 고통에 대한 기대 심리가 너무 강력해서 익숙한 신체적 증상들을 유발해냈던 것이다. 즉 자기혐오 모드로 빠질 준비가 너무나 확실하게 된 상태인지라, 스스로가 자신을 속이고 있다는 사실을 깨달을 틈도 없이 마음이 먼저 숙취 증상을 일으켰고 뒤이어 몸에도 같은 증상이 나타났다.

그러므로 나는 의문을 품을 수밖에 없다. 마음이 숙취를 만들어낼 수 있다면, 마음이 숙취를 제거할 수도 있는 게 아닐까. 숙취를 없애려고만 들지 말고 마음, 즉 의지를 이용하여 숙취를 받아들인다면 숙취의 부정적인 영향력을 제거할 수도 있지 않을까. 실제로 나는 죄책감과 일, 이 두 가지를 중단시킬 수 있다면, 숙취를 부정적인 경험에서 긍정적인 경험으로 역전시킬 수도 있다고 믿는다. 이와 관련하여 최근 내가 겪은 일을 소개하고자 한다.

그날 아침 나는 사무실에 출근해야 했다. 밀린 서류 정리 작업이 있었고 전화도 몇 군데 걸어야 했기 때문이다. 하지만 특정 시간까지 출근하도록 정해진 것은 아니었기 때문에 여유는 있었다. 나는 이틀 동안 계속된 음주 이후 찾아온 지독한 숙취를 없애려고 맞서 싸우는 대신에, 그것을 마음으로 받아들이고 그날 하루를 조용하고도 즐겁게 보내기로 결심했다.

눈, 버스, 추위, 지하철, 답장 없는 메일들, 갚아야 할 청구서, 그 밖의 소소한 문제들. 보통 숙취는 이런 귀찮은 일들을 견딜 수 없게 만들곤 한다. 그러나 그날은 자신에게 압력을 거의 가하지 않은 결과, 나는 서서히 즐거운 쪽으로 마음가짐을 바꾸어 나갔고, 심지어 앞서 말한 몇 가지 일들을 완수해내기까지 했다. 점심도 즐겁게 먹을 수 있었다.

이렇게 자책감과 죄의식으로 빠져드는 걸 내 의지로 차단함으로써, 나는 숙취가 주는 신체적인 불편함에 쉽게 대처할 수 있었다. 세 번째 날 밤에는 일찍 잠자리에 들어가 아홉 시간 동안 달게 자고 일어났다. 그러고는 시골집으로 돌아가는 첫 기차를 잡아탈 수 있었다. 여기서 잠깐 논지와 크게 벗어나지 않는다면 그때 있었던 일화 하나를 더 소개하고 넘어가고자 한다.

내 친구 마크 매닝도 그날 밤 폭음을 하던 자리에 함께 있었다. 그런데 그가 다음 날 점심 식사 자리에 갑자기 나타나서는 자랑스러운 목소리로 이렇게 말했다.

"어이, 오늘 아침에는 신기하게도 전혀 숙취가 없었지 뭐야."

"마크, 우리가 술을 마신 건 어젯밤이 아니고 그저께였잖아."

내가 바로 잡아주자 마크는 "어, 정말이야?" 하고 뜻밖이라는 듯 대답했다. 그는 아마 내내 잠을 자느라 숙취를 잊고 있었을 것이다. 잠은 숙취에 대처하는 또 하나의 긍정적인 방법이다.

미국인 작가 조시 글렌Josh Glenn이 게으름꾼을 주제로 한 원고를 기고했을 때, 나는 처음으로 숙취에 대응하는 또 다른 방식에 대해 생각하게 되었다. 글렌은 숙취 상태야말로 감각을 가다듬는 흥미로운 계기가 될 수 있다는 주장을 폈다.

숙취 상태에서 사람은 비정상적으로 시각, 청각(모든 게 너무나 크게만 들린다!), 미각, 후각, 평소에는 의식도 하지 못하던 촉감까지 예민해진다. 그것은 나쁜 게 아니라 좋은 징조다. 예를 들어 숙취 상태의 시각은 평소의 선입견에 의해 차단되지도 않고, 사회 통념에 길들여진 편견에 속아 넘어가지도 않는다. 겉보기에는 평범하지만 믿을 수 없을 정도로 탁월한 의미를 지닌 대상에 자석처럼 눈길이 빨려 들어간다. 숙취 상태에서 어떤 대상을 '지긋이 응시'한 경험이 있는 사람은 내가 무슨 말을 하는지 이해할 수 있을 것이다.

조시 글렌은 위의 주장을 한 단계 더 발전시켰다. 숙취가 환상의 세계로 향하는 입구가 될 수 있다고 지적한 것이다.

기존의 종교들은 성인의 돌연한 깨달음을 가리켜 '니르바나' 또는 '은혜'라고 말한다. 그런데 우리는 숙취를 제거하려고 조급하게 서두르는 바람에 그런 순간들을 스스로 뿌리쳐버릴 때가 너무나 많다(술은 입에도 안 댄 사람의 또렷한 시선과 만취한 사람의 흐릿한 시선, 그 중간 지점에 있는 숙취 상태의 시각이 힌두교에서 말하는 깨달음의 '제3의 눈'은 아닐까 하고 생각한다). 즉 숙취의 순간이란 수도원 안에서나 경험할 수 있는 '중립 상태'의 지각 능력으로 우리를 인도하는 계기가 된다는 말이다.

블레이크가 우주를 모래 한 알로 파악하던 순간, 그 역시 숙취 상태는 아니었을지 궁금하다. 물론 숙취가 영적인 각성을 가능케 해준다는 말이, 뜬구름 잡는 소리로 들릴 수 있으리라는 걸 안다. 게다가 출근을 해야 한다든지 하는 급박한 상황에 있다면, 숙취의 이득이란 완전히 물 건너간 이야기가 돼버린다. 하지만 숙취에 대처하는 방법은 다른 사람들하고 똑같이 움직이려고 애쓰는 게 아니라 오히려 그런 노력을 완전히 포기하는 것임을 말하고 싶다. 숙취 상태의 표면적 '무익함'을 그대로 포용하고, 다른 사람들처럼 똑같이 행동해야 한다는 중압감을 벗어버려야 한다.

그렇게 할 때 숙취는 하루 동안의 휴가, 즉 일의 세계에서 일시적으로 벗어나 지금 처한 순간을 살아가는 기회가 될 수 있다. 숙취가 올 때는 집에서 느긋하게 차를 마시면서, 똑같은 상태에 있는 친구들과 함께 우스꽝스러운 코믹 영화를 보며 시간을 보내는 게 가장 이상적이라 할 수 있다(우리는 〈주랜더〉라는 영화를 새해 첫날 보았는데, 그렇게 법석을 떠는 스토리는 난생 처음이었다).

최근에는 내 친구 노라가 숙취의 동반자로 아주 안성맞춤인 비디오 세 편을 들고 날 찾아왔다. 데이비드 애튼버러David Attenborough의 〈동물들의 사생활〉이라는 다큐멘터리였는데, 코믹한 펭귄들이 남극 대륙의 벌판을 뒤뚱대는 광경은 정말 유쾌하기 그지없어서, 파티 이후 무기력해진 몸에 큰 활기가 되었다.

숙취에 관해 훨씬 더 급진적인 이론을 펼친 주인공들로는 악동으로 소문난 영국 배우 키스 앨런Kieth Allen과 예술가 데이미언 허스트Damien Hirst를 말할 수 있다. 그들은 며칠 동안이나 연이어 술을 마셔대곤 했다. 그들은 술을 마시다가 나가떨어지는 것이야말로 음주 전체의 과정 중에서 최고의 순간이라는 이론을 개진했다. 키스 앨런은 나에게 이렇게 말했다.

"숙취가 온다는 건 당신이 아직 끝까지 간 게 아니라는 신호입니다. 우리는 곯아떨어져 잠들 때까지 술을 마시곤 하죠. 그러고는 일어나서 지난 서른여섯 시간 동안 일어난 일에 대해 시를 쓰고, 곯아

떨어지기 전에 일어났던 일들을 띄엄띄엄 기억해내며 웃음보를 터뜨리곤 합니다. 사실 숙취란 음주 이후를 어떻게 계획하느냐에 달린 문제입니다. 일단 과음한 뒤에는 하루나 이틀 정도 완전히 일을 중단하고 휴식 시간을 가져야 해요."

여기에 덧붙여 데이미언 허스트(그런데 그는 현재 음주와 흡연을 완전히 끊은 상태다)는 곯아떨어질 때까지 술을 마시는 일은 어디까지나 친구들과 함께 해야 한다고 강조했다.

> 몸은 지칠 대로 지치고 몰골은 말이 아니게 흐트러지고 기분은 엉망진창이 되어 자살이라도 하고 싶어질 때, 우리는 함께 둘러앉아 "지금부터가 최고의 순간이다"라고 선포합니다. 그러고는 완전히 나가떨어질 때까지 술을 마셔대요. 정말 굉장하지요. … 이런 일을 할 때 다른 누군가가 곁에 있다면 최고겠지요. … 침대에 혼자 누워 죽을 둥 살 둥 고생하느니, 차라리 나는 그 고생을 친구들과 함께 하겠습니다.

내 자신의 경우에는 차 한 주전자를 놓고 친구들과 둘러앉아 느긋하게 장난치고 낄낄대며 숙취 상태를 즐거운 시간으로 만들고 있다. 숙취의 문제는 우리들이 대부분 숙취 상태가 아니라는 듯이 행동하려는 데서 발생한다. 즉 사무실에 앉아 일하고 회의하고 평소와 같은 하루 일과를 해내려는 것이다, 그것도 혼자서. 그러나 숙취 상태라면 그 어떤 유익한 활동이라도 자제하라. 무익함을 받아들이라. 과음 이후의 시간을 어떻게 보낼지 계획을 세우라. 맞서 싸워 이기려고 들지 말라.

우리 삶에는 지극히 생산적이고 이성적인 패러다임과 부합되지 않는 요소들이 엄연히 존재한다. 때문에 사회와 우리 자신이 스스로에게 가하는 압력에 우리는 저항해야 한다. 게으름꾼으로 살아가려면 숙취를 사랑하는 법도 배워야 한다. 물론 초보 게으름꾼들에게는 버거운 과제겠지만, 일단 시도해보고 그 결과가 어떤지를 직접 느껴보라.

PM 01:00

사라진 점심시간

◆

음식에 대한 사랑처럼
진실된 사랑은 없다.

조지 버너드 쇼

◆

옛날(아주 오랜 옛날까지도 아닌 그리 멀지 않은 옛날)만 해도, 점심시간
이란 맘껏 즐길 수 있는 것이었다. 한낮의 식사는 신경을 써서 마련하
는 자리로, 친구, 동료들과 함께 맛있는 음식을 먹으면서 두세 시간을
보낼 수 있었다. 떠도는 풍문을 주고받으며 웃고 떠들고 술을 곁들이
는 자리였다. 따분한 오후의 끝을 날려버리는 꿈같은 쾌락의 오아시
스였기에, 분주한 아침 시간 내내 고대하던 시간이기도 했다. 밥을 먹
고 나서는 인근을 산책하거나, 택시를 타고 갤러리에 구경을 갈 수도
있었다.

　때로는 흥겨운 점심시간이 오후 내내 계속되는 바람에, 저녁 약속
을 취소하고 따분한 일과도 연기한 채 밤까지 그 자리를 이어가기도
했다. 저널리스트 키스 워터하우스Keith Waterhouse는 저서 《점심 식사

의 이론과 실제*The Theory and Practice of Lunch*》에서 "점심 식사는 자유 의지다"라고 천명하기도 했다.

그러나 21세기를 사는 현대인들에게 점심 식사가 의미하는 것은 무엇일까. 서글프게도 점심은 아주 현실적인 용도의 의미로 축소되었다. 한가한 식사라는 전통은 새로운 노동 윤리에 무참히 패하고 말았다. 단시간 내에 배고픔을 해결할 수 있는 가장 효율적인 수단으로 샌드위치가 급부상했고, 그 결과 영국에서는 고급 샌드위치 체인점인 프레 타 망제PRET A MANGER가 엄청난 성공을 거두었다.

이 음식점은 프랑스식 이름과 더불어 직원들의 거만한 태도, 고급스러운 재즈 음악을 동원하여 식사 분위기에 꽤나 신경을 쓰는 체 했지만, 실상은 샐러리맨 고객들이 재빨리 먹어치우고 사라지게 하는 데 더 많은 관심을 쏟았다. 물론 그 기업이 가장 신경을 쓴 것은 이윤이었고, 매상을 올리기 위해 시간에 쫓기는 샐러리맨들의 욕구를 적극적으로 파고들어갔다. 결국 그 얄팍한 상술은 체인이 미국의 맥도날드에 거액에 매각됨으로써 백일하에 드러났다.

사실 점심시간의 실종은 쉴 새 없이 부산하게 움직이는 미국인들의 생활 문화에서 그 원인을 찾을 수 있다. 1882년 니체는 점심 식사가 미국의 새로운 노동 윤리에 의해 위협을 받는다고 기록했다.《즐거운 학문》에서 니체는 이렇게 주장했다.

"숨 돌릴 틈도 없이 성급하게 일하는 그들의 문화가 옛 유럽까지 감염시키기 시작했다. … 사람들은 점심을 먹으면서도 손목시계를 들여다보며 골똘히 생각에 빠지거나, 한편으로는 주식 시장의 최신 뉴스를 읽으며 마치 뭔가 대단한 것이라도 놓칠까 봐 조바심하는 기색이다."

점심시간이 사라진 것은 나처럼 게으른 사람들에게는 신의 죽음보다 더욱 불경한 사건이 아닐 수 없다. 린위탕 역시 1930년대 뉴욕을 관찰한 소감을 밝히면서, 삶의 속도가 먹는 즐거움을 파괴하고 있다고 불만을 토로했다.

"현대인들은 삶의 템포가 너무 빨라서, 먹고 요리하는 문제에 점점 더 적은 시간을 할애하고 있다. … 먹기 위해 일하는 게 아니고 일하기 위해 먹는다면 그것은 정말 미친 짓이다."

단순한 에너지 공급 차원으로 음식을 보는 관점은 파시스트들에 의해 적극 장려되었다. 그들은 음식이란 생산량을 증가시킬 때에만 가치가 있다고 믿었다. 즐거움은 고려 대상이 아니었다. 다음은 1940년 이탈리아의 어느 공장 운영 방침에서 인용한 대목이다.

직원들은 공장에서 일하는 동안 스스로 알아서 챙겨 먹도록 해야 한다. 그러나 그게 경영자의 무관심한 처사라고 할 만한 문제는 아니다. 인도주의적인 차원에서의 고려 대상도 될 수 없다. 음식의 기능이란 심신의 노력에 의해 소진된 만큼 에너지를 다시 채워 넣고, 그럼으로써 최대의 생산력을 달성하고 유지할 수 있도록 하는 것임을 경영자는 알아야 한다.

일을 하기 위해 신체에 음식을 투여한다는 관점은 1980년대에 이르러 신격화 경지에까지 이르게 된다. 올리버 스톤Oliver Stone 감독의 영화 〈월 스트리트〉에는 악명 높은 브로커 고든 게코가 등장하여 위의 관점에 정확히 부합되는 말을 한다.

"점심이라고? 지금 농담하는 거겠지. 점심은 낙오자들한테나 어울리는 거야."

일하는 데 쓰면 더 가치 있을 한 시간을 점심 먹는 데 허비할 수 없다는 말이다. 그리하여 사람 사이의 사귐과 즐거움이란 점심 메뉴에서 사라져버렸다. 일, 진보, '다른 사람을 밟고 일어서기'라는 위대한 신 앞에, 점심시간은 제물로 바쳐진 것이다. 이제는 누구도 여유롭게 점심을 즐기지 못한다. 오늘날 도시에서는 맥도날드, 버거킹, KFC에서 혼자 식사하는 게 흔한 현상이 되었다.

이런 패스트푸드점들은 '노동자의 몸에 에너지를 주입한다'라는 파시스트적인 음식의 정의를 그대로 실현하고 있다. 사람들이 이런 매장의 유리창 앞에 줄지어 앉아 무표정하게 우적우적 음식을 씹어대며, 신문을 읽거나 멍하니 거리를 내다보는 모습은 참으로 비참하기 그지없는 풍경이다. 프랑스 철학자 장 보드리야르Jean Baudrillard는 저서 《아메리카》에서 현대에 들어 보기 힘들어진 풍경, 즉 유유히 터벅터벅 걷는 모습이 사라진 데 대해 서글픈 감정을 토로하며 다음과 같이 덧붙이고 있다. "그것과 비견될 만한 또 하나의 비애를 들자면, 도심에서 혼자 밥 먹는 사람들의 모습이다."

우리 게으름꾼들은 스타벅스 같은 스타일의 커피숍이 급부상하는 걸 두려운 시선으로 바라보고 있다. 요즘은 그런 곳에서 많은 사람들이 커피 한 잔과 샌드위치로 점심을 때운다. 이런 21세기의 커피숍은 18세기의 커피숍과는 공통점이 거의 없다. 18세기의 커피숍은 빈둥대며 시간을 보내기에 아주 탁월한 장소였다. 커다란 대접에 알코올이 들어간 펀치가 대접되고, 사람들 간의 흥겨운 사귐이 수월하게 이뤄지곤 했다. 반면 오늘날의 커피 체인점들은 동일한 목적하에 일종의 비밀 임무를 수행하고 있다. 즉 독한 커피와 약간의 빵을 사람들한테 먹여서, 고도의 불안과 공포 상태에서 하루를 버티도록 도와준다는 것이다. 이처럼 현대의 커피숍들은 '일의 능률'이라는 불쾌한 향기를 풍기고 있다.

1996년 영국을 강타한 최초의 커피숍 열풍은 미국의 '시애틀커피컴퍼니'가 상륙하면서 시작되었다. 처음에는 그런 스타일의 매장이 매력적으로만 보였다. 푹신한 소파, 향긋한 커피, 은은한 조명, 맛있는 음식들. 그에 반해 영국의 카페들은 결코 그런 서비스를 갖춘 적이 없었다. 탄 맛이 나는 인스턴트커피, 차갑게 식은 토스트, 퉁명스런 점원들, 천박한 네온 조명, 우중충하고 무미건조한 분위기. 경쟁의 결과는 뻔한 것이었다.

잡지 《페이스》에 엷은 라떼와 진한 초코모카의 차이를 논하는 원고를 쓰던 무렵, 나 또한 그런 미국식 커피숍에 꽤나 열광했던 기억이 난다. 당시 새로 등장한 커피 전문점들은 미국 서해안 지역의 매력을 풍기고 있었다. 여유롭고 아늑한 단골 카페 같은 분위기 속에서, 사람들은 담배를 피우며 지성인이 된 듯한 착각에 빠지기도 했다. 그런 커피숍들이 직장이 없는 사람한테는 일종의 선물 같았다고 표현한다면 과장일까.

그러나 편안하고 고급스런 분위기의 시애틀커피컴퍼니는 1998년 스타벅스가 65개의 점포를 모두 매입하면서 사라지고 말았다. 요즘에는 번화가마다 새로운 커피 체인점들이 자리를 잡고 있다. 이곳들은 한가하게 시간을 보내는 장소라고는 결코 말할 수 없다. 단지 일하는 기계들을 위한 간이 정비소, 또는 연료를 재충전하는 주유소일 뿐이다. 작가 이아인 싱클레어Iain Sinclair는 이렇게 말했다. "현대의 전반적인 커피 문화는 빠른 속도를 부르짖고 있다. 사람들은 계산대 앞에 줄을 서서 자기 차례가 오기를 기다리고, 점원들은 민첩하게 움직여야 한다. 요즘 누가 카페에서 죽치며 하루를 보내려고 하겠는가. 그런 시대는 이제 사라져버렸다."

점심에 마티니 세 잔을 마시면 오후의 절반이 눈 깜짝할 새 날아가버리던 시절은 가고, 이제 도시의 샐러리맨들은 카페인에 흥분돼 땀을 흘리고 불안해하며, 공격적인 성향으로 돌변해 부하 직원 앞에서 버럭 소리를 지르고 위궤양을 키운다. 이러한 커피 열풍이 우리 심신의 건강에 미치는 무서운 결과가 언젠가 드러나게 될 거라고 나는 확신한다.

불과 얼마 전만 해도 런던과 뉴욕에는 한가하게 점심 식사를 즐기던 문화가 번성했다. "뉴욕은 점심 식사 면에서 세계에서 가장 위대한 도시다. … 사람들 간에 활발한 교제의 장이 펼쳐진다."

유머 작가 윌리엄 에머슨 주니어William Emerson, Jr.가 기록한 글귀다. 당시의 점심에는 거나한 음주가 동반되기도 했다. 제럴드 포드Gerald Ford 대통령은 1978년 어느 연설에서 이렇게 말했다. "세 잔의 마티니를 마시는 점심시간은 미국의 능률을 상징하고 있습니다. 귀 따갑고, 배 부르고, 동시에 술에까지 취할 수 있으니 일석삼조가 아니겠습니까?"

이와 같은 위트와 유머가 왜 이제는 대통령의 연설에서 사라져버린 걸까. 당신이 마티니를 세 잔 마셔본 적이 있다면, 그 효력이 얼마나 대단한지를 잘 알 것이다. 이 칵테일은 알코올 기운이 너무 강력해서 그 효력이 머리에 닿기도 전에 위장과 신속하게 접촉한다. 점심식사에 곁들인 세 잔의 반주로 인해 거나하게 취하는 광경은 거만하고 딱딱해 보이는 정치인이나 사업가들에게 있어서도 예외는 아니었다. 이들은 오후 네 시쯤에 파크 애비뉴에서 비틀거리며 택시에 올랐다. 그러고는 사무실로 돌아가 넥타이를 풀고 책상에 발을 올려놓고는, 직원들한테는 그만 퇴근하라고 일렀다.

이처럼 1970년대는 점심시간의 황금시대라 할 수 있었다. 키스 워터하우스는 1986년에 《점심 식사의 이론과 실제》라는 훌륭한 저서를 썼는데, 그때만 해도 점심 식사가 단순한 '배 채우기' 도구로 격하되지는 않았던 시기였다. 책에서 워터하우스는 자신에게 점심 식사가 어떤 의미인지를 장황하게 설명하며, 결정적으로 자신의 기준은 사람들의 일반적인 생각과는 거리가 멀다고 강조했다.

"어느 한쪽이라도 다이어트 중일 때나 차로 이동 중일 때, 또는 시간적인 여유가 없을 때는 다른 사람과 함께 식사하지 않는 게 좋다. … 친구를 불러내 점심을 먹을 때는 시장기 해결 이외에 어떤 욕구, 사귐의 필요가 원인이 되어야 한다. 업무 목적이 약간은 섞일 수도 있겠지만, 기본적인 목적은 반드시 사귐에 있어야 한다."

비즈니스 용도이기는 하지만, 오랜 시간 지속하는 점심 식사가 다행히도 유럽 일부에서 아직까지 성행하고 있다. 2년 전 나는 업무상 프랑스의 어느 주류 회사를 찾아간 적이 있었다. 제조 금지 조치가 풀린 압생트 술을 다시 만들어내는 회사였는데, 나와 동료들은 그 술을 영국으로 수입하는 일을 하던 중이었다.

우리 일행 여덟 명은 달팽이와 와인으로 구성된 세 가지 코스의 식사를 즐겼다. 식사 도중에 비즈니스에 관한 언급은 하나도 없었다. 처음에는 유쾌한 분위기 속에서 실컷 웃으며 이야기를 나눴지만, 시간이 지나자 나는 서서히 초조해지기 시작했다. 우리는 런던으로 돌아오는 열차표를 미리 끊어놨던 것이다. 그러나 그 프랑스 친구들은 곧 나의 불안을 잠재워주었다. 웃고 떠드는 가운데 그들은 서두르지 않아도 만사는 제때 다 이루어지게 돼 있다고 말했다.

"Travailer moins, produire plus."

즉 적게 일할수록 많이 생산하게 된다는 뜻이었다. 물론 그들의 주장은 옳았다. 만약 우리가 어떤 일을 해내는 데 삼십 분이면 충분하다고 해보자. 하지만 이때 우리한테 한 시간 삼십 분이라는 시간이 주어진다면, 결국 우리는 임무를 완수하는 데 한 시간 삼십 분을 전부 쓸 것이다. 일을 마치는 시간이란, 주어진 상황에 따라 얼마든지 늘어지기 마련이다. 그때 그 프랑스인들이 가르쳐준 탁월한 지혜를 나는 마음속에 깊이 새겼다. 사실 《아이들러》의 편집장인 내가 그들의 눈에는 게으름꾼과는 거리가 먼, 조급한 비즈니스맨으로 보였으리라는 사실은 꽤나 아이러니한 것이었다.

하지만 우리가 프랑스인의 지혜를 실생활에 적용하기란 결코 만만한 것이 아니다. 당신이 세 시 반쯤, 점심시간을 훌쩍 넘겨 허둥지둥 회사로 돌아왔다고 상상해보자. 상사가 얼굴을 붉히며 당신을 질책할 때 과연 "Travailer moins, produire plus"라고 태연히 대답할 수 있겠는가? 공감을 얻는 건 아마 거의 불가능할 것이다.

그래도 우리들에게 희망은 있다. '즐거울 권리와 그 보호를 위한 국제 운동International Movement for the Defense and the Right to Pleasure'이 발족돼 영향력을 행사하고 있기 때문이다. 흔히 '슬로푸드Slow Food'라는 짧은 이름으로 더 많이 알려져 있는 이 운동은 1986년 패스트푸드의 문화적 해악에 섬뜩한 공포를 느낀 급진파 이탈리아인들이 창립한 것이다. 슬로푸드는 즐거움, 삶의 질, 다양성, 그리고 휴머니티를 생산 현장과 식품 섭취 면에서 되살리자는 목표를 표방한다. 그들은 달팽이 로고를 내걸고 다양한 이벤트와 시식 대회를 개최하고 관련 서적과 잡지를 발간하면서 운동을 전개하는 중이다.

시작은 미미했지만 현재 이 운동은 유럽 전역에 10만 명에 달하는 회원을 보유할 정도로 확산돼 있으며, 최근에는 패스트푸드의 발상지인 미국에 지사를 설립하기도 했다. 이 단체의 창립자 카를로 페트리니Carlo Petrini는 슬로푸드 운동을 가리켜 '어엿한 문화혁명'이라고 주장했는데, 동의하는 바다. 아래의 슬로푸드 성명서에 드러난 것처럼, 그들이 내세우는 이념은 단순한 식이요법의 차원을 뛰어넘어 우리 삶이 비인간적으로 기계화되는 걸 막는 저항운동으로서 평가받아야 할 것이다.

산업 문명의 기치 아래 시작되고 발전되었던 우리 세기는, 처음에는 기계를 발명하여 그것을 우리 삶의 유형으로 정착시켜놓았다. 우리는 속도의 노예가 되었고, 바로 그 잠복성 바이러스에 우리 사회의 모든 삶이 전염되고 말았다. '패스트라이프Fast Life'가 우리의 습관을 파괴하고 가정의 모든 프라이버시를 억누르며, 우리로 하여금 패스트푸드를 먹지 않을 수 없게 만들었다.

호모 사피엔스. 그 이름에 걸맞은 삶을 회복하고 멸종 위기에서 벗어나기 위해 우리는 속도로부터 자유로워져야만 한다. 우리 몸을 안전하게 지키는 가장 확실한 방법은, 패스트라이프라는 전 세계적인 바보짓에 저항하는 것뿐이다. 느리지만 안정적이고 오래 지속되는 즐거움을 우리 몸에 적절히 받아들일 때, 능률에 대한 집착으로 인해 번식하는 숱한 전염병균으로부터 우리를 보호할 수 있다.

우리의 방어는 식탁에서 슬로푸드를 먹는 것에서부터 시작되어야 한다. 전통적인 조리법이 빚어내는 정성과 풍미를 재발견하고 패스트푸드의 천박한 효력 따위는 몰아내버리자. 우리가 주도하는 참된 문화의 의미는 맛의 가치를 저하시키는 게 아니라 발전시키는 데 있다. 이러한 운동을 전파하기 위해 각국 간에 경험과 지식, 프로젝트를 교류하는 것보다 더 좋은 방법이 있을 수 있겠는가. 슬로푸드는 분명 우리에게 더 나은 미래를 보장한다.

로봇이 만들어낸 가공 음식을 견딜 만큼 견뎌 온 지금, 슬로푸드를 수용할 만한 기반이 충분히 무르익었다고 생각한다. 에릭 슐로서^{Eric Schlosser}의 《패스트푸드의 제국》이 엄청난 성공을 거둔 것은, 확실히 긍정적인 조짐이라 할 수 있다. 그 책에서는 햄버거, 치킨, 프렌치프라이 등의 식품들이 제조되는 비인간적인 과정, 그리고 그런 상품을 생산하는 비숙련 노동 인력들이 겪는 비참한 근로 환경과 저임금 실태를 낱낱이 고발하고 있다. 우리는 지금 새롭게 눈을 떠 가고 있는지도 모른다.

윌리엄 케인William Caine이 그의 책《무심한 낚시꾼An Angler at Large》에서 말했듯이, 우리에게는 더 많은 점심시간이 필요하다. 삶의 속도가 지금보다 훨씬 느렸던 1911년 당시에 그는 강둑에서 벌이는 피크닉과 점심 식사의 즐거움을 다음과 같이 묘사했다.

시간의 경과를 전혀 의식하지 않고 도시락을 먹는다. 음식에서 얻는 즐거움, 그것이야말로 아주 적절한 즐거움이라 할 수 있는데, 강물이 아무리 위험해 보인다 해도 이 즐거움을 방해할 수 없다. 담배를 줄줄이 음미하고 또 음미한다. 서두를 필요가 없다. 물고기라고는 한 마리도 없다. 아예 마음에서 물고기를 몰아내버리고는, 마치 현자가 된 양 우물우물 음식을 씹어대며 즐거움에 취할 뿐이다.

우리는 점심시간을 돌려달라고 요구해야 한다. 그것은 인간의 타고난 권리이자, 이 사회의 통치 세력들이 우리에게서 앗아가버린 시간이다. 겁을 집어먹고 책상에 붙들려 앉아 모니터만 들여다보는 것은 우리 영혼에 아무런 득이 되지 못한다. 점심시간은 일의 능률과 효율에 대해서는 모두 잊어버리는 시간이다. 제대로 된 점심이란 육체적으로, 그리고 정신적으로도 영양을 공급하는 것이어야 한다. 편안하고 유쾌하며 흥겨운 교제의 장, 그런 점심시간이야말로 게으름꾼을 위한 것이다.

병, 또는 꾀병의 즐거움

◆

**질병은 신체적으로 볼 때는 장애이지만,
의지 면에서 볼 때 꼭 그렇지만은 않다.**

에픽테토스

◆

몸이 아플 때야말로 게으름 피울 시간을 되찾을 수 있는 신 나는 기회다. 세상에 그 사실을 모르는 아이는 없을 것이다. 아이들은 몸이 아프면 공부를 하지 않고 침대에 누운 채 하루 종일 보살핌을 받을 수 있다는 사실을 잘 알고 있다. 벌, 훈계, 의무가 이어지는 일상생활과는 완전히 다른 세계가 열리는 것이다. 갑자기 모두들 친절하게 대해주고, 만화책이나 TV도 실컷 볼 수 있다. 가장 결정적인 것은 학교에 가지 않아도 된다는 것이다. 작가 피터 브래드쇼Peter Bradshaw가 1994년 《아이들러》 잡지에 〈질병의 기쁨〉이라는 제목으로 기고한 바와 같이, 질병에 굴복함으로써 우리는 '절묘한 권태'의 시간을 얻을 수 있다.

아이들뿐 아니라 성인들도 이 사실을 깨닫고 병(물론 생명에 위협이 되지 않는 수준의)을 기쁘게 환영해야 한다. 질병이란 실로 게으름을 피울 수 있는 몇 안 되는 합법적인 경로라 할 수 있다. 브래드쇼는 이렇게 말한 바 있다.

"아파서 병가를 내는 것은, 샐러리맨들이 쉬도록 허락받을 수 있는 유일한 방법이다. 이때의 휴식이란 회사 방침에 따라 일괄적으로 주어지는 휴가에서는 맛볼 수 없는, 박탈된 자유를 되찾아오는 자의적 휴식이어야 한다."

몸이 아프면 우리는 삶을 고단하게 만드는 모든 업무들을 중단할 수 있다. 일단 옷을 차려입을 필요가 없다. 셜록 홈즈나 노엘 카워드Noël Coward, 또는 앞서 말한 꾀병의 대가 오블로모프처럼, 잠옷만 걸치고 집 주변을 돌아다닐 수도 있다. 소설《오블로모프》에는 다음과 같은 구절이 나온다.

"오블로모프가 보기에 잠옷 가운은 너무나 귀중한 장점들을 지니고 있었다. 부드럽고 신축성이 좋아서 전혀 움직임에 방해가 되지 않았다. 마치 유순한 노예처럼, 그가 몸을 움직일 때마다 고분고분 따라 움직여주었다."

몸이 아프면 당신은 주인이 될 수 있다. 당신이 하고 싶은 대로 다 할 수 있다는 말이다. 옛날 음반을 틀어놓고 느긋하게 감상을 할 수도 있다. 창밖을 내다보아도 좋다. 그 시간에 동료들이 바삐 일하고 있을 걸 생각하며 속으로 웃어도 좋다. 아니면 깊은 잠에 빠져 몽환적인 내세의 꿈을 꿀 수도 있다. 내세에서 폐병에 걸린 창백하고도 로맨틱한 시인이 되어, 사랑스러운 미녀들에게 동경의 대상이 되는 걸 상상할 수도 있을 것이다.

병을 앓을 때의 이득에 관해 좀 더 깊이 생각해보자. 신체적 고통이 오히려 우리의 인격을 긍정적으로 발전시키는 계기가 될 수 있고, 우리의 정신세계를 한 단계 더 성숙시킬 수도 있다.

"병이 나를 죽이는 게 아니라 나를 더욱 강하게 만든다." 니체가 한 말이다.

프랑스의 소설가 마르셀 프루스트Marcel Proust 또한 병을 통해 얻는 지적 이득에 관해 깊이 성찰했으며 이를 증명해 보이기도 했다. 그는 병약해서 빈번하게 침대 신세를 진 것으로 유명한데, 그 자신이 엎드린 자세로 장시간에 걸쳐 〈질병이 정신 건강에 오히려 득이 된다〉라는 글을 집필했다.

"다른 어떤 계기도 아니고, 오직 질병을 통해서만 깨닫고 배우고 낱낱이 분석할 수 있는 사실들이 있다. 매일 밤 침대에 들어가자마자 잠에 떨어지고 아침에 눈을 뜨자마자 곧장 일어나는 사람이라면, 결코 위와 같은 세밀한 궁리 따위는 하지 않을 것이다. 그런 사람들은 위대한 발견은 고사하고, 잠에 관해 최소한의 관찰조차 하지 않을 것이다."

당시의 사람들은 프루스트가 건강 염려증에 걸렸다고 비난했는데 아마도 사실이었을 것이다. 하지만 만약 그렇지 않았다면, 그가 어떻게 오랜 시간 동안 수억 개의 단어들을 선별하여 《잃어버린 시간을 찾아서》라는 위대한 소설을 써낼 수 있었겠는가. 우리 또한 때때로 아프지 않고서야 어떻게 그 방대한 분량의 책을 읽을 시간을 낼 수 있겠는가. 프루스트가 튼튼한 체력을 소유한 사회 구성원이었다면, 아마 고위 공무원으로서 출세의 길을 달리느라 바빴을 것이고, 글의 세계와는 아득하게 멀어졌을 것이다.

질병에 관해 사색한 작가들은 매우 많다. 왜냐하면 그들 자신이 병을 앓았기 때문이다. 예를 들어 알베르 카뮈Albert Camus는 결핵 때문에 교수가 되는 꿈을 포기해야 했는데, 질병을 가리켜 '사망에 대한 치료책'이라고 정의했다.

"질병은 우리가 죽음을 준비하도록 해준다. 어쩔 수 없이 죽음을 향해 다가가는 우리에게 일종의 견습 기간을 마련해주는 것이다. 언젠가는 반드시 죽는다는 사실을 회피하고 싶은 강력한 유혹에서 우리가 벗어나도록 지지해준다."

이런 관점은 능률에 최우선의 가치를 매기는 현대사회의 시각으로 봤을 때는 그리 유익한 것이 못 된다. 일례로 'A모 씨는 침대에 앓아 눕는 동안 월급의 노예 신세를 면할 수 있었고, 그 결과 영적인 통찰력과 진정한 기쁨을 깨닫게 되었다'라는 요지의 신문 기사를 접해 본 사람은 아마 없을 것이다.

진통제와 감기약이 나오기 훨씬 이전 시대에는, 질병과 외상이 지금처럼 별 일 아닌 것으로 치부되지 않았다. 병에 걸리거나 상처를 입은 사람은 주의 깊은 관심과 존중을 받았으며, 당사자가 스스로 일을 중단할 수 있도록 배려를 받을 수 있었다. 작가 새뮤얼 피프스 Samuel Pepys는 신장결석을 제거하는 대수술을 받고 후, 회사로 직행하는 실수를 저지르지 않았다. 그에게는 40일간의 회복 기간을 가질 권리가 있었다. 아무 일을 하지 않아도 되도록 엄연히 허가돼 있는 기간이었다.

그 광경을 상상해보라! 40일간 침대에 누워서 생각을 할 수 있다니! 현명한 고용주라면, 직원들에게 단 며칠간의 휴가만 제공해도 그들의 태도가 훨씬 더 긍정적으로 변한다는 사실을 인정할 것이다. 이들은 회사에 대한 분노는 줄어들고, 생산적인 아이디어를 잔뜩 지닌 채 복귀하게 된다.

오늘날 대다수의 기업들이 독창성과 혁신을 목 놓아 부르짖으며, 참신한 아이디어가 필요하다고 열심히 떠벌인다. 그러나 그 이면의 진실을 알고 나면 다소 서글퍼질 수밖에 없다. 그들이 주시하는 것은 철통 같은 근면성이다. 직원들이 최대한 많은 시간 자리에 가만히 앉아 버티기를 원하는 것이다. 1960년대의 기업 환경을 풍자한 뮤지컬 〈성공시대〉에 나오는 〈컴퍼니 웨이〉라는 노래도 같은 맥락으로 이해할 수 있다.

한 천재가 아이디어 구상하는 걸 좀 보라지.

그래 봤자 사표 쓰라는 말만 들을 걸.

오늘날 '회복기'라는 단어는 흔히 들을 수 없는 말이 되었다. '시간이 지나야 낫는다'는 통념은 아예 사라져버리고, 건강 회복이라는 것은 엄두조차 낼 수 없게 돼버린 듯하다. 사실 질병이나 부상이 어느 정도 치유된 이후에도 회복기를 가짐으로써 치료 기간을 연장시키는 것이 좋다. 그렇게 해야만 기력을 완전히 되찾게 된다. 이제 우리는 그 개념을 다시 소생시켜, 모종의 목적을 지닌 게으름의 시간으로 활용해야 한다. 다음과 같은 대화를 일상에서 수시로 나눌 수 있다면 얼마나 좋을까.

"요즘 뭐하고 지내?"

"너무 바빠요. 전 지금 회복 중에 있거든요."

회복이란 곧 식사와도 같은 의미라고 나는 생각한다. 몸을 앓을 때는 에너지를 소비하게 돼 있다. 그런 다음에는 손상된 만큼의 에너지를 복구하기 위해 우리 몸에 일정 기간 동안의 휴식을 제공해야 하는 것이다.

19세기 말 의사들은 가벼운 질병에 걸렸을 때도 바닷가에서 장기간 휴식할 것을 권하곤 했는데, 어떻게 그리도 멋진 생각을 했는지 궁금할 따름이다. 요즘 의사들은 그저 약만 팔지만, 과거에는 이른바 '휴식 요법'이라는 훌륭한 의학 처방이 있었다. 즉 최대한 일을 하지 않는 게 유일한 치료법이라는 뜻이다.

벨벳 코트를 즐겨 입던 병약한 멋쟁이, 로버트 루이스 스티븐슨은 1873년 스물세 살 때 병이 들었는데, '폐결핵의 위험이 있는 신경성 피로'라는 진단을 받았다. 처방은 지중해 연안의 리비에라에서 겨울을 보내며 '불안이나 걱정으로부터 완전한 자유'를 누리라는 것이었다(스티븐슨은 이 여행에 관해 《남쪽으로 처방받다Ordered South》라는 제목의 유쾌한 에세이를 남겼다).

한편 제롬 K. 제롬의 〈게으르게 살아가면서〉에는 병을 앓는 동안 특별한 경험을 했다며 다음과 같이 회상하는 대목이 나온다. "몸이 너무 아팠는데 한 달 동안 벅스톤에서 요양하라는 처방을 받았다. 거기에 가 있는 내내 모든 일을 중단하라는 의사의 엄명이었다. '당신한테 필요한 건 휴식입니다. 완벽한 휴식이요.' 의사는 이렇게 말했다." 제롬은 이어서 병을 앓는 즐거움에 관해 다음과 같은 상상을 덧붙이고 있다.

나는 약간의 질병을 곁들인 4주간의 한적한 시간을 혼자 상상해보았다. 그러니까 너무 심하게는 말고 적당한 정도로만 앓는 것, 즉 몸을 앓는 기분이 어떤 것인지를 느끼고 그것을 시적 감수성으로 승화시킬 정도면 충분하다.

나는 늦게 일어나서 코코아를 홀짝거리고, 슬리퍼와 잠옷 가운을 입은 채 아침 식사를 할 것이다. 정원의 그물 침대에 누워 애틋한 결말로 끝나는 감상적인 소설을 읽다가, 마침내 나도 모르게 손에서 책을 떨어뜨린다. 심해를 떠다니는 흰 돛단배와도 같은, 파란 하늘의 새하얀 구름을 꿈결처럼 지그시 바라보다가, 새들이 지저귀는 노랫소리, 그리고 나뭇잎들이 바스락거리는 소리를 들으며 그대로 잠이 들겠지.

몸이 너무 약해져서 집 밖으로 나가는 게 힘들어지면, 베개를 등에 댄 상태 그대로 침대에 일어나 앉을 것이다. 앞마당을 향해 창을 활짝 열어젖히고서 밖을 내다봐야지. 길 가던 예쁜 소녀들이, 지치고 외로운 얼굴을 한 나를 안타까운 심정으로 쳐다봐줬으면 좋겠다.

하지만 결국 제롬은 한 달간의 요양 생활을 즐겁게 보내지 못했다고 고백했다. 일을 해야 할 때 아무 일 않고 쉬어야 진정한 기쁨을 얻을 수 있는 건데, 그런 조건이 성립되지 않았기 때문이었다. 몸이 아파 쉬는 것도 게으름의 본래 목적에 부합되어야 한다는 점을 잊지 말도록 하자.

18세기에 활동했던 로이 포터Roy Poter와 제니 어글로Jenny Uglow 같은 역사학자들의 글을 보면, 당시에는 마약과 휴식이 보편적인 처방이었음을 확인할 수 있다. 저명한 의사이자 시인, 진보적인 르네상스 사상가이자 찰스 다윈의 조부였던 에라스무스 다윈Erasmus Darwin은 '시간'이 자신의 비밀 처방이라고 언급했다.

이처럼 옛날 사람들은 몸이 아플 때 어떻게 해야 하는지를 제대로 알았던 것 같다. 그러나 현대를 살아가는 우리는 그 방법을 잊어버렸다. 몸이 아프다고 말하면 일단 비난부터 받아야 하는 분위기다. 신문들은 앓는 것에 대해 죄책감을 갖도록 분위기를 조성하고 있다. 유익하고 생산적인 노동시간을 허비해버린다는 것이다. 오늘날 사회는 우리가 아픈 걸 허락하지도 않거니와 아예 아무 군소리 없는 로봇이 되기를 바란다. 몸이 아픈 것의 가치는 한없이 추락하여 이제 부정하고 무시하며, 싸워 이겨야 할 대상이 되었다.

사실 현대 의학이 부르짖는 가장 큰 공약은 질병의 완전 근절이다. 몸이 아픈가? 그렇다면 알약을 복용하라. 그것이 현대 의학이 내세우는 해결책이다. 제약 회사들은 우리를 고통에서 끌어내 책상 앞으로 복귀시켜주는 '마법의 콩알'들을 만들어 막대한 이득을 벌어들인다. 광고 회사는 일자리를 잃지 않으려면 약을 먹어야 한다는 내용의 광고들을 내보낸다. 처음에는 점심시간을 챙기면 남들보다 뒤떨어진다고 암시하더니, 이제는 몸이 아파도 낙오자가 될 수 있다며 으름장을 놓는 것이다.

감기약 렘십Lemsip의 마케팅 전략 변천 과정을 살펴보아도, 질병에 대한 사회의 급격한 시각 변화를 확인할 수 있다. 어린 시절에는 심한 감기에 걸리면 꿀을 탄 렘십 한 잔을 먹을 수 있다는 게 큰 즐거움 중 하나였다. 담요를 휘감고 좋아하는 TV 프로그램을 보고 있노라면, 엄마가 렘십과 꿀 섞은 따끈한 차 한 잔을 가져다준다. 그걸 홀짝 홀짝 마시고 나면 기침은 잦아들고 그 향기에 기분마저 나른해진다. 렘십은 질병의 증상을 감퇴시키는 데도 효력이 있었지만, 그 자체가 또한 기쁨이었다.

그러나 이제는 더 이상 그런 즐거움을 누릴 수 없다. 렘십은 '우리를 고된 일터로 복귀시키는 약'으로 재탄생했기 때문이다. 게으름꾼의 친구에서 이제는 가장 큰 적으로 변신한 것이다.

"삶은 멈출 수 없기에!"

바로 렘십의 광고 슬로건 가운데 하나다. 그 글귀 속에는 질병으로 한가롭게 시간을 허비하지 말고 아픈 증상들을 꾹꾹 눌러 참으며 평소처럼 경쟁하고 일하고 소비해야 한다는 의미가 숨어 있다. 이 회사의 웹사이트에는 "새로운 렘십은 열심히 일하는 영웅들을 위해 태어났습니다"라는 글귀가 걸려 있다. 용감무쌍하게 군인처럼 끝까지 전진해야 한다는 것이다. 아플 시간이 없다. 침대에 누울 시간도 없다. 계속 전진, 전진, 전진이다. 이 회사는 최근 가장 섬뜩한 광고를 내보냈다. 광고에는 완고하고 권위적인 상사가 등장해 "그만 징징대고 어서 돌아가서 일해!"라고 호통을 친다. 물론 코믹하게 묘사하고는 있지만, 시청자로 하여금 죄의식을 심어주기에 충분하다.

렘십의 다른 광고들도 그 숨은 메시지는 한결같다. 몸이 아프지만 렘십을 복용하고 회사에서 열심히 일하는 사람이 핑계를 대고 결근한 낙오자보다 실직할 가능성이 훨씬 적다는 걸 보여줌으로써, 근로자의 일자리를 볼모로 삼고 있다. 그런 광고들은 "감기에 걸리면 당신의 일자리, 가정, 돈 등 당신에게 소중한 모든 것을 잃을 수 있다. 그러므로 렘십을 먹으라. 그러면 아무 문제없을 것이다. 행복하지 못할 수는 있겠지만, 그래도 최소한 안전은 확보할 수 있다!"라고 말한다.

최근의 상품 혁신을 통해 렘십은 휴식의 즐거움을 막는 강력한 일 터 복귀용 치료제로서 그 효능이 더욱 배가 되었다. 이제 렘십은 더 이상 홀짝대며 마실 필요가 없어졌다. 물 없이 삼키기만 해도 즉시 효력을 볼 수 있게 되었기 때문이다. 그 이름 또한 복용 즉시 최대 효 력을 낸다는 뜻의 '렘십 맥스 스트렝스 다이렉트Lemsip Max Strength Di-rect'로 바뀌었다.

해당 제약 회사에서는 렘십을 가리켜 '감기와 독감에 가장 효과적 이고 간편한 치료제'라고 공언하고 있다. 즉 옷을 입거나 버스를 타 려고 달리는 와중에라도, 렘십 두 알만 꿀꺽 삼키면 '감기 뚝!'이라는 것이다. 예전처럼 물을 끓이고 가루약을 타서 후후 불어가며 마시느 라 시간을 낭비할 필요가 없어졌다. 복잡한 과정 없이 간단하게 복용 할 수 있는 렘십! 아예 약 이름에서 렘십이라는 말을 없애버리는 게 좋을 듯하다. 아픈 사람들을 즉시 고된 일자리로 돌아가게 만드는 최 대 효력Max Strength을 가진 도구. 그러므로 '맥스 스트렝스'라는 이름 만으로 충분하지 않은가.

바버라 에런라이크는 《노동의 배신》에서 진통제 얼리브Aleve의 광 고에 대해 이렇게 설명했다. "파란색 깃을 단 소년이 묻는다. '네 시 간 후에 일을 중단하겠다고 말하면 네 상사는 뭐라고 할까?' 그러면 역시 파란색 깃을 단 다른 소년이 대답한다. '나를 해고하고 말 거야. 틀림없어.'"

에런라이크는 객실 청소를 하는 그녀의 동료들 역시 실직 위기를 택하느니 차라리 진통제를 먹을 것이라고 단언했다. 질병에 대한 사회의 시각은 청소 용역 업체 사장 테드를 통해서도 뚜렷하게 드러난다.

> 테드는 직원들이 아파도 동정하지 않는다. … 아침 회의 때 그가 꺼내는 화제 가운데 하나가 '끝까지 일하기'일 정도였다. 그는 누군가가 편두통을 앓는다는 이유로 해고된 적이 있다고 공언했다.
> "내가 만약 편두통이 있다면, 그냥 진통제 두 알 집어먹고 아무 일도 없다는 듯이 일할 걸세. 그게 바로 당신들 모두가 따라야 할 방침이지. 끝까지 일하는 것!"

그러나 진통제는 증상이 겉으로 드러나지 않게 숨기는 역할을 할 뿐, 질병 자체를 사라지게 만드는 것은 아니다. 오히려 그런 증상을 무시해버리면 치료에 소요되는 기간은 더욱 늘어날 수 있다. 게다가 회사나 공장에서 끙끙대며 참고 일하다가, 다른 동료들이나 통근길의 행인들한테 병을 옮길 수도 있지 않은가. 렘십의 캠페인과 광고들은 이처럼 대답하기 어려운 난제들을 많이 안고 있다.

지금까지 우리 사회가 신봉하는 어떤 이상, 즉 질병을 근절하겠다는 목표 뒤에 숨은 의도가 무엇인지를 낱낱이 파헤쳐보았다. 이제 그 자리에 다른 이상을 세워보도록 하자. 우리 몸과 삶에서 질병을 영원히 몰아내겠다는 이상은 쓸데없는 것에 불과하다. 그것은 파시스트들이나 외치는 공허한 약속이다. 신체의 효율적인 기능에 장애가 되는 모든 요소는 일하는 데 방해가 되므로 전부 파괴해야 한다는 발상과 다르지 않은 것이다.

다른 종류의 게으름과 마찬가지로, 질병 역시 '파괴'가 그 올바른 해결책이 될 수는 없다. 대신에 우리는 새로운 대처 전략을 개발해야 한다. 몸을 앓는 것은 어차피 우리 삶의 한 부분이다. 이를 얼마나 가 치 있는 고통으로 승화시키느냐가 중요한 것이다. 그렇게 하면 질병 은 충분히 즐거운 경험으로 바뀔 수 있다. 먼저 우리는 몸이 아픈 것 에 대한 죄의식에서 벗어나야 하며, 다음으로 필요한 기간만큼 충분 히 쉬어야 한다. 질병을 환영하고 질병과 친해져야 하며, 더 머물다 가라고 청하고 헤어질 때는 아쉬워해야 한다.

물론 이렇게 새로운 이상을 실현하려면 게으름꾼들 편에 선 의사 가 필요하다. 단순히 약을 처방해주거나 단기간 내에 질병을 몰아내 려 하지 말고, 충분히 쉬라고 권할 줄 아는 사람이어야 한다. 최소한 사흘 이상, 휴식 치료를 위해서라면 두 달까지도 처방해줄 수 있을 것이다. 한편으론 우리 스스로 의사들을 설득시킬 필요가 있다. 항생 제와 해열제, 진통제를 거부하라. 당신에게 필요한 것은 며칠 동안의 회복 기간이라고 말하고, 상사에게 보여줄 진단서를 끊어달라고 부 탁하라.

"의사들이여, 우리와 함께 하기를! 그대들은 노동 윤리의 노예가 되어 있다. 당신들이 우리 삶에 충분한 시간을 처방해주기 바란다!"

그러나 권위를 가진 사람들한테 도움을 호소하는 것은 이제 막 자 유를 향해 첫발을 내디딘 초보 게으름꾼들에게는 일시적인 혼란을 줄 수도 있을 것이다. 결국 최후의 결투 상대는 일을 쉬는 행위에 따르는 자신의 죄책감이다. 그러므로 우리는 전문가에게 동의를 구하기 이전 에, 자신의 질병을 스스로 인정하고 받아들일 줄 알아야 한다.

또 다른 문제는 앞서 언급한 테드 같은 스타일의 상사와 대면했을 때다. 이럴 땐 아파서 쉬겠다는 말을 꺼내기가 결코 쉽지 않다. 하지만 대담해져야 한다. "몸이 아파서 며칠 못 나가겠습니다"라고 당당하게 말해야만 한다. '군인처럼 계속 전진!'이라는 것은 노예의 사고방식이라는 걸 명심하라. 아픈 상태로 일하는 것을 당신이 거부한다면 다른 동료들도 곧 뒤따를 것이다. 몸이 아픈 걸 부끄러워하지 말라. 당신의 몸은 당신 스스로 보살펴야 한다. 각종 법규와 노동조합이 방해할 수도 있겠지만, 우리는 우리 길을 가야 한다. 어떻게? 모든 걸 무시하고 끝까지 잠을 자는 것이다. 그것이 바로 다음 장의 주제다.

PM 03:00

천국에서는 모두 낮잠을 잔다

◆

마호메트는 천국에서 오후의 낮잠을 자고 있었다.
하우리 여신이 그의 머리 위에 구름 한 점을 끌어다주었고,
그는 살사빌 분수 곁에서 평화롭게 코를 골았다.

어니스트 레핀, 《크로크미탱의 전설》에서

◆

천국에서는 모두들 낮잠을 잘 거라고 나는 확신한다. 낮잠은 완벽한 쾌락이요, 유익하기까지 하다. 낮잠을 자면, 낮잠 전후로 양분되는 하루의 남은 시간들을 더욱 수월하고 즐겁게 운영할 수 있기 때문이다. 점심 먹고 나서 한 잠 자는 걸 고대할 수 있다면, 아침 업무는 한결 가볍게 느껴진다. 마찬가지로 잠깐 잠을 자고 난 이후의 늦은 오후와 저녁 시간은 참으로 가뿐해진다. 오후에 즐기는 낮잠의 효력을 아는 사람이라면 여덟 시간 내내 일하고 쓰러져 잠든 뒤 다시 아침 아홉 시부터 일을 시작할 때의 우울함 따위와는 영원히 이별할 수 있을 것이다.

뿐만 아니라 낮잠을 자는 동안에는 몽환적인 내세의 풍경을 들여다보는 신비한 체험을 하기도 한다. 프랑스의 석학 티에리 파코의 명저 《시에스타의 예술》에는 다음과 같은 대목이 나온다.

조금 전만 해도 당신을 그토록 짓누르던 당신의 몸이 점차 가벼워지면서, 어느덧 자신이 눈에 보이지 않고 아예 존재하지도 않는 것처럼 느껴진다. 행복 또는 행복과 유사한 어떤 것이 당신을 충만하게 감싼다. 놀란 마음을 진정하고 당신 자신을 내맡기라. 저절로 움직이도록 내버려두라. 그리고 복종하라. 무엇에게? 새 주인? 아니면 정부? 작은 음모자? … 당신은 부정한 관계를 숨기려고 한다는 말인가? 그렇다. 환한 대낮에 벌이는 밀회. 그 대상은 밤. 그것도 잠의 신 히프노스와의 만남이다.

그렇다. 낮잠은 절대 양보할 수 없는 권리다. 그것을 재계의 앞잡이들에게 빼앗겨버린 것은 너무나 부당한 일이다. 파코는 계속해서 이렇게 주장한다. "낮잠이란 삶의 최고 정점으로서, 즐겁고도 진지한 자세로 보급하고 실천해야 한다."

그런 면에서 미국과 북유럽 국가의 사람들은 특히 불운하다는 게 내 생각이다. 노동과 산업의 이윤을 우선시하는 독단적 이념이 지배하는 나라에서, 낮잠이란 무익하게 흘려보내는 시간 낭비로 폄하되기 때문이다. 이처럼 자학적인 문화에서 살아가는 게으름꾼들은 한층 여유로운 지중해 연안 국가들과 그들의 낮잠 관습에 질투 어린 시선을 던질 때가 많다. 예를 들어 스페인에서는 낮잠이 공식적인 근무 시간 안에 포함돼 있다. 사람들은 점심시간이 되면 집으로 돌아가서 밥을 먹고 낮잠을 즐긴 후, 회사나 공장으로 복귀해 짧은 업무를 마치고 저녁부터는 다시 즐거운 사생활을 갖는다. 이런 식으로 업무 시간을 양분하면 저녁 시간은 더욱 즐거워진다. 이들 나라의 저녁 시간은 늦게 시작해서 늦게까지 지속된다. 낮잠을 충분히 자 두었기 때문에, 일찍 잠자리에 들어야 한다는 부담 또한 적다.

"이제 정말 가봐야 돼. 내일 출근하려면 일찍 일어나야 되거든." 당신이나 친구들이 이렇게 말하며 아쉽게 자리를 뜨는 바람에, 저녁 모임에서 얼마나 많이 흥을 깼던가! 업무 시간에 낮잠 또는 휴식 시간이 포함되는 남유럽의 안정된 근로 리듬은 한때 영국에서도 일반화된 현상이었으나 게으름꾼들의 최대 강적인 산업혁명에 의해 완전히 파괴돼 버렸다. Dr. 더글러스 레이드는 성 월요일에 관한 에세이에서, 17세기 말엽 영국 버밍햄의 자영 직조공들의 근로 유형을 다음과 같이 설명했다.

> 그들의 생활 습관은 스페인이나 아시아의 그것과 흡사했다. 새벽 서너 시에 일을 시작해서 정오가 되면 휴식을 취하는데 많은 이들이 이때 낮잠을 즐겼다. 작업장에서 식사를 하고 술을 마시는 사람들도 있었는데, 이내 거나한 술자리가 펼쳐지고 견습공들은 선술집의 웨이터 노릇을 했다. 구슬치기나 구주희 놀이를 하는 이들도 있었다. 이들은 서너 시간 정도 '놀이'에 전념하고 나서 다시 일을 시작했다.

낮잠 잘 수 있는 선택권이 부여되면 사람들은 어김없이 낮잠을 잔다. 낮잠을 자지 않는 경우란 그것이 허가되지 않을 때뿐이다. 저명한 석학 스탠리 코렌Stanley Coren은 《잠 도둑들》에서 우리에게 더 많은 잠이 필요하다고 역설했다. 그는 자신의 연구 팀원들에게 마음 내킬 때 잠을 자도록 하는 실험을 했는데 그 결과가 흥미롭다. 일주일 정도 지난 후부터 실험 대상자들 모두 하루에 한두 시간씩 낮잠을 자더라는 것이다. 코렌은 수면을 충분히 취한 사람들의 질병 감염률이, 수면 부족, 즉 그가 '잠 빚'이라고 칭한 고통을 겪는 사람들에 비해 절반 수준에 불과했다고 밝혔다.

그러므로 낮잠이란 매일 반복되는 생활주기, 즉 '서커디안 리듬'◆의 한 요소라는 데는 의심의 여지가 없다. 생활주기란 각 사람마다 다르다. 그러나 학교에 들어가는 순간 낮잠은 비효율적인 시간 낭비라며 금기시되고, 획일화된 시간 계획표를 준수하도록 강요당한다.

물론 이런 교육에 저항해 낮잠을 열렬히 실천하는 아이들도 있다. 휴식을 원하는 신체의 요구를 거부하지 않기로 결심하고, 낮잠을 그 실천의 도구로 활용하는 것이다. 나 역시 학창 시절, 화요일 오후의 수학 시간을 졸지 않고 버티기란 거의 불가능했다. 그래서 양손으로 턱을 괸 자세로 노곤하게 졸곤 했는데, 그러다가 선생님한테 발각되어 쾅 하고 책상을 내리치는 소리에 소스라치게 놀라 깨기도 했다.

선생님은 내가 존 것이 자기 교육 방침에 대한 모욕이라고 여겼던 것 같다. 그렇다고 그게 꼭 선생님의 잘못이라고는 생각하지 않는다. 학교에서 정식으로 낮잠 시간을 마련했다면, 나도 수업 시간 중에 그러지는 않았을 테니까. 직장에 다닐 때도 나는 똑같은 짓을 반복했다. 얼굴은 컴퓨터 화면을 향한 채, 양손으로 턱을 받치고 팔꿈치로 책상을 지지하고서 교묘히 졸곤 했다. 만약 상사가 가까이 와서 들여다보았다면 꿈나라를 헤매고 있는 걸 알아차렸을 것이다.

한번은 빌딩의 경비 아저씨가 '몰래 졸기'에 관한 또 다른 비법을

◆ circadian rhythms. 24시간을 주기로 하는 생활 리듬

전수해준 적이 있다. 바로 화장실 안에 들어가 완벽하게 낮잠을 즐기는 것이다. 변기 뚜껑을 덮고 그 위에 가로질러 앉아서, 뒤통수는 화장지 걸이에 기댄다. 그렇게 두루마리 화장지를 베개 삼아 누운 다음, 다리는 맞은편 벽으로 밀어 올린다. 그는 이런 자세로 십오 분에서 20분 정도 만족스러운 낮잠을 즐길 수 있는 것이다.

오늘날 낮잠을 부끄럽게 여기게 되었다는 것은 참으로 서글픈 일이 아닐 수 없다. 회사가 직원들을 위해 침대 겸용 소파day bed를 마련하면 왜 안 된다는 말인가. 침대 겸용 소파는 빅토리아시대가 남긴 몇 안 되는 긍정적인 유물 중 하나다. 그 이름조차 너무나 근사하고 심지어 에로틱하기까지 하다. 낮에 쓰는 침대라니!

내가 풀타임으로 직장에 다니던 무렵, 때가 되면 한번씩 회사 기물들을 교체하곤 했다. 그때 나는 사장에게 카탈로그를 보여주며, 거기 나와 있는 200파운드짜리 평범하기 그지없는 연녹색 장의자를 사는 대신 나에게 200파운드를 달라고 했다. 그럼 내가 그 돈으로 직접 시장에 가서 우아한 빅토리아 스타일의 소파를 직접 사오겠다고. 여럿이 앉아서 회의도 할 수 있고 누워서 낮잠을 잘 수도 있는 것으로 말이다. 물론 나의 제안은 쉽게 먹혀들지 않았다. 결국 사장은 직원들이 거기 누워 꾀를 피울지도 모른다며, 초록색 1인용 소파를 들여놓았다.

최근 중국에서는 오후에 낮잠을 자는 일반화된 관습이 서구식 업무 방식에 의해 공격받고 있다. 얼마 전 중국을 여행한 내 동료는 그곳 사람에게서 이런 말을 들었다고 한다. "당신네 나라 사람들은 우리들이 오후에 잠자는 것을 보고 게으르다며 핀잔을 하죠. 하지만 우

105

리는 게으르지 않고, 그렇게 보이고 싶지도 않아요. 그래서 대부분의 직장인들이 휴식을 포기하고 있어요!"

나는 현재 집에서 일을 하기 때문에, 내 꿈을 완전히 이룰 수 있게 되었다. 즉 푹신한 침대 겸용 소파가 내 책상 맞은편에 자리 잡고 있는 것이다. 이 책을 집필하면서 나는 아주 중요한 것을 얻었다. 지금껏 실천은 하면서도 조금은, 때로는 많은 죄책감을 느껴야 했던 갖가지 게으른 습관을 정당화할 수 있게 되었다는 점이다. 이제 나는 아무 거리낌 없이 그런 즐거움을 향유할 수 있게 되었다.

예를 들어 어제만 해도 점심을 먹은 후 두 시에서 네 시까지 달디 단 낮잠을 즐겼다. 그리고 깨어나서 만족스럽게 책상으로 돌아가 보름 동안이나 미뤄두었던 잡지사 관련 잡무들을 한두 시간 만에 해치웠다. 낮잠을 자지 않은 날은 능률이 떨어지고 컨디션도 그만큼 좋지 못하다는 걸 나는 확신한다.

티에리 파코는 시에스타, 즉 낮잠이 자유와 자율성을 상징한다고 생각했다. 낮잠이란 18세기의 근로 윤리를 정면으로 거스르는 것이기 때문이다. 또한 낮잠을 잔다는 것은 우리 자신을 위해서 얼마간의 시간을 되찾아오는 것이기도 하다.

월급쟁이들이 계속되는 업무 도중에 이런 식으로 휴식을 취하는 것은 놀랄 만한 일이요, 일종의 우회로이며 갓길이라 할 수 있다. … 시에스타는 완강하고 강제적이고 관습적이며 기계적인 모든 활동으로부터 벗어나 잠시 쉬어가는 갓길이다. … 시에스타는 칼날처럼 예리한 통제의 범위를 벗어나, 우리가 우리 자신의 시간을 주장할 수 있는 수단이다. 시에

스타는 우리의 해방자다.

그러나 안타깝게도 이제 낮잠은 더 이상 노예 같은 근로 환경에서 안정을 되찾는 수단으로 쓰이지 않는다. 돈이 들고 해롭기까지 한 커피가 그 자리를 대신하고 있다. 점심을 먹고 나서 온몸이 노곤할 때 사회적으로 용인되는 해결책이란, 결국 낮잠이 아닌 커피를 들이마셔서 카페인 기운으로 버티는 것이다.

커피는 일시적으로 신체의 감각을 각성시키기는 하지만 동시에 신경을 예민하게 하며 밤에는 잠을 방해하기도 한다. 우리는 자유를 박탈당하고, 오히려 자신의 몸을 상대로 전쟁을 벌여야 하는 처지가 된 셈이다. 하지만 잠에 대항해 전쟁을 벌여봐야 결국은 이길 수가 없다. 그러므로 싸우지 말고 굴복하라!

낮잠은 영적인 면에서도 큰 효력을 발휘한다. 위대한 종교의 창시자들은 낮잠의 신봉자였다고 해도 과언이 아니다. 실제로 그들은 길가에서 선잠을 자는 사이에 환상을 보는 경우가 많았다. 따라서 낮잠은 일종의 간단한 명상이라고도 할 수 있다. 예수 그리스도는 게으름꾼이었다. 부처 또한 말할 것도 없이 게으름꾼이었다.

낮잠은 생명을 구하기도 한다. 인도 보팔 지역에 참사가 일어났을 때, 한 라자 요가Raja Yoga 수행자가 무사히 구조된 적이 있었다. 당시 화학 공장에서 커다란 폭발이 일어났는데, 그녀는 인근의 명상 센터에 있었다. 거리는 공포와 경악으로 아수라장이 되었고, 가스를 피해 달아나던 많은 사람들이 목숨을 잃었다. 그 난장판 속에서 그녀는 자신도 모르는 힘에 이끌려 샤워를 했고, 샤워 뒤에는 침대로 가서 담요를 머리끝까지 뒤집어썼다. 그 사고로 수천 명의 사상자가 생겼지만, 그녀는 다친 데 하나 없이 멀쩡하게 살아남았다. 달아나기는커녕 아무런 대응도 하지 않은 것이 그녀를 살린 것이었다.

"뭘 해야 할지 감이 안 잡히면, 낮잠을 잘 때가 된 것이다." 메이슨 쿨리Mason Cooley의 그 유명한 한마디가 이보다 더 정확하게 증명된 사례는 없을 것이다.

실리적인 관점에서 보아도 잠과의 전쟁은 말이 되지 않는다. 게으름을 거부했던 유명인사들조차 실제로는 낮잠을 매우 즐겼다는 사실을 최근에 알고 나서 나는 경악을 금치 못했다. 윈스턴 처칠이 그 대표적인 예다. 그는 다른 사람들이 게으름 피우는 걸 질색했는데, 정작 자신은 매일 오후 낮잠을 즐겼다. 처칠은 복잡한 업무를 처리하려면 하루 일과 중에 낮잠이 꼭 필요하다고 다음과 같이 변명했다.

점심과 저녁 식사 사이에 때때로 낮잠을 자야, 다른 도리가 없다. 옷을 벗고 침대에 들어간다. 나는 늘 그렇게 하고 있다. 낮에 잠을 잔다고 해서 일을 덜 한다고는 절대 생각하지 말라. 그것은 상상력이 부족한 사람들이나 하는 어리석은 생각이다. 낮잠을 자면 오히려 더 많은 일을 할 수 있다. 이틀에 걸쳐 할 일을 하루에 다 해낼 수 있기 때문이다. 하루하고도 반나절 정도면 확실하게 다 끝낼 수 있다. 심지어 전쟁이 터졌을 때도 나는 낮잠을 잤다. 내가 짊어진 무거운 책임을 제대로 완수하기 위해서는, 낮잠이 무엇보다도 우선시해야 할 일과였기 때문이다.

그러나 우리가 회사에서 옷을 벗고 침대에 들어간다고 생각해보

자. 아마 공공장소에서 알몸을 보였다는 풍기문란 죄와 게으름을 피웠다는 죄목으로 거센 비난을 받게 될 것이다. 고용주는 직원들이 세 시간 일하고 한 시간 낮잠 자는 꼴은 못 본다. 차라리 아무 일도 하지 않고 네 시간 내내 자리에 앉혀두는 쪽을 선택할 것이다.

게으름의 위선적인 강적이었던 또 다른 사람은 토머스 에디슨이다. 그는 사람들이 밤새 일할 수 있도록 전구를 만들어낸 비열한 노동 윤리의 주모자다. 그 끔찍한 물건 때문에 낮이나 밤이나 공장이 돌아가고 있으며 교대 근무가 생겨났다. 에디슨으로 인해 기계는 영원히 멈추지 않게 된 것이다.

그는 스스로 공언하기를 하루에 서너 시간만 자면 충분하다고 밝혔다. 그러나 《잠 도둑들》의 저자 스탠리 코렌에 따르면 에디슨은 낮잠을 많이 잤다고 한다. 또한 에디슨과 함께 일했던 엔지니어 니콜라 테슬라는 다음과 같이 말했다. "에디슨은 밤에 네 시간밖에 자지 않았지만 매일 낮잠을 두세 시간이나 잔 걸요."

헨리 포드(게으름의 또 다른 적)가 어느 날 오후 에디슨을 찾아갔다가, 그 유명한 잠의 적이 낮잠 자는 걸 발견하고는 깜짝 놀랐다는 일화를 코렌은 전한다. 그 놀라운 위선 행위에 대해 포드가 에디슨의 조수한테 묻자, 그는 이렇게 주장했다고 한다. "전혀 많이 주무시는 게 아니에요. 낮잠이 긴 것뿐이지요."

근로 문화가 한층 여유로웠던 1950년대 미국에서 직장인들은 잠을 푹 자고 술도 마셔야 한다는 권고를 공식적으로 듣곤 했다. 이와 같은 건강 유지법에 사람들은 '냅 앤드 닙'◆이라는 매력적인 이름을 붙였다. 소화기 질환 학자인 Dr. 사라 머레이 조단Sara Murray Jordan은

1958년 《리더스 다이제스트》에서 이렇게 권고했다.

"50세 이상의 모든 직장인들은 매일 낮잠과 음주를 빼먹지 말아야 합니다. 점심 식사 이후의 짧은 낮잠, 그리고 저녁 식사 이전에 긴장을 풀어주는 하이볼▪ 한 잔이 이상적이지요."

일전에 책에서 천국에 비견될 만한 어떤 섬에 관한 글을 읽은 적이 있다. 로버트 딘 프리스비Robert Dean Frisbie가 1929년에 펴낸 《푸카푸카The Book of Puka-puka》라는 책이었는데, 이 섬의 주민들은 대낮에도 늘 잠을 잔다고 한다. 프리스비는 미국 중산층 가정 출신이었지만 (영화 〈졸업〉을 떠올려보라), 이십 대 청년기에 야심만만한 부모의 압력에서 벗어나 남태평양의 푸카푸카 섬에 작은 가게를 차렸다. 그는 결국 현지 여성과 결혼해 그곳에 정착했다. 다음은 프리스비의 친구가 그 섬 주민들의 문화를 묘사한 대목이다.

사람들은 아침에 일어나야 할 이유를 전혀 알지 못했고, 대부분 일어나지도 않았다. 하루 종일 잠만 자다가 밤에 일어나서 바닷가 모래밭에 횃불을 밝혀놓고 낚시를 한다. 그리고 식사를 하고 춤을 추고 사랑을 나눈다. 푸카푸카에 대해 잘 모르는 교역선 선장들은 그 섬을 그리 달가워하지 않는다. 주민들이 배에 짐 싣는 일을 하려고 들지 않기 때문이다.

천국에서 우리는 하루 종일 낮잠을 잘 것이다. 우리는 이 장에서

◆ nap and nip. 낮잠과 술 한 모금
▪ 위스키에 소다수를 탄 음료

중요한 교훈을 또 한 가지 배웠다. 낮잠에 맞서 싸우지 말라는 것이다. 많은 사람들은 낮잠에서 깨어날 때 뭔가 찝찝하고 언짢은 기분을 느끼곤 한다. 일을 하지 않았다는 사실에 죄의식을 느끼기 때문이다. 하지만 그것은 자기혐오에 불과하다. 이러한 언짢은 기분에 대한 간단한 해결책을 들자면, 차 한 잔을 마시는 것이다. 다음 장에서 차에 관해 좀 더 많은 이야기를 나눠보자.

철학자의 차 한 잔

◆

차를 마시는 것은 소란한 바깥세상을 잊기 위해서다.
실크 파자마를 입고 좋은 음식을 먹는 사람들을 위한 게 결코 아니다.

티엔 이형

◆

차를 마시는 조용한 의식은 요 몇 년 사이 생산성과 이윤의 논리에 희생돼버린 게으른 즐거움 가운데 하나다. 오후 네 시에 차 마시는 걸 처음 생각해낸 사람은 아마 천재였을 것이다. 오후 네 시는 바닥까지 떨어진 에너지를 다시 한 번 끌어올리는 전환점이기 때문이다. 이때는 차와 더불어 가벼운 담소와 깊은 사고, 담배, 약간의 정신적 수고가 동반된 시간이어야 한다. 그러려면 최소한 삼십 분 정도는 소요가 된다.

휴일에 이삿짐 옮기는 아르바이트를 하던 시절, 차 마시는 것은 내게 더할 나위 없이 중요한 일과였다. 사실 이삿짐 나르는 일은 게으름꾼에게 나쁜 직업은 아니다. 실컷 쉬고 난 다음 '간헐적인 근면성'을 발휘할 수 있기 때문이다. 나 역시 한두 시간 정도 땀 흘리며 고된 일을 하고 나서는 늘어지게 휴식을 취하곤 했다. 사무실에 앉아 끝도 없을 것 같은 권태를 느끼는 것보다는 그런 식의 근로 리듬이 더 마음에 들었다. 게다가 내가 좋아하는 운전을 실컷 할 수도 있었고, 점심시간은 길고 차 마시는 시간도 물론 충분했다. 그 시절 티타임은 절대로 어길 수 없는 신성한 시간이었다. 컴퓨터 모니터를 뚫어지게 처다보면서 입 안으로 후딱 때려 넣는 것(오, 이런 천박한 말을!)하고는 차원이 달랐다.

이삿짐센터의 일꾼들이 오후에 차를 마시며 나누는 대화는 다른 어느 때보다 훨씬 더 풍부한 상상력을 내포하고 있었다. 사실 아침에 오가는 대화라고는 주로 시시한 농담, 음담패설, 서로 히히덕대며 장난을 치는 정도에 불과했다. 그러나 오후의 티타임이 되면 트럭의 셔터 문을 열어놓고 뒷좌석에 누워서 거리를 내다보며 한층 나른한 상태에서 이야기를 나눴다. 우리는 휴일에 가본 아름다운 장소를 설명하거나 아내와 아이들에 대한 애정을 표현하거나 또는 더 나은 인생에 대한 꿈을 털어놓기도 했다.

이런 식의 티타임 시간은 동양의 차 마시는 의식과 유사한 면이 있었다. 즉 차를 마시며 정신세계를 고양시키려 한다는 점에서 밀접한 연관성을 띠는 것이다. 우리 삶에 개선을 가져온 수많은 발명들과 마찬가지로, 차 역시 완벽한 무위의 순간에 발견되었다. 때는 BC 2737년. 백성들에게 농사법을 알려주었다는 전설의 인물 신농씨神農氏가 우주를 응시하며 나무 밑에 앉아 있었다. 그때 야생 차나무에서 잎 하나가 떨어져 그의 바로 앞에 놓여 있던 한 잔의 뜨거운 물속에 떨어졌다. 그게 인류 최초의 차였다는 것이다.

그 후 BC 400년, 국가의 세금 기록에 차라는 말이 등장하기까지 역사상 대략 2천 년의 공백이 있는 것으로 보인다. 대략 이 무렵부터 일본 선종 불교의 승려들이 차를 재배했는데 일본의 승려들은 명상하는 데 도움을 얻기 위해서 차를 마셨다고 한다. 차는 지성을 날카롭게 연마하고 네 시간 동안 줄곧 명상 자세를 유지하는 데 도움이 되었다. 그 말을 달리 해석하자면 차를 마심으로써 최대한 오래 아무 일도 하지 않고 앉아 있을 수 있었다는, 즉 게으름을 피울 수 있었다는 말이다.

동양에서는 차 마시는 절차 자체가 거의 종교화되어, 다도茶道라는 이름으로 널리 알려지게 되었다. 특히 중국인들은 차 마시는 행위의 정신적인 면뿐만 아니라, 형식적인 면에도 매우 정성을 기울였다. 즉 준비 과정, 대접 방법, 차를 마실 때의 몸가짐과 예절 등을 아주 중요시했다. 실제로 공자는 사교적인 자리에서 적절한 행동을 취하는 것은 사회의 기능을 원활히 하는 것이며, 그럼으로써 하늘을 기쁘게 한다고 설파했다. 차가 집단과 개인을 하나로 연합시킬 수 있다고 본 것이다. 다시 말해 차 마시는 것은 개인의 내면세계가 외부와 접하는 계기가 된다는 뜻이기도 했다.

중세와 16~17세기 초반 영국에서는 차 아닌 다른 음료가 사교 생활에서 큰 활약을 했으니 바로 맥주였다. 맥주는 가정에서 직접 제조했고 매일 아침, 정오, 밤마다 마셨다. 좋은 아내라면 집안에 맥주가 끊이지 않도록 해야 했으며, 좋은 고용주라면 질 좋은 맥주로 일꾼들을 불러 모을 줄 알아야 했다. 맥주는 산만하고 억세고 얼굴이 불그죽죽한 시골 술꾼들을 위한 국민 음료였다. 맥주를 마셔서 특별히 정신적으로 고양된다고는 할 수 없었지만, 유쾌한 시간을 보낼 수는 있었다. 그러다가 17세기 말엽에 새로운 무역 통로가 개척되면서 차가 영국으로 유입되었다. 처음에는 궁정에서 유행되었는데, 아마 값이 비싸고 희귀했기 때문일 것이다. 그러나 서서히 민간에 보급되어 널리 인기를 얻기 시작했다.

초창기 차 애호가로는 Dr. 새뮤얼 존슨이 꼽힌다. 당시는 오후 네다섯 시에 차 마시는 관습이 아직 탄생하기 전이었으며, 그가 차를 마신 방식에서도 동양의 세련미라고는 찾아볼 수가 없었다. 새뮤얼 존슨의 차 마시는 모습은 승려보다는 도심의 일 중독자들에 더 가까웠다. 그는 자신의 차 사랑에 대해 다음과 같이 기록했다.

나는 도무지 염치를 모를 정도로 차 마시는 데 빠져버렸다. 몇 년 동안 밥에다가 이 환상적인 식물을 우려낸 물을 섞어 먹고 있다. 내 찻잔은 온기가 식을 틈이 없다. 저녁에는 차가 나를 즐겁게 해주고 깊은 밤에는 차가 나의 벗이 되고, 아침에는 차가 나를 반겨준다.

실제로 존슨은 엄청난 속도로 거대한 양의 차를 마셨던 것으로 유명했다. 어느 날 저녁 친구인 화가 조슈아 레이놀즈^{Sir Joshua Reynolds}는 그가 차를 열한 잔이나 마셔대는 걸 보게 되었다. 레이놀즈가 이 사실을 지적하자 존슨은 불쑥 성을 내며 이렇게 말했다. "레이놀즈 경, 나는 당신이 와인 잔을 몇 번이나 비웠는지 세지 않는데, 당신은 왜 내가 차 마시는 걸 다 헤아리는 거요?"

그러고는 곧 화를 누그러뜨리더니, 한 다스를 채우겠다며 열두 번째 차를 들었다고 한다. 동시대 인물인 존 호킨스John Hawkins는 존슨의 차 마시는 습관에 대해서 다음과 같이 장난스런 어투로 기록했다.

"그는 믿기 어려울 정도로 엄청난 차 애호가였다. 차가 나오기만 하면 거의 미칠 듯이 흥분해서는 어서 빨리 찻잔을 테이블에 내려달라고 안달했으며, 차에 맛을 더하는 재료들을 가져오라고 성화를 부리고는 허겁지겁 마셔버렸다. 차의 용도가 본래 기분을 상쾌하게 해주는 음료라지만, 그가 그렇게 수선을 피우는 통에 모인 사람들은 정신이 쏙 빠지기 일쑤였다."

산업혁명이 진행 속도를 더하면서 차는 점점 더 대중화되어, 영국의 국민 음료인 맥주의 자리를 침범하기 시작했다. 공장에서 일하면서 술을 마시는 건 불가능했으므로, 맥주 대신 기력을 바짝 되찾게 해줄 만한 음료가 필요했던 것이다. 개혁주의자 윌리엄 코빗William Cobbett는 소규모 자작농들의 자립을 위한 실용 안내서인《오두막 경제Cottage Economy》를 펴냈는데, 여기서 새롭게 등장한 차 문화에 대해 불편한 심기를 드러냈다.

맥주가 차지하던 자리를 차가 거의 다 채우고 있는 실정이다. 그러나 차는 유익한 효능이라고는 거의 없다. 영양 성분은 전혀 포함돼 있지 않고, 이유 없이 기분이 차분해지는 것 말고는 해로운 영향을 줄 뿐이다. 대부분의 차는 수면 부족 현상을 일으키고, 신경을 교란, 약화시킨다는 것은 잘 알려진 사실이다. 그러므로 차는 사실상 효력이 좀 떨어질 뿐 아편의 일종이라 할 수 있다. 잠깐 동안은 몸에 활기를 주는 것 같지만 결국 체력을 약화시킨다. 어쨌든 차는 신체에 어떤 긍정적인 효능도 전달하지 못한다. 노동에 필요한 어떤 능력을 강화시키지도 못한다. 결국 차는 아무 짝에도 쓸모가 없다.

차를 마시면 결국 건강이 파괴되고 체력이 약해질 것이다. 차는 청년을 나약하고 게으르고 타락하게 만들며, 실제 나이보다 더 늙어 보이게 만들 것이다. … 차를 마시면 몸이 약해지고 여성화되어 따뜻한 아랫목만 찾고 이불 속에서 나올 줄을 모르게 된다. 또한 걸핏하면 변명을 늘어놓는 전형적인 게으름뱅이가 된다.

그런데 코빗이 주장한 차의 악영향과, 동시대 금주운동 측에서 주장한 알코올의 악영향이 정확하게 일치하고 있으니, 참으로 기이한 일이 아닌가. 아무튼 차가 많은 사람들에게서 그토록 큰 호응을 얻은 이유는 무엇보다도 깊은 성찰을 돕는 차의 효능에 있었다. 차는 업무 시간 중간에 게으름을 개입시켰다. 차를 마시면 잠시 일을 중단하고 고요한 순간을 즐길 수 있었다.

1821년 코빗이 《오두막 경제》를 출간한 바로 그해에 또 다른 위대한 작가가 주목할 만한 책을 펴냈다. 아랫목만 찾던 토머스 드 퀸시 Thomas DeQuincey는 유명한 마약중독 회고록인 《어느 영국인 아편 중독자의 고백》에서 다음과 같이 차를 변호했다.

10월 마지막 주부터 크리스마스이브까지 … 행복이 한창 무르익는 이 시즌에는 차가 가장 잘 어울리지 않을까 싶다. 천성적으로 신경이 무딘 사람들, 또는 와인에 푹 빠져서 차와 같이 세련된 자극제를 원치 않는 사람들에게는 비웃음을 사고 있지만, 앞으로 차는 지성인들에게 무한히 사랑받는 음료가 될 것이다.

드 퀸시는 밤새도록 차를 마시곤 했다고 전해진다. 아편을 마음속에서 떠나보내기 위해 일부러 차의 효능을 과장했다는 주장도 있지만, 어쨌거나 그가 지적한 사항은 분명한 사실이다.

차로 인한 또 하나의 긍정적인 영향은 도시에 '티룸Tea Room'이 생겨났다는 것이다. 19세기 말엽을 넘어서까지 대중적인 인기를 얻었던 이곳은 젊은 사무원과 비서들이 패스트리 빵을 먹고 이야기를 나누며 춤을 추었던 장소였다. 티룸은 무엇보다도 여성이 남성을 동반하지 않고도 드나들 수 있도록 사회적으로 용인된 장소였다는 점에서 주목을 받았다.

한편 프랑스 전원 지역에서는 오후에 차를 마시며 사교 시간을 갖는 문화가 지속되었다. 최근 들어서 나는 프랑스 북부의 작은 마을을 찾아갔다가, 일요일 오후 마을의 홀에서 열리는 댄스파티를 구경하게 되었다. 이 파티는 '테이 당상the dansant', 즉 '티 댄스tea dance'라고 불렸는데, 홀에는 조명이 환하게 빛났고 조촐한 다과 테이블이 차려져 있었다. 무대 위에서는 작은 밴드가 오르간으로 클래식 댄스곡을 연주했다. 청중의 대부분은 50살은 족히 돼 보이는 마을의 농부와 아내들이었다. 전체적인 분위기가 너무 소박하기만 해서 나도 모르게 웃음이 터져 나올 것 같기는 했지만 홀 안에는 유쾌한 웃음과 춤, 그리고 활기가 넘쳤다.

그들처럼 우리 모두 차 마시는 일을 신성한 일과로서 매일 같이 준수할 수 있기를 바란다. 그렇다면 어떻게 차를 마셔야 좋을까. 어떻

게 즐기는 게 좋다는 말인가. 나처럼 운 좋게 이삿짐 옮기는 일을 해
보지 않는 한, 대부분의 사람들은 차 마시는 법을 잘 모르고 있는 듯
하다.

　먼저 주의해야 할 점은 차를 기계로 찍어내듯이 마시면 의미가 없
다는 것이다. 종이컵에 티백을 띄운 채, 모니터를 들여다보면서 후루
룩 마셔서는 안 된다. 중국인들이 다도를 행하며 영감을 얻으려 했다
는 걸 기억하도록 하자. 다음에 소개하는 16세기의 시에는 차 마시는
즐거움을 찾을 만한 다양한 상황들이 소개되어 있다.

　　우리의 마음과 손길이 노곤해질 때,

　　시집을 읽고 난 후 몸이 나른해 올 때,

　　생각이 집중되지 않고 산만할 때,

　　노래나 시구를 들을 때,

　　노래 한 곡이 다 끝났을 때,

　　휴일에 집 문을 닫아걸고서,

　　담소를 나누고 그림을 감상하면서,

　　깊은 밤 대화가 무르익을 때,

　　밝은 창과 깨끗한 책상 앞에서,

　　좋은 친구들, 그리고 가녀린 첩들과 함께,

　　친구들과 어울리다가 돌아오는 길에,

　　날은 맑고 산들바람이 선선히 불 때,

　　소나기가 조금 내리는 날,

　　조그만 나무 다리 근처의 예쁜 배에 올라,

울울창창히 솟은 대나무 숲 속에서,

여름날 연꽃이 내다보이는 정자 안에서,

조그만 작업실에 향을 피우고서,

연회가 끝나고 손님들이 돌아가고 난 후,

아이들이 학교에 있을 때,

조용하고 쓸쓸한 사원 안에서,

유명한 물가와 한적한 바위 근처에서.

쉬 쳐 슈Hsü Ts'eshu의 〈차 마시기 좋은 한때〉라는 시다. 나는 특히 가녀린 첩들과 차를 마신다는 대목이 마음에 들지만, 그걸 그냥 보아 넘길 아내나 여자 친구들이 있을지는 잘 모르겠다. 그러나 그 밖의 상황들은 실현 가능성의 한계를 벗어나지 않는다. 린위탕도 차 마시기 좋은 상황에 대해 충고를 남겼다.

차에는 우리를 조용한 삶의 성찰로 인도하는 무언가가 있다. 주위에서 아이가 운다거나 여자들이 큰 소리로 수다를 떤다거나 남자들이 정치를 놓고 격론을 벌일 때 차를 마시는 것은, 비 오는 날이나 구름 낀 날 차를 드는 것만큼 불행한 일이다. … 차는 세속의 정화를 상징하기에, 잎을 따고 닦고 저장하여 마침내 물에 띄워 마시기까지 그 모든 준비 과정에서 철저한 청결이 요구된다. 기름 낀 손이나 더러운 찻잔처럼 아주 작은 실수 하나에도 차 마시는 시간은 쉽게 오염돼버린다. 따라서 차를 즐기는 것은 눈과 머리에서 모든 겉치레나 사치를 지워낸 다음에라야 어울린다 하겠다. … 차를 준비하고 마시는 것은, 늘 차분한 즐거움, 엄숙함, 신중

함이 깃든 의식이어야 한다. 사실 차를 준비하는 과정이 차 마시는 즐거움의 절반이라 할 수 있다. 이 사이로 수박씨를 뱉는 게 수박 먹는 즐거움의 절반이듯이.

《아이들러》에 차에 관한 칼럼을 연재하기 시작하면서 우리는 전설적인 낚시꾼 크리스 예이츠Chris Yates를 필자로 섭외했다. '차 마시는 일과를 매일 실천하자'라는 아이디어를 널리 알리기 위해서였다. 예이츠는 첫 번째 칼럼으로 티백을 공격하는 글을 썼다.

차는 천천히 마셔야 하는 법이다. 그런데 늘 시간에 쫓겨 조급하기만 한 현대사회는 티백을 탄생시켜 자연을 훼손시켰으며, 그나마도 후루룩 금세 마셔버리고 있다. 이것은 그야말로 죄악 중의 대죄악이다. … 차를 만들 때도 차를 마실 때와 마찬가지로 여유롭게 명상하듯이 행동해야 한다. 찻잎들이 뜨거운 물속에 들어가 소용돌이치다가 점점 흩어지고 차 주전자 안을 물들일 때 마음은 평온해지며, 그 황금빛 액체를 잔에 부을 때 영혼은 고양되는 것이다.

하지만 안타깝게도 현실에서는 잎차를 사용하는 사람이 드물다. 티백을 사용하면 편리하고 빠르게 차를 만들 순 있지만, 차를 빨리 만드는 것 자체가 차의 본질적인 정신을 정면으로 거스르는 것이 된다. 또한 볼품없이 큰 티백 상자보다는, 200그램 정도의 앙증맞은 차통을 차 주전자 가까이 놓아두는 편이 훨씬 우아하고 보기에도 좋다. 잎차는 버리기도 간편한 반면, 젖은 티백은 개수대 옆면에 달라붙어

갈색 물을 흘리곤 한다.

차의 가장 강력한 적을 말하라면 물론 커피다. 미국에서는 지난 10년 사이 커피가 알코올의 자리를 대신하게 됐으며, 현재 그러한 미국 스타일의 커피 문화가 세계를 강타하고 있다. 우리들이 꿀꺽꿀꺽 들이마시는 커피의 양은 실로 엄청나다. 본래 커피는 작은 잔에 부어 마시는 것이 전통이었는데, 이제는 빨대 꽂힌 커다란 종이컵에 가득 담아가지고 다니며 시시때때로 즐기는 실정이다. 커피숍에 앉아 차분히 마시는 게 아니라 일상생활을 해가면서 마셔대는 것이다. 자동차 안에서, 전철 안에서, 회의 중에, 심지어는 가장 안타깝게도 혼자 길을 걸으며 마신다. 무미건조한 커피 문화가 우리 삶에 침입해서 우리 삶을 모독하고 있다.

커피는 승리자, 수완가, 차를 무시하는 자, 점심 식사를 거르는 자, 일찍 일어나는 자, 죄의식에 매달려 발버둥치는 자, 돈과 지위에 집착하는 영적으로 공허한 자들의 것이다. 그것은 우리 삶을 무기력하게 만들 뿐이다. 따라서 우리는 커피를 거부하고, 고대로부터 시인, 철학자, 명상가들의 음료였던 차를 수용해야 한다.

배회하라, 최대한 천천히

◆

산책에 실패하여 다시는 산책하고 싶지 않다는 생각이 들 때,
그때가 바로 산책에 성공할 수 있을 때다.
왜냐하면 그때야 말로, 차분한 심정으로
언제나 열려 있는 자연의 가슴을 노크할 수 있기 때문이다.

헨리 데이비드 소로, 《저널》에서

◆

참으로 고상한 단어 '뚜벅이pedestrian'에 우리는 다소 조롱하는 의미를 부여한다. 물론 전철, 자동차, 비행기 등 더 화려하고 빠른 교통수단들과 비교해볼 때, 걸어다니는 건 따분하고 촌스러워 보일 수도 있다. 그러나 걸어다니는 자, 어슬렁거리는 자, 산책하는 자, 즉 플라뇌르flaneur에는 게으름의 숭고한 정신이 깃들어 있다. 그러므로 걷는 자는 고귀하고 강한 존재다. 그는 즐거움을 위해 걷는 것이며, 관찰하되 끼어들어 간섭하지는 않는다. 또한 서두르지 않으며 자신의 마음을 벗 삼아 걷는 것만으로 만족해한다. 혼자서 초연히 지혜롭고 즐겁게, 그리고 신처럼 거룩하게 떠도는 그는 진정한 자유인이다.

그러나 대도시의 거리를 터벅터벅 걷는 사람들 대부분은 걸어 다니는 걸 그다지 기꺼워하지 않는다. 순전히 A 장소에서 B 장소로 옮

기기 위해 그들의 다리를 이용하는 것뿐이다. 그들의 걸음에 즐거움이라고는 없다. 그 걸음에는 목적지가 정해져 있다. 지하철역에서 회사로, 버스 정류장에서 공장으로, 샌드위치 매점에서 은행으로. 그 노정 자체는 중요하지 않으며 걸음에 소요되는 시간은 그저 낭비라고만 여긴다. 오직 목표 지점이 중요할 뿐이다.

사실 이렇게 짧은 거리를 걷는 것으로는 마음을 한곳에 집중하기가 쉽지 않다. 보통 이럴 때는 머리를 푹 숙이고 보도만을 바라본 채 목적지를 향해 발걸음을 재촉한다. 마음속에는 여러 가지 걱정거리들이 부산하게 떠오른다. 할 일, 하지 않은 일, 지키지 못한 약속 등. 이런 식의 처량한 걸음걸이에 우리는 무서울 정도로 쉽게 익숙해진다.

그러나 의식적으로 조금만 노력을 기울이면, 마음속에 분주하고 소란스러운 하루 일과들이 가득 차 있다고 해도 충분히 깊은 사고를 하면서 걸을 수 있다. 지금 이야기한 걸음걸이의 가장 좋은 예가 앞서 언급한 '플라뇌르'다. 플라뇌르는 어슬렁거리는 사람, 또는 게으름뱅이라는 뜻으로 19세기 프랑스에서 유래되었다. 이 말은 당시 파리의 상가를 천천히 걷고 구경하고 기다리기도 하며 유유자적하게 시간을 보내던 신사들의 우아한 걸음걸이를 가리켰다. 보들레르Baude-laire는 그 전형적인 모델이었다. 그는 스스로 봉급 노예 신세를 탈피했던 안티 부르주아로서, 특별히 갈 곳을 정하지 않고 길거리를 한가하게 돌아다니곤 했다.

20세기의 철학자이자 급진적 정치 사상가였던 발터 벤야민 또한 한가롭게 거닐기를 즐겼던 인물이다. 그는 《아케이드》라는 방대한 분량의 저작물을 내놓았는데, 이 책에는 자신이 직접 쓴 글을 포함하여 짧막한 성찰문과 금언들이 수천 가지나 담겨져 있다. 벤야민은 평소 한 손에는 노트를, 다른 한 손에는 파이프를 들고서 어슬렁대며 걷는 걸 즐겼다. 그러다가 머릿속에 떠오르는 생각들을 노트에 적고, 나중에 집에 돌아가 타이프로 치곤 했다. 실제로 《아케이드》를 읽어보면, 벤야민이 산책하면서 노트에 기록하는 모습을 어렵지 않게 상상할 수 있을 것이다. 바로 그런 과정을 통해 그는 다음과 같은 글귀를 우리에게 남겼다.

> 1839년에는 거북이를 데리고 산책하는 것을 우아한 취미로 여겼다. 아케이드를 돌아보며 한가롭게 거닐 때, 그 걸음의 속도가 어느 정도여야 하는지를 말해주는 좋은 사례라 할 수 있다.

거북이를 길잡이로! 참으로 근사하지 않은가! 지나치게 산만하며 함부로 오줌을 싸고 달려드는 개보다 훨씬 더 조용할 것이다. 왜 사람들은 거북이 대신 개를 데리고 다니는 걸까?

게으름 그 자체가 그렇듯이, 산책에는 모순적인 의도가 숨어 있다. 즉 천천히 걷는 것은 바쁜 현대인들에게 있어 시간 낭비로 보일 수 있겠지만, 창조적인 사람들에게는 대단히 보람찬 활동인 것이다. 산책은 깊은 사고와 아이디어를 가능케 하기 때문이다. 벤야민은 그 사실을 증명하는 사례를 많이 열거했는데, 그중에서도 베토벤을 가장 으뜸으로 꼽았다. 사전 작가인 피에르 라루스Pierre Larousse의 글을 인용한 것에 따르면, 베토벤은 집밖을 배회하는 동안 머릿속에서 음악을 완성시켰다고 한다.

이 세기의 초창기에 한 남자가 비가 오든 눈이 오든 전혀 개의치 않고 매일 비엔나 도심을 쏘다니는 게 목격되었다. 이 남자가 베토벤이었는데, 그렇게 중구난방 배회하는 동안 위대한 교향곡들이 미처 악보에 옮겨 적기도 전에 그의 머릿속에서 완성되곤 했다. 거리를 쏘다닐 때 그에게 있어 이 세상은 더 이상 존재하는 것이 아니었다. 안면 있는 사람들이 그가 지나가는 걸 보고 공손하게 인사를 건네도 그는 아무런 대꾸를 하지 않았다. 그의 정신은 이미 다른 세계에 가 있었던 것이다.

빅토르 위고Victor Hugo는 또 한 명의 위대한 산책자였다. 위고의 전기를 펴낸 에두아르 드뤼몽Edouard Drumont은 1900년 다음과 같은 기록을 남겼다.

그는 아침 시간을 책상 앞에 앉아서 보냈고, 오후 시간은 배회하면서 보냈다. 그는 버스의 위층에 타는 걸 아주 좋아했다. 그것을 '관광용 발코니'라 부르며, 거기에 앉아 거대한 도시의 다양한 면면들을 한가하게 구경하는 걸 즐겼다. 그는 말하기를, 귀가 따가운 파리의 소음이 자신에게는 바닷가의 파도 소리와 똑같은 효과를 준다고 했다.

가만히 생각해보면, 배회하는 습관을 통해 창조적인 활동을 펼친 인물들은 상당히 많다. 그중에서도 나는 전설적인 그룹 '도어스Doors'의 리드 싱어이자 위대한 무위도식자였던 짐 모리슨Jim Morrison을 탁월한 산책자로 꼽고 싶다. 그는 LA 거리를 쏘다니며 자동차 소음을 즐겨 듣곤 했다. 존 레논도 1970년대 뉴욕에서 거주할 때, 자동차들이 달리는 거리 풍경을 즐겨 감상했다. 〈인형의 계곡을 넘어서〉 같은 명작을 만들어낸 영화감독 러스 메이어Russ Meyer도, 점심 식사 후 두 시간의 산책을 하는 동안 시나리오를 구상했다고 한다.

도심을 배회하는 것은 비단 19세기에만 유행했던 현상은 아니었다. 도시의 몽환적인 시인이던 윌리엄 블레이크는 소년 시절 산업혁명 이전의 런던 거리를 쏘다니곤 했다. 그의 전기를 쓴 피터 애크로이드Peter Ackroyd는 블레이크가 그렇게 배회하면서 독특한 환상들을 체험했다고 기록했다. 천사들이 가득한 나무를 보거나, 들판의 나무 아래에 성경의 선지자 에스겔이 서 있는 걸 보기도 하고, 건초 만드는 사람들 틈에서 천사들을 목격하기도 했다. 그는 그런 환영을 부모에게 이야기했다가 거짓말을 한다며 야단맞기도 했다. 블레이크는 시 〈예루살렘〉에서 도시가 상상의 날개를 펴기에 전원 못지않은 장소라는 걸 입증하고 있다.

이슬링턴에서 메리본까지,
프러미스 힐과 세인트 존스 우드까지,
황금 기둥들이 세워져 있다네.
예루살렘의 기둥들이 거기 서 있다네.

산책자의 기준이 될 만한 인물을 한두 명 더 열거해보자. 성미 고약한 영국의 저널리스트 조너선 미즈Jonathan Meades는 자신이 현대판 산책자라고 자부한다. 그는 최근에 《타임스》의 한 칼럼에서 이렇게 불만을 터뜨렸다.

"우리의 도시는 온통 조급한 사람들로 가득 차 있다. 도시의 비좁은 통행로는 달팽이 속도로 산보하기에는 적절치 못하다. 공공의 즐거움을 위한 길이라기보다는, 그저 한 곳에서 다른 곳으로 옮겨 가는 통로에 불과하다. 이 사회의 분위기와 노동 윤리에 비추어봤을 때, 제 발로 걸어다니는 사람은 주눅이 들 수밖에 없다. 이번 주에 나는 플라뇌르라는 나태함을 위해 비축해둔 에너지를 이용, 몇 시간 동안이나 도시를 어슬렁대며 배회했다. 게으르게 관찰하는 행위는 그 자체로 보람이 된다. 정처 없이 쏘다니며 사방에서 일어나는 일을 그저 바라보기만 해도, 그 시간은 치유의 시간이 될 것이다."

물론 중세 시대에는 미즈가 불평한 것처럼 달팽이 걸음에 대한 방해가 없었다. 이탈리아에는 지금도 '파세지아타passeggiata', 즉 여기저기 쏘다니는 관습이 존재한다. 이탈리아를 방문했을 때 제일 먼저 눈에 띄는 것은 유유하게 걸어다니는 사람들이다. 일요일 아침에는 온 가족이 예배를 마친 뒤 팔짱을 끼고서 거북이걸음으로 자갈길을 걸어가며, 음식, 와인, 가족, 그리고 철학을 주제로 대화하는 광경을 흔히 볼 수 있을 것이다. 내 이탈리아 친구 크리스티나한테 그 관습에 대해 물어보니, 이렇게 입을 열었다.

"저녁 식사 이전에도 파세지아타를 해. 마을이나 읍내의 상가 거리를 오르내리는 게 일반적인 코스야. 그러다 보면 온 마을 사람들을 다 만나게 되지. 젊은이들에게는 그게 술집으로 가는 길과 마찬가지고. 언제든 친구를 만나고 애인을 사귈 수 있으니까."

1970년대 런던에서 산보 또는 파세지아타를 재도입한 것은 펑크 세대들이었다. 그들은 런던의 킹스로드를 오르내리며 쏘다니다가 벤치에 앉아 상점의 진열장을 들여다보기도 하고, 그냥 길에서 서성대며 기이한 행색으로 행인들의 시선을 받으면서 하루를 보내곤 했다. 이들 펑크 세대가 최후의 산책자들이었다 해도 과언이 아닐 것이다.

하지만 요즘처럼 빠르게 움직이는 세상에서, 특히 런던 같은 대도시에서 정처 없이, 그냥 마음이 내켜서 이런 식으로 배회를 한다면 수상쩍은 인물로 찍히기 십상이다. "거기, 빨리 안 가고 뭐해요!" 하고 경찰한테 핀잔을 들을 수도 있다. 하지만 어슬렁대며 배회하는 사람들이 마음속에 무슨 '의도'를 갖고 있는지 어떻게 아는가. 독심술이라도 하는 건가? 아무 일도 안 하며 빈둥대는 사람은 필시 나쁜 짓을 꾸미는 거라고 여기는 그 시선에 문제가 있는 것이다. 사실 혼자 산책하는 것만큼 다른 사람한테 폐가 안 되는 일이 또 뭐가 있단 말인가. 그러나 어떻게 보면 어슬렁대며 걷는 행위 안에는 반역의 의미가 포함돼 있다고도 할 만하다. 부르주아의 가치관, 목표에 집중하며 사는 삶, 바쁘고 부산하게 일하는 문화에 저항하는 일종의 시위인 셈이기 때문이다.

한편 창조적인 사람들에게 있어서, 걷는 행위는 일과 놀이를 조화시키는 역할을 한다. 벤야민은 "플라뇌르란 일과 놀이의 분열에 저항하는 시위"라고 했으며, 걷는 동안에는 시선을 계속 열어두어야 한다고 《아케이드》를 통해서 강조했다.

이제 막 외국에서 들어온 사람이 된 듯한 마음으로 집을 나서라. 그래야만 이미 살고 있던 세상에서 새로운 발견을 할 수 있다. 싱가포르에서 배를 타고 막 도착한 것처럼, 당신 집 현관의 매트나 주변 사람들을 한 번도 본 적이 없던 것처럼 하루를 시작하라. … 지금까지 인식하지 못하던 휴머니티가 당신 앞에 새로 전개될 것이다.

런던의 위대한 산책자의 시대는 18세기였다. 당시에 성행했던 잡지와 신문들의 제목, 《구경꾼》, 《관찰자》, 《방랑자》, 《배회자》, 《모험가》 등만 보아도 그 분위기를 짐작할 수 있다. 18세기 도시의 산책자들은 현재보다 한층 더 세속적이었고, 산업혁명기의 파리 산책자들보다는 덜 우울했다. 아마 그 시대가 아직 산업혁명에 의해 파괴되기 전이었기 때문일 것이다.

18세기 말엽과 19세기 초반 낭만적인 시의 시대에 접어들면서, 전원 지역을 산보하는 게 널리 유행되었다. 자연의 시인 워즈워스William Wordworth와 콜리지Samuel Taylor Coleridge는 그중에서도 아주 위대한 산보객들이었다. 그들은 프랑스혁명 직후 노스데번과 서머셋의 해안 지역을 포함해서 전국 각 지역을 몇 년 동안이나 돌아다녔다. 그들에게 있어서 산보란 창작 행위의 핵심을 이루는 요소였다. 즉 산보를 하면서 생각하고 꿈꾸고 시상을 떠올릴 수 있었던 것이다. 그들은 시골을 배회하면서 새로운 시 이론의 핵심을 완성시켰고, 자연과 소박함으로 돌아가자는 새로운 시 원리를 세웠다. 콜리지는 《콜리지 문학평전》에서 이렇게 밝혔다.

나는 거의 매일 콴톡 꼭대기와 비탈진 골짜기들을 누비고 다녔다. 연필과 수첩을 들고 다니다가, 시의 대상과 이미지가 감각 속에 떠오르는 즉시 글로 옮겼다.

아마도 콜리지가 그의 유명한 시 〈쿠빌라이 칸〉을 구상하고 집필했던 때가, 노스데븐 해안 지역을 따라 산보하던 이 시기였을 것이다. 이 시인들의 배회는 당시 당국으로부터 의심을 샀다. 이미 급진적인 시각으로 유명해진 두 사람이 사회에 이로운 짓을 꾸밀 리 없다고 판단했던 것이다. 그들은 새로운 시 이론을 모색하던 중이었으므로, 어쨌든 '의도적인 배회'를 했다고 할 수 있다.

내무성에서는 두 사람을 감시하기 위해 스파이를 파견했다. 스파이는 두 시인이 강둑에서 메모하는 모습을 보고는, 폭동에 필요한 무기 반입 계획을 세우는 것이라고 짐작하기도 했다. 콜리지가 《콜리지 문학평전》에서 '코주부 스파이'라고 별명을 붙였던 그 정부 요원은, 두 시인을 가리켜 '악랄한 불평분자'이며 '폭력적인 평등론자'라고 묘사했다.

산보에 대한 얘기가 나왔으니, 19세기에 처음 등장한 사립 탐정에 대해서도 짚고 넘어갈 필요가 있을 듯하다. 사립 탐정은 발터 벤야민이 《아케이드》에서 지적한 바와 같이 게으름꾼들과 유사한 습성을 지닌, 참으로 매력적인 캐릭터라고 할 수 있다.

이리저리 배회하고 관찰하고 들여다보는 산책자는 사실 탐정들이 하는 일과 많이 닮았다. 다만 차이가 있다면, 산책자는 탐정들처럼 비밀스러운 탐색을 하는 것이 아니라 당당한 개인의 습관으로서 사회의 용인을 구했다는 점이다. 탐정들은 겉으로는 산책자들처럼 그럴싸하게 게으름 피우는 흉내를 내지만, 실은 주도면밀한 전문 관찰자들이었다.

벤야민이 지적한 탐정과 산책자의 밀접한 관련성을 정확하게 실현한 주인공이 바로 위대한 게으름꾼 셜록 홈즈다. 그는 어슬렁대고 돌아다니면서 관찰하고 생각하고 빈둥대는 걸 좋아하는 인물이다. 시인들이 그런 것처럼 그는 걸음을 걸으면서 또는 한곳에 우두커니 앉아서 일을 했다. 그는 사회를 관찰하고 방관하고 즐기면서, 그 약점을 간파해내고는 회심의 미소를 지었다. 그러나 시간에 쫓겨 사는 대부분의 사람들이 보기에는 홈즈가 도시를 장시간 쏘다니는 게 엄청난 낭비로 밖에는 보이지 않았을 것이다. 〈장기 입원 환자〉에서 홈즈는 왓슨에게 이렇게 말한다.

"런던 거리를 좀 쏘다니고 오는 게 어떻겠나?"

그리고 두 사람은 세 시간 동안 산책을 한다. 세 시간이나! 당신이 친한 친구들과, 아니면 혼자서라도 도시를 세 시간 동안 배회해본 적이 도대체 언제였는가. 시간이 없다고? 너무 바쁘다고? 할 일이 산더미라고? 우리 사는 도시에서 시간이 많고 한가한 사람이 대체 누구라는 말인가. 아마 노숙자들뿐일 것이다. 우리가 동정하는 노숙자들 중 일부는, 사실상 산책자의 정신을 계승하고 있다고 한다면 과장일까. 지나치게 낭만적으로 비약시켜서는 안 되겠지만, 부랑자들에 대해 우리가 오해하는 면이 확실히 있기는 하다.

일부 선의의 사회 개혁가들과 정부는, 노숙자, 부랑자, 방랑자, 그리고 그 비슷한 사람들이 사회에 다시 편입되기 위해 도움을 원한다고 여긴다. 거리의 삶을 버리고, 생산적인 일을 하며 살아갈 수 있도록 도움을 간절히 바란다는 것이다. 물론 직장이 그들의 문제를 해결해 줄지도 모른다. 하지만 노숙자나 부랑자, 방랑자들은 사회의 일반적인 가치관들을 거부하기 때문에, 그런 유형의 간섭이 먹혀들지 않는 건 아닐까.

그들은 일자리를 원하는 게 아니다. 그들은 빚, 불안, 상사에 짓눌리며 사는 중산층이 되는 걸 더 이상 원하지 않는다. 고정된 시간에 붙들려 일하며, 잉여 소득은 백화점에서 소비하는 생활을 원치 않는다. 그룹 몽키스의 노래 〈D. W. 워시번〉에 등장하는 부랑자는 일거리가 없어도 와인 한 병이면 족하다고 말한다. 독선적인 자선가들에게 시달리기를 원치 않는 것이다.

그러나 부랑자들조차도 자본주의 경제의 착취의 그물에서 완전히 벗어나지는 못한다. 조지 오웰George Orwell은 《파리와 런던의 따라지 인생》에서 1930년대 부랑자들에게 행해지던 착취 실상을 지적했다. 빈자를 먹여 살려야 할 사람들이 실제로는 빈자를 뜯어먹고 있다는 것이었다. 자유를 얻는 대가로 부랑자들은 구세군의 설교를 참아내고 혹독한 수면 환경을 견뎌내야 했다. 유랑자들은 전통적으로 입법자들에게 공격의 대상이 되어 왔다. 영국 초등학생들의 역사 교과서에는 다음과 같은 대목이 나온다.

1958년 국회는 일할 수 있는데도 이를 거부하는 '건강한 거지'와 너무 늙거나 어리거나 장애가 있거나 병든 '허약한 거지'를 구분하는 법을 통과시켰다. 각 구역에서는 치안 판사의 감독하에 빈자들을 책임졌는데, 먼저 그들이 떠돌아다니는 것을 금지했다. 일을 할 수 없는 허약한 자들에게는 각 구역의 주민들한테서 거둬들인 구제금을 지급했다. 그러나 신체적 능력이 충분한 건강한 유랑자들에게는 상의를 모두 벗기고 피가

날 때까지 공개적으로 매질을 가했다.

그 뒤 이들은 출생한 행정 구역으로 송환돼 교정소에서 일을 하게 되었다. 유랑자를 바라보는 이런 혹독한 시각은 1930년대 독일의 나치 정부에서 극에 달했다. 1936년 8월 경찰국에서 이른바 '반사회 분자들'의 명단을 발표했는데, 여기에는 거지, 유랑자, 집시들이 포함돼 있었다. 자유를 추구하던 그들은 보호 감금 시설, 즉 강제수용소로 보내졌고, 그곳에서 고된 노동과 복종의 가치를 억지로 배워야 했다. 아우슈비츠 수용소의 입구에 걸려 있던 전설적인 글귀 'Arbeit Macht Frei'는 '노동이 우리를 자유케 한다'라는 뜻이다.

배회와 유랑 생활에 관한 작품들 중에 꼭 읽어봐야 할 시 한 편을 소개하자면, 아이작 월튼Izaak Walton의 1653년도 걸작 《조어대전》에 나오는 다음의 노래를 적극 추천하고 싶다.

태양은 밝게 빛나고 거지들은 흥겹다, 흥겹다.
여기 하루 먹기에 충분한 찌꺼기가 있다.
우리가 신이 나서 손뼉 치는 이 소리를
어떤 바이올린 소리에 비할까.
그 어떤 환희가 우리 거지들을 당할쏘냐.
거지의 삶은 왕의 인생.
마음 내킬 때 먹고 마시고 놀고 자고.
세상 번민은 안개와 같은 것, 살고 싶은 그대로 살아보세.

거지의 인생이 완벽한 자유로 이상화돼 있다. 일, 욕망, 소비의 노예 상태에서 벗어나 자유를 얻자는 것이다. 그러므로 오늘날 우리가 노숙자들을 단지 도움이 필요한 희생양으로만 바라보는 것은 부끄러운 짓이다. 물론 동정의 대상이 되어야 할 사람들도 많겠지만, 그렇게 살기로 스스로 선택한 사람들도 있다. 그들은 평생에 걸친 대출로 집을 얻고 남의 밑에서 시간의 노예로 일하느니, 집이 없고 가난하고 자유로운 걸 택한 것이다.

사실 옛 동방에서는 많은 유랑자들이 동정보다는 존경을 받았다. 특히 중국인들은 방랑자들에 대해 깊은 애정을 갖고 있었다. 린위탕의 말에 따르면, 자유를 구가하는 부랑자와 방랑자들은 중국 사회의 한 이상이었다고 한다. 그는 16세기 말엽 투 롱$^{Tu\ Lung}$이 쓴 밍글리아오체 이야기를 소상하게 소개했다.

밍글리아오체는 정부의 관리였는데 어느 날 자신이 가진 모든 걸 포기하고, 도교의 유랑자가 되기로 결심한다. 방랑하며 길에서 먹을 것을 구하는 도인이 된 것이다. "나는 내 마음을 해방시키고 내 영혼을 풀어주어 무심^{無心}의 나라로 떠나겠소." 그는 여행을 통해 마음의 평안을 얻고, 만나는 모든 사람들 또한 그의 위트에 매료된다. 그가 쓴 시는 확실히 워즈워스의 계보를 잇는 특징을 지녔다고 할 수 있다.

나는 강둑의 모래밭을 따라 걷는다.
구름은 황금빛이고 물은 맑다.
귀여운 개가 깜짝 놀라 짖어대다가

복숭아 과수원 사이로 달아나버린다.

불교에서 거지, 유랑자, 배회자는 교화의 대상이나 멋대로 동정할 대상이 아니었고, 오히려 이상적인 삶, 순수한 삶, 정처 없는 방랑의 삶, 세속적인 걱정에서 벗어난 자유의 삶을 상징했다. 힌두 문화에서 성인으로 추앙받던 인물들 역시 위와 다르지 않다. 고용주와 가족에 얽매여 세속적인 의무를 실천하던 남자가 어느 날 동냥 그릇을 들고 방랑을 결심한다. 모든 소유를 포기하고 (상상해보라!) 길을 떠나는 것이다. 그리하여 그는 세인들로부터 거룩한 인물로 추앙을 받는다. 미국의 위대한 게으름꾼 시인 월트 휘트먼은 다음과 같은 글을 남겼다.

나는 부랑아를 너무나 사랑한다! 타고났다고 밖에는 할 수 없는 그대 골수 부랑아를 세상 누구도 감당하지 못할 것이다. 내가 말하는 부랑아는 말 그대로 정말 부랑아다. 가끔가다 한 번씩 게으름을 피우는 사람이 아니다. 오늘 열두 시간 동안 몰아서 일을 하고, 다음 날 잠을 자며 빈둥대는 사람이 아니다. 나는 그런 삶에는 조금도 호감을 느낄 수가 없다. 태평하고 한결같고 무심한 그대 무위無爲의 아들을 나에게 달라. … 그는 고대로부터 존경받던 그룹의 일원이다. 그 어떤 부자, 멋쟁이, 권력가보다도 나는 그들 그룹을 숭배해 마지않는다.

"고대로부터 존경받던", 이 말이 핵심이다. 실천해보라. 작은 일부터 시작하라. 점심시간에 산책을 해보라. 어슬렁거리며 유유자적하게 빈둥거려보라. 걷는 속도를 천천히 하고 여기 저기 빈들거리다 보면, 자신이 다른 누구보다 우월하며 스스로의 운명을 지휘한다는 유쾌한 느낌이 들 것이다. 이런 식으로 걷는 것은 도시의 희생물이 되는 걸 거부하고, 오히려 자신의 운명을 손에 쥐고 즐기고자 함이다. 당신은 성인聖人이지 죄인이 아니다!

하루의 첫 술은 가장 달콤하다

◆

칵테일은 영혼의 웰빙을 상징한다. 당신이 진심으로 바라는
모든 꿈들을 떠올려보라. 어느 때보다도 그 꿈들이 현실로
다가오는 것을 느낄 것이다. 왜냐하면 지금은
칵테일 마시는 시간이기 때문이다.

《라운지 아티스트를 위한 가이드북》에서

◆

매일 저녁 여섯 시만 되면 영국의 가정에서는 자못 흥분된 가장의 외
침이 울려 퍼진다.

"해가 거의 기울었으니 이제 슬슬 마셔볼까."

그러면 진토닉을 비롯해 술 마시는 데 필요한 일체의 도구들이 마
련돼 나온다. 제대로 멋을 낼 줄 아는 가정에서는 칵테일 셰이커까지
등장하는데, 기운이 번쩍 나게 하는 마가리타를 만들 때 특히 요긴한
물건이다.

어떤 사람들은 빈속에 술을 마시지 말라고 권하지만, 사실 나는 그
것이야말로 최고의 음주법이 아닌가 한다. 하루 중 처음 마시는 술에
는 뭔가 마법 같은 힘이 있다. 칵테일, 맥주 또는 와인이 음식의 방해
를 받지 않고 곧장 신경계로 전달되기 때문이다. 그래서 나는 저녁

먹기 전에 술잔을 비우는 버릇을 도저히 포기할 수 없다.

이제 하루 일이 끝났다는 걸 기념하는 표시로서, 모든 세상사는 한쪽으로 밀어두고 기분 좋게 사람들과 어울리는 시간이 시작된다. 과거 속에서 살았든(제출한 보고서 때문에 후회했는가), 미래에 살았든(프레젠테이션 준비로 불안에 떨었는가?), 하루 일을 접고서 그날 처음으로 입에 대는 술은 온전히 현재의 순간을 즐기도록 만들어준다.

하루의 첫 술은 신체적으로도 원기를 회복시켜주는 효과가 있다. 하루 종일 피곤하고 기운이 없다가도, 퇴근 직후 여섯 시쯤 거품이 이는 황금빛 맥주를 한 잔 들이켜고 나면 갑자기 기운이 번쩍 솟아난다. 컴퓨터 모니터를 들여다보던 때하고는 딴판으로, 에너지가 몸속에 충만히 차올라 이제야 살 것 같다는 느낌이 든다.

술을 한 잔 마시고 나면, 하루 종일 월급 노예 신세였던 사람이 드디어 느끼고 생각하고 웃을 줄 아는 온전한 인간으로 탈바꿈한다. 다시 한 번 자기 시간의 주인이 되는 것이다. 그것은 사람들의 얼굴만 보아도 알 수 있다. 저녁에 시내를 돌아다니면서 술집의 유리창을 들여다보라. 와자지껄하게 웃고 이야기하는 사람들의 밝은 얼굴을 볼 수 있을 것이다. 물론 자기네 상사나 일에 대해 불만을 토할 수도 있겠지만, 집으로 돌아갈 무렵이면 모두들 작은 왕이나 왕비가 된 것처럼 마음이 든든하고 유쾌해져 있을 것이다.

그래서 우리는 이런 시간을 더 연장하고 싶어질 때가 많다. 술집에 앉아 계속 술을 마시고 싶을 뿐, 거리로 나가 집으로 돌아가는 게 내키지 않는 것이다. 그 결과 남편들은 늦어서 미안하다며 아내에게 전화를 하거나, 아니면 아내가 남편의 휴대폰에 전화를 걸어 행선지를 묻기도 한다(그 반대일 수도 있다). 이런 현상은 중세 시대부터 지금까지 되풀이되어 온 전통이라 할 수 있다. 옛날에도 남편들은 장날 장터에 갔다가 그날 번 돈을 술 마시는 데 다 써버렸고, 화가 난 아내들은 벼르고 벼르며 남편의 귀가를 기다렸다. 로버트 번스Robert Burns의 시 〈탐 오 섄터〉의 서두에는 그런 상황이 잘 묘사돼 있다.

행상하던 이들이 거리를 떠나고
목마른 이웃들이 서로 만나니,
장날은 겨우 저물고
가게는 문을 닫기 시작하네.
우리는 술을 곁에 두고 앉아
그저 흥겹기만 해서
집까지 먼 거리는 안중에도 없어라.
… 뾰로통하게 골난 아내들은
으르렁거리는 폭풍처럼 얼굴을 찌푸리고서,
남편이 돌아오기만을 벼르고 있다네.

나의 어머니는 1970년대 런던의 신문사에서 저널리스트로 일하던 때의 이야기를 종종 들려준다. 어머니의 동료들은 대부분 지독한 술꾼들이었는데, 그들에게는 술집이 아직 문을 열기 전인 오후 다섯 시 삼십 분까지가 암흑과도 같이 느껴졌다고 한다. 다섯 시쯤이 되면 어머니와 동료들은 시계를 뻔질나게 쳐다보며 이렇게 탄식했다. "술집이 영영 문을 안 여는 거 아니야"

그러나 일단 술집이 문을 열기만 하면 시간은 눈 깜빡할 사이에 흘러가버린다. 여러분도 "벌써 시간이 이렇게 됐나? 여덟 시까지는 집에 간다고 약속했는데" 하는 말을 많이 들어보고, 해보았을 것이다. 그러려면 일곱 시 삼십 분에는 술집 문을 나섰어야 했지만, 어느새 시간은 아홉 시고 저녁 식사는 냉장고 안으로 들어가버린다.

저녁 여섯 시에는 혈관에 알코올이 서서히 주입되어 뇌로 흘러들고, 두 눈은 밝아지며 에너지가 넘쳐흐른다. 그렇다고 혀가 꼬이거나 고함을 치고 욕설을 퍼붓는 등 공격적인 행동을 할 정도는 아니다. 그저 대화를 나누기에 더없이 완벽한 시간일 뿐이다. 아이디어가 마구 떠오르고 사람들과 함께 어울린다는 순전한 기쁨에 입이 저절로 열린다. Dr. 존슨의 친구이자 유명한 화가였던 조슈아 레이놀즈 경은 술자리에서 사람들이 쾌활해지고 입이 술술 열리는 현상을 가리켜 이렇게 말했다.

"아침에 일어났을 때는 그렇게 기분이 상쾌하던 사람도, 저녁 먹을 때쯤이 되면 기진맥진해진다. 그럴 때 와인을 마시면 아침에 일어났을 때와 똑같은 상태로 돌아간다. 나는 적절한 음주가 말을 더 잘하게 만들어준다고 확신한다."

하지만 Dr. 존슨은 레이놀즈의 의견에 동의하지 않았다. 술은 단지 말을 더 잘 한다고 느끼게 해줄 뿐, 사실은 그렇지가 않다는 것이다. 존슨에게 있어 술을 마신다는 것은 망각에 그 목적이 있었다.

"나는 그러기를 바라면서 술을 마실 때가 많다. … 나 자신을 잊기 위해, 나 자신을 멀리 떠나보내기 위해. 와인은 우리에게 커다란 즐거움을 주는데, 사실 모든 쾌락이란 그 자체로 이미 좋은 것이다."

19세기 말엽 파리에서는 여섯 시가 주는 그 특별한 느낌을 가리켜 '뢰르 베르트L'heure verte', 즉 '녹색 시간'이라는 이름을 붙였다. 당시 사람들이 많이 마시던 압생트가 녹색이었기 때문이다. 그 이전 시대 까지는 그렇게 많은 사람들이 똑같은 시간에 똑같은 술을 마셨던 적 이 없었다. 이 현상은 산업혁명의 영향, 즉 근로 시간의 획일화 및 도 시화에서 그 원인을 찾을 수 있다. 산업혁명 이후로 일정 시각이 되 면 엄청난 수의 지친 사람들이 공장과 사무실에서 쏟아져 나왔고, 그 길로 술집과 카페로 몰려가는 광경이 펼쳐졌던 것이다.

압생트는 매우 독한 증류주로 알코올 도수가 60~70퍼센트나 된다. 프랑스 사람들은 엄청난 분량(1874년 한 해에 70만 리터의 압생트를 마셨 는데, 1910년 그 수치는 3600만 리터로 치솟았다)의 압생트를 습관적으로 마셔댔다. 19세기 말엽 파리에서는 사람들이 카페 밖에 앉아 독한 증 류주를 홀짝거리는 광경을 흔히 볼 수 있었다. 데카당파 시인이자 과 학자인 샤를 크로Charles Cros는 "압생트가 침울한 영혼에 생기를 불어 넣는다"라고 말하기도 했다.

당시 프랑스 사람들은 녹색 시간을 최소 두 시간에서 길어질 때는 밤새도록 지속하곤 했다. 물론 당사자들은 한 시간 정도밖에 흐르지 않았다고 여겼을 것이다. 당시의 어느 감독관은 이런 분위기를 "압생 트의 독한 향이 공기 중에 짙게 배어 있었다. 대로변에서의 '압생트 타임'은 대략 다섯 시 반에 시작하여 일곱 시 반쯤 끝났다"라고 묘사 했다.

당시의 분위기를 현대에 되살리고자 1999년 나와 동료들은 압생 트를 영국으로 수입하는 프로젝트를 진행했다. 이 술은 게으른 생활의 촉진제가 되어줄 것이 분명했다. 우리가 외쳤던 슬로건은 '오늘 밤, 100년 전인 1899년과 똑같은 파티를 벌이자'였다.

화가 앙리 드 툴루즈 로트렉Henri de Toulouse-Lautrec은 유명한 압생트 애호가여서, 술을 넉넉히 담을 수 있도록 특별 제작한 지팡이를 가지고 다닐 정도였다. 앙리는 의심할 여지없이 녹색 시간을 밤새도록 즐기던 사람이었을 것이다. 동료 화가 구스타브 모로Gustav Moreau는 그를 이렇게 묘사했다.

앙리는 하루 일을 끝내고 나면 절름거리며 아틀리에를 걸어나왔다. … 그는 어둑어둑한 땅거미 속으로 들어가 '앵무새' 들이키는 걸 좋아했다 (당시 몽마르트에서는 녹색의 압생트 한 잔을 가리켜 앵무새라고 표현했다). … 몽마르트르 언덕에 끝이란 있을 수 없다. … 이 예술가들의 소굴에서 한 시간만 보내보아도 많은 것을 배우게 된다. 흥에 겨워 들뜨는 분위기가 아닌, 죽음과 파산을 조롱하는 음울한 즐거움을 얻을 수 있다.

그리하여 몽마르트 언덕의 녹색 시간, 즉 '그린 아워green hour'는 '그린 데이green days'와 '그린 나이트green nights'로 계속해서 연장되었다.

어니스트 헤밍웨이 또한 압생트의 열렬한 팬이었다. 나는 그의 일기장 서두에 적힌 글귀가 마음에 꼭 든다. "지난밤에는 압생트에 붙들려 꼼짝 못하고 진탕 마셨다."

그의 대표작《누구를 위하여 종은 울리나》에는 주인공 로버트 조던이 초저녁 파리에서 압생트를 마시던 즐거운 기억을 떠올리는 대목이 나온다.

이 한 잔이 그에게는 석간신문, 카페에서 지새우던 며칠 밤, 이맘때가 되면 꽃이 만발한 밤나무 길을 한가롭게 달리던 큰 말, 서점, 가판 매점, 화랑, 몽수리 공원, 투우장, 쇼몽의 언덕 … 포예의 옛 호텔, 그리고 책이나 읽으며 한가롭게 보내던 저녁 한때를 떠오르게 했다. 텁텁하고 짜릿하고 혀가 얼얼해지며 머릿속이 훈훈하고 뱃속이 따뜻해지는, 생각에 전환을 몰고 오는 그 액체의 연금술을 맛보자 지금껏 잊고 있던 온갖 기억들이 떠오른 것이다.

영국의 데카당파 시인 어니스트 다우슨Ernest Dowson 역시 압생트 애호가로 빼놓을 수 없는 사람이다. 늘 가난에 쪼들렸던 그는 한 친구에게 이런 편지를 썼다. "담배와 압생트를 실컷 즐기려면 지금 허리띠를 단단히 매는 수밖에 없네." 하지만 안타깝게도 다우슨은 1900년 32세의 나이로 사망했다.

파격적인 정치 풍자극 〈위뷔 왕〉을 창조한 광기 어린 작가 알프레드 자리Alfred Jarry 또한 압생트를 사랑했다. 그는 머리를 녹색으로 물들이고 권총을 함부로 휘두르면서도 물은 끔찍하게 무서워했던 기인이었다. 오스카 와일드와 폴 베를렌Paul Verlaine, 드가도 압생트의 열렬한 팬이었다. 이 우아한 삼인조 주당들이 마셔댄 압생트의 효력은 그들의 예술 속으로 녹아들어 오늘날 탁월한 문화유산으로 전해지고 있다. 그들이 마신 압생트는 자유 및 부르주아의 도덕관에 대한 공격이라는 새로운 예술 개념과 밀접한 연관을 맺고 있다.

물론 잘 알려진 바와 같이 압생트를 과음하면 끔찍한 후유증을 겪게 되며, 심한 경우 코카인을 흡입한 것과 유사한 증상을 보일 수도 있다. 사실 압생트 애호가들은 그 술의 모순을 더 잘 알고 있었다. 즉 압생트로 인해 죽을 수도 있지만, 압생트로 인해 살 수도 있다는 것이다. 삶을 삶답게 만들어주는 그 술이 한편으로는 건강을 서서히 파괴한다는 점은 정말 묘한 일이 아닐 수 없다.

1914년 심각한 부작용으로 인해 압생트는 결국 제조 금지되었고, 이후 몇 십 년 동안 '그린 아워'는 '칵테일 아워'로 계승되었다(한마디 덧붙이자면 칵테일 아워의 천박한 형제, 소위 '해피 아워Happy hour'도 등장했다. 이는 술집에서 무료 또는 염가로 술을 제공하는 서비스 타임을 말한다).

인류학자 스벤 커스틴Sven A. Kirsten은 2000년《티키: 1950년대 미국의 폴리네시아 팝 컬트 현상The Book of Tiki Cult of Polynesian Pop in Fifties America》을 발표했다. 이 책은 20세기 중반 캘리포니아에서 시작, 이후 미국 전역에 불었던 변화의 바람에 관한 것이다. 책에 따르면 당시 미국은 폴리네시아와 하와이의 원시적인 생활 방식을 일과 의무에서 벗어난 지상 천국의 상징이자 나아가 문명화된 서구 세계에 대한 해독제로서 수용하게 되었다고 한다.

1950년대 미국은 물질적 번영을 구가하기 시작했고, 중산층들은 그들의 수고로 얻은 결실을 새롭게 즐기고자 했다. 그리고 그 해답을 '티키'에서 구했다. 티키는 럼 칵테일과 이국적인 휴일을 즐기는 문화를 말한다. 그리하여 폴리네시아와 하와이의 토속 음악과 매력적인 조각상들까지 유행을 타게 되었다. 커스틴은 책에서 "1950년대 말엽, 단조로운 거실에 독특한 매력을 더하기 위해 원시 종족의 이색적인 예술 작품을 들여놓는 게 대단한 유행이 되었다"라고 밝힌다.

그리고 이런 문화의 중심에 칵테일, 더 자세히 말하자면 럼 칵테일이 있었다. 커다란 티키 컵이나 사발에 짝을 맞추어 럼 칵테일이 접대되곤 했다. 파티에 참석한 사람들 역시 딱딱한 정장이 아닌 화사한 꽃무늬의 하와이 셔츠를 입고 칵테일을 즐겼다. 이런 럼 칵테일 중에서 가장 유명한 것이 좀비였는데, 여기에 1960년대의 좀비 제조법을 소개한다.

다크 자마이칸 럼 1온스
골드 바베이도스 럼 2온스
화이트 푸에르토리칸 럼 1온스
살구 브랜디 1온스
파파야 넥타 3/4 온스
무가당 파인애플 주스 3/4온스
커다란 라임 1개 즙낸 것
곱게 가루 낸 설탕 1티스푼

매우 정교한 제조법이다. 커스틴은 하와이의 어느 술집에서 다음과 같은 이색적인 자격증을 고객에게 제공하기도 했다고 밝혔다.

남양 제도의 해안가 뜨내기들은 걱정 근심 없이 태평한
당신을 환영하는 바입니다.
○○○(고객의 이름)
위의 사람은 남십자성 아래 태평양의 낙원, 즉 타히티에 살고 있으며, 반짝이는 해변에서 나른하게 빈둥대는 사람이며, 인도 재스민의 짙은 향기를 들이마시고 남태평양의 부드러운 미풍을 탐닉하며, 휴식과 즐거움이 가득한 호사스러운 삶을 예술로 승화시킨 분입니다.

1960년 10월. 지배인 J. 콤바드가 증명함

섬에서 그렇게 낭만적인 휴일을 보내고 난 뒤에는, 그런 분위기를 집안에도 들여놓고 싶은 생각이 들게 마련이다. 티키 문화는 집 뒷마당을 천국으로 만드는 수단이 되었다. 마틴 데니Martin Denny의 연주 같은 감미로운 음악이 울리고, 거실은 칵테일 라운지로 바뀌었다.

1960년대 초창기의《플레이보이》잡지는 이러한 칵테일 문화의 영향을 고스란히 드러내고 있다. 칵테일은 하와이 셔츠, 파이프, 쾌락, 자유롭고 편안한 섹슈얼리티를 연상시켰다. 그 시대의《플레이보이》에는 사장 휴 헤프너Hugh Hefner가 한 손에는 칵테일 잔을 들고 미녀들에게 둘러싸인 채 씩 미소 짓고 있는 사진들이 많이 실렸다. 그것은 많은 이들이 꿈꾸는 일종의 환상이 되었다. 전후 미국의 현실세계를 짓누르던 과중한 일의 부담을 그런 환상을 통해 사람들은 잠시나마 잊을 수 있었을 것이다.

1950~1960년대에 미국인들이 퇴근 후 찾는 술은 대개 마티니였다. 19세기 말엽 막 산업화된 파리 시민들이 심신의 안정을 찾기 위해 압생트를 찾았던 것처럼, 1950, 1960년대 뉴욕을 비롯한 기타 미국의 도시민들은 마티니를 원했던 것이다. 올리브를 한 알 띄운 삼각형의 마티니 잔은 그 시대의 상징이 되었다.

"하루 중 처음 들이키는 마티니 한 잔은 은제 총알로 간을 관통 당하는 고통을 준다. 그러나 동시에 입에서는 만족스러운 한숨이 새어

나온다." 당대의 한 게으름꾼은 이렇게 말했다. 마티니를 권하던 당시의 미국 사회는 우아함을 잃어버린 삭막한 산업화의 시대였다. 사실 칵테일이란 고된 일 문화가 빚어낸 당연한 결과물이다. 즉 극도로 힘든 일을 하면 그 고통을 상쇄하기 위해 그만큼 독한 술을 찾을 수밖에 없는 것이다. 일과 놀이가 밀접하게 연관되어 조화를 이루는 삶, 진실로 게으른 삶이라면 순한 술로도 충분하다. 우리가 진정으로 삶에 만족하고 행복하다면 술은 전혀 마실 필요가 없을지도 모른다. 물론 술 없는 인생이란 지루하기 그지없을 테지만 말이다.

무위를 낚으라

◆

**명주실 같은 낚싯줄과 섬세한 바늘을 드리우고
나는 무수한 잔물결 속을 헤매이다가
자유를 만난다.**

리 위, 〈낚시꾼의 노래〉

◆

윈체스터 대성당의 벽을 장식한 스테인드글라스 창 중에, 나무 그늘
에 앉은 한 남자를 묘사한 것이 있다. 그는 검은색 실크해트를 쓰고
무릎까지 오는 장화를 신었으며, 은발이 어깨에 드리워져 있다. 오른
손으로 턱을 괴고 왼손으로는 책 한 권을 펼쳐들었다. 발치에는 대바
구니, 그물 그리고 낚싯대가 있다. 그 사람의 뒤쪽으로는 강줄기가 두
번 굽이쳐 흘러가는 게 보인다. 나무들이 에워싼 강둑 저편으로는 언
덕이 하나 있다.

　강변에서 보내는 여유로운 한때를 묘사한 이 목가적인 풍경의 밑
부분에는, 다음과 같은 글귀가 새겨져 있다.

　"한적하게 지내는 법을 배우라."

　이 한가로운 풍경의 주인공은 아이작 월튼 경으로 1653년《조어대

전》을 펴낸 작가다. '명상하는 사람의 레크리에이션'이라는 부제가 붙은 이 책은 낚시 방법을 소개한 입문서일 뿐만 아니라 철학서이기도 하다. 그는 책에서 낚시를 숭고한 행위로 옹호하고 있으며, 한적함에 대한 찬미와 깊은 성찰을 담았다. 시인이자 극작가였던 찰스 램은 다음과 같이 열띤 어조로 이 책을 친구에게 적극 추천했다.

"우리 마음속에 순결, 순수, 소박함의 정수를 불어넣는 책이라네. 이 책을 읽으면 언제라도 인간의 분노를 잠재울 수 있어."

램의 주장은 전적으로 옳았다. 오늘날에도 《조어대전》을 읽으면 평온하고 느긋한 여유를 맛볼 수 있다. 그러나 보수적인 시각으로 본다면, 램이 주장한 '효력'은 다소 위선적이라고 여겨질 수도 있다. 실제로 월튼의 작품 속에는 세속적인 쾌락을 노래하는 대목이 자주 등장한다. 숲에서는 뺨이 붉은 젖 짜는 처녀가 노래를 부르고, 선술집(월튼은 강둑에서 보낸 것만큼이나 많은 시간을 그곳에서 보낸 듯하다) 이야기가 나오는가 하면, 강에서 잡은 송어를 화이트 와인으로 천천히 요리하는 대목도 등장한다.

그러나 《조어대전》은 단순히 현실도피나 산업화 이전의 유쾌했던 생활 방식을 회고하는 것으로 그치지 않는다. 심심풀이용 책이 아니라 무언가 교훈을 주고 있는 것이다. 이 책의 진정한 의미와 지혜는 우리들 아주 가까이에서 발견할 수 있다. 그 가운데 하나는 내가 오랫동안 마음속에 품고 있던 어떤 생각과도 상통한다. 바로 '낚시란 무위를 실천할 수 있는 훌륭한 통로'라는 것이다. 쉽게 말해 낚시는 게으름을 정당화할 수 있는 수단이라는 이야기가 된다.

사실 나는 낚시광은 아니고 그저 가끔씩 즐길 뿐이지만, 그것이 게으름꾼에게 가장 어울리는 스포츠라는 생각은 확실하다. 물론 낚시할 때도 마음속에는 하나의 목적(물고기를 낚는 것)을 품어야 하며, 낚시 바늘과 줄을 연결하고 미끼를 걸고 적당한 장소로 이동해야 하는 등 얼마간의 활동은 필요하다.

그러나 뭐니 뭐니 해도 낚시의 묘미는 완벽한 정적과 무위에 있다. 꼼짝 않고 조용히 기다리는 걸 즐기는 스포츠인 것이다. 낚시는 철학자와 시인들을 위한 것이요, 사실상 낚시 자체가 철학이고 시라 할 수 있다.

《조어대전》은 낚시꾼pescator과 나그네viator 사이에 오가는 대화 형식으로 진행된다. 책이 전개되면서 낚시꾼은 나그네를 낚시에 동참시키고, 이어서 자신의 담담한 철학을 전수한다. 매일 저녁 두 사람은 선술집에서 그날 잡은 물고기를 요리해 먹고, 전원생활과 낚시를 찬미하는 노래를 부른다. 이 가운데서 출근길의 직장인들 모두에게 큰 소리로 들려주고픈 한 대목을 소개한다.

오, 강건한 낚시꾼의 삶이여,

그것은 최고의 인생일진저.

기쁨이 충만하고 갈등이 없으며

좋은 친구들이 서로 모이니,

그 어떤 즐거움도

여기에 비하면 시시할 뿐이라네.

우리한테 맞는 건

오직 낚시뿐이라.

솜씨가 늘면 늘수록

고통이 아닌

만족과 기쁨으로 돌려받는다네.

월튼은 낚시에 위대한 화합의 힘이 있다고 보았다. 서로 상반돼 보이는 요소, 즉 행동과 무위를 하나로 품위 있게 융합시킨다는 것이다.

"사람의 행복을 결정하는 중요한 요소 가운데, 깊은 사고와 행동 중 무엇이 더 우선인가?"

월튼은 고대로부터 시작된 해묵은 논쟁을 언급하며 "사고와 행동, 이 두 가지가 만나서 가장 적절하게 조화를 이룬 것이 바로 솔직하고 순수한 낚시라는 예술"이라는 주장을 펼쳤다. 낚시는 행동보다 사고에 훨씬 더 많은 비중을 둔다고 생각할 수도 있겠지만, 사실 낚시에는 본래부터 분명한 현실적 목표가 있었다. 월튼이 활약하던 17세기에는 더욱 그래서, 사람들은 자기가 잡은 고기를 소유하고 먹을 수 있었다. 요즈음에는 낚은 물고기도 다시 풀어주는 실정이지만 말이다.

그 무렵의 사람들은 인구의 약 90퍼센트가 작은 마을이나 소도시를 이루고 살면서 농업이나 수공업에 종사했다. 그러나 월튼은 평화로운 전원의 생활 방식이, 청교도 수완가들이 조장한 도시의 근로 윤리에 의해 위협받기 시작했음을 간파했다. 그리하여 그는 낚시를 새로운 유물론에 저항하는 일종의 성명서라고 여겼다. 월튼은 '경멸하는 진지하고도 엄숙한 사람들'을 향해 낚시 옹호론을 펴면서 이렇게 적었다.

많은 사람들이 진지하고 엄숙해지도록 강요당하고 있다. 우리는 그들을 비난하고 또한 동정해 마지않는다. 우울한 얼굴을 한 사람들이여, 그들은 먼저 돈을 버느라 모든 시간을 보내고, 다음에는 그 돈을 유지하느라 전전긍긍한다. 그들은 부자가 되는 저주를 받은 사람들이며, 늘 불만족스럽고 부산하게 사는 사람들이다. 낚시꾼들은 그러한 가난한 부자들을 동정할 뿐이다.

"우울한 얼굴을 한 사람들"일수록 낚시꾼들을 경멸하고, 속된 말로 '갈구는' 경향이 있다. 생각이 깨어 있는 게으름꾼이라면 그들의 행태를 훤히 꿰뚫어볼 수 있을 것이다. 그러므로 낚시는 소비문화에 저항하는 혁명적인 행위이자, 가장 즐길 만한 스포츠다. 다음에 월튼이 남긴 또 하나의 낚시 예찬을 소개한다.

인간의 삶이란 헛될 뿐,

고통과 슬픔은 이미 예정돼 있는 것.

게다가 물거품처럼 덧없는 것.

인간의 삶이란 비즈니스,

돈과 걱정,

그 위에 또 걱정과 돈과 문젯거리들.

허나 우리는 아무것도 걱정하지 않아.

맑은 날이건 흐린 날이건

성내지도 않지.

온갖 슬픔은 떨쳐버리고,

밤을 새워 내일까지라도 노래 부르며

낚시하고 또 낚시할 뿐.

이 구절이 가장 우아한 부분은 아닐지 모르지만, 독특한 매력과 핵심을 찌르는 날카로운 면이 있다고 나는 생각한다. 고된 노동, 다툼 그리고 돈에 대한 걱정이 뒤범벅된 세상 속에서, 낚시는 평온이라는 반가운 오아시스를 제공한다. 장날 각자 들고 나온 물건을 사고팔던 단순한 소비문화가 유지되던 1653년에도 낚시는 그렇게 큰 효력을 발휘했다. 그렇다면 전 세계가 거대한 글로벌 쇼핑몰처럼 변화된 오늘날에는 그 진리가 얼마나 절실하게 들어맞을 것인지 생각해보라.

한 가지 고마운 사실은 한적함을 누릴 만한 시골이 아직 많이 남아 있다는 사실이다. 그러므로 산업화, 도시화로 인해 시골 풍경이 파괴되었다고 푸념만 하는 건 난센스다. 우리가 찾아 나서기만 한다면 아직도 망가지지 않은 강둑과 벌판, 숲은 얼마든지 있다. 오히려 도시로 인구가 집중되고 있어, 인적이 드문 곳을 찾기란 훨씬 더 수월해졌다.

월튼은 낚시의 한적함이 주는 효력을 맛보기 위해 인간이 물과 가까운 데 살게 되었다고 주장했다. 정말로 강변은 한적한 성찰을 하기에 이상적인 장소다. 월튼은 이스라엘 자손들이 바빌론 강둑에 앉아 시온을 떠올렸음을 지적했다. "성찰하는 현자들과 아무 생각 없이 살아가는 바보들을 위해 시온과 바빌론, 두 개의 강이 창조되었다."

역사상 게으름꾼들은 늘 물가와 강변에 이끌렸다. 케네스 그레이엄Kenneth Grahame의 고전 동화 《버드나무의 바람》은 땅속에 사는 두더지가 의무와 책임을 포기하고 바깥 세상에 나가 하루를 즐기기로 결심하는 것으로 이야기가 시작된다.

봄은 하늘 위에서 땅속으로, 그리고 마침내 두더지가 사는 어둡고 낮은 조그만 집까지 비집고 들어와, 신성한 불만과 동경을 가득 채워 놓았다. 그리고 작은 기적이 일어났다. 두더지는 갑자기 빗자루를 마룻바닥에 팽개쳐버리고는, "아, 귀찮아! 숨 막혀 죽겠어!" 하고 말했다. 이어 두더지는 "빌어먹을 봄맞이 대청소!"라고 외치고는, 집밖으로 뛰쳐나가버렸다. 겉옷을 걸칠 새도 없이 순식간에 벌어진 일이었다.

그리하여 두더지의 유쾌한 하루는 시작되었고, 쥐의 가르침 덕에 노예 같은 생활에서 벗어나 삶다운 삶으로의 전환을 맞이한다.

"이 날은 해방된 두더지가 앞으로 살아갈 수많은 하루들 가운데 첫 날이며, 그 모든 하루들은 여름이 무르익어 갈수록 더욱 흥미진진해 질 것이다. 앞으로 두더지는 수영과 노 젓는 걸 배우고, 흐르는 물의 즐거움을 깨닫기 시작할 것이다."

아이작 월튼 경의 정신적 후예로, 나는 크리스 예이츠를 꼽고 싶다. 낚시라는 숭고한 즐거움을 탐색할 수 있게 해준 장본인이니, 우선 그에게 감사를 표하지 않을 수 없다. 《아이들러》 인터뷰를 진행하면서 그를 처음 알게 되었다. 그가 잉어 월척 낚은 걸 기념하는 인터뷰였는데, 그때까지의 기록을 깰 정도로 큰 놈이었다. 그는 평생 단 한 번도 직장에 다녀본 적이 없었고, 자기가 원하는 삶, 즉 낚시꾼의 삶에 타인이 훼방을 놓도록 허락한 적도 결코 없는 진정한 괴짜였다.

예이츠는 낚시꾼들이 많이 몰리는 에이번 강 인근에 살면서 많은 책을 집필했다. 모두 침대 또는 강둑에서 써낸 것들이다. 그는 또한 진정한 낚시광들을 위한 잡지 《워터로그》의 편집도 맡고 있다. 어느 가을 날 예이츠는 나를 낚시터에 데리고 갔다. 그리고 그곳에서 낚시의 즐거움과 신비에 대해 알려주었다. 《조어대전》으로 치자면 그는 낚시꾼이고, 나는 나그네였던 셈이다. 점심 식사 때부터 해질 무렵까지 여섯 시간을 강가에서 보내며 제일 먼저 발견한 위대한 사실은 우리가 물고기를 한 마리도 못 낚았다는 것이었다. 이 낚시의 대가는 이렇게 말했다.

"물고기를 잡으면 좋겠지만 중요한 건 그게 아니죠."

그렇다면 무엇이 중요하다는 말일까. 낚시꾼이 성취하고자 하는 것은 (너무 열심히 살아가느라 잊기 쉬운 사실이지만) 존재 그 자체에 있다. 예이츠는 물과 하나가 되어, 수면 너머의 신비로운 세상, 즉 명상의 세계로 자신을 내맡기라고 말했다.

"그것은 베일과 같아요. 당신이 그것을 걷어 올리고자 마음만 먹는다면, 또 다른 차원과 만나게 될 겁니다. 물은 당신을 최면에 빠진 것처럼 잠잠하게 하며, 다른 어떤 것을 통해서도 도달할 수 없는 숭고한 영감과 자극을 경험하게 해주지요."

영국의 시인 테드 휴즈Ted Hughes는 이와 같은 완전한 합일의 상태를 그의 시 〈낚시 가기Go Fishing〉에서 아름답게 묘사해놓았다. 이 시에서 휴즈는 마음이 자연 속으로 녹아들어가 물과 하나가 되고 말조차 잊어버리게 된다고 표현했다. 실제로 오랜 시간 동안 낚시를 하고 있으면 지성은 사라지고 이성과 언어도 물러난다. 마음은 물결을 따라 흘러가고 떠다니기 시작한다. 이 대목에서 존 레논의 노래 〈투머

로우 네버 노우〉를 떠올리지 않을 수 없다. 비틀즈의 유명한 낚시 노래로 잘 알려진 이 곡에서, 레논은 물의 흐름을 따라 떠다니며 마음을 비우라고 권한다.

낚시는 일종의 명상이며 몸과 마음을 벗어나는 경험이기도 하다. 그러나 늦든 이르든 시간의 차이가 있을 뿐 낚시꾼은 결국 현실 세계로 돌아가야 한다. 휴즈는 낚시꾼에게 있어 현실은 하얀 병원처럼 돌아온다고 표현했다. 늘 긴장돼 있고 불안하고 부산하고 산만하며, 질병과 죽음이 가득하고, 극도의 고통 앞에 이성이 무기력하게 저항하는 곳이 바로 병원이다. 이 하얀 병원의 이미지는 우리가 사는 세상과 그 세상을 통제하려는 인간의 무력한 시도를 탁월하게 비유한 표현이라 할 수 있다.

대부분의 사람들이 도시에서 생활하는 오늘날, 낚시꾼의 특권이란 떠들썩한 환경을 벗어나 자연으로 돌아가는 데 있다. 그리고 그 자연 속에는 사람을 이끄는 진정한 매력이 숨어 있다. 1911년 윌리엄 케인의 《무심한 낚시꾼》에는 고기 한 마리 못 낚았어도 많은 생물들을 만나 보람 있는 하루였다고 기록한 대목이 있다. "물고기는 낚지 못했지만 칼새, 오리 알, 검둥오리, 그리고 영광스럽게도 쥐 한 마리를 목격했으니 공친 하루라고 불평할 수는 없다."

《크랩트 씨 낚시 가다Mr. Crabtree Goes Fishing》는 1950년대 베스트셀러였던 낚시 관련 도서다. 버너드 베너블스Bernard Venables가 쓰고 직접 삽화까지 그렸으며, 본래 《데일리 미러》에 연재되었던 것을 책으로 엮어 출간했다. 이 책은 《조어대전》의 핵심 부분을 추려내 기본 골격으로 삼고, 아버지와 아들 사이의 대화로 내용을 이어간다. 파이프 담배를 즐겨 피는 다정한 아버지는 낚시의 대가이고, 아들은 초보자이지만 열성파 낚시꾼이다.

베너블스는 일하며 살아가는 수많은 사람들에게, 아름다운 환경 속에서 낚시를 하며 누릴 수 있는 무위의 즐거움을 알리려 애썼다.

"베드포드셔, 헌팅던셔, 서포크, 러틀랜드로 낚싯대와 잃어버린 시간을 챙겨 떠나보라. 그동안 놓치며 살아왔던 나른한 고독 외에는 그 어떤 것도 느낄 수가 없을 것이다. … 물론 바늘을 끼우고 낚싯대를 드리우는 행동이 필요하긴 하지만, 낚시는 무아경 수준의 최고 게으름이 아닌가 한다."

베너블스는 잉어 낚시야말로 게으름 중에서도 최고의 게으름이라고 보았다. 아주 오랫동안 무위의 상태로 있다가 고기가 미끼를 물자마자 급작스러운 흥분으로 그 상태가 깨어지기 때문이다.

"잉어를 낚으려는 사람은 최대한 그 일에 몰두할 준비, 긴장을 놓치지 않고 무위의 시간을 보낼 수 있는 준비가 되어 있어야 한다. 잉어가 미끼를 물어 마침내 불침번 상태에서 화들짝 깨어날 때, 그 순간이 너무 급작스럽게 찾아오는 바람에 많은 낚시꾼들이 제대로 대처하지 못한다"

오랫동안 아무것도 안 하고 있다가 갑자기 돌발적인 행동으로 들어가는 것, 그것은 게으름꾼들이 좋아하는 작업 방식이기도 하다. 꾸준히 반복되는 한결같은 일상이란 지루할 뿐이다. 그러므로 낚시꾼들의 작업 방식은 Dr. 존슨이 피력한 게으름꾼의 근로 패턴과 맥락을 같이 한다고 할 수 있다.

"게으름꾼들은 나태하기는 해도 여전히 살아 있어서, 어떤 자극에 의해 순식간에 활력의 상태로 전환될 수 있다. … 게으름꾼의 근면이란 순간적이면서도 돌발적인 것이다."

그런 점에서 괴짜 게으름꾼 크리스 예이츠가 잉어 낚시꾼이라는 건 당연한 일이라 할 수 있다. Dr. 존슨이 아이작 월튼의 팬이었다는 것 또한 놀랄 일이 전혀 아니다.

그런데 왜 저녁 일곱 시가 낚시의 시간이냐고? 이 시간을 낚시 타임으로 설정한 이유는 물고기를 낚기에 어스름이 가장 좋은 시간이기 때문이다. 이 시간은 잉어가 은신처에서 나와 먹이를 찾으러 다닐 때다. 예이츠는 "저녁 일곱 시는 모든 게 살아 움직이는 시간이에요. 커다란 물고기도 그때 모습을 나타내지요"라고 말했다. 윌리엄 케인도 《무심한 낚시꾼》에서 그 시각을 가리켜 이렇게 표현했다.

"빛이 사라지면 스포츠는 활기를 띤다."

어스름은 특별한 마술의 시간이기도 하다. 예이츠와 낚시 여행을 갔을 때 내가 물과 하나가 되어 생각을 멈추기 시작했던 때가 바로 어스름 무렵이었다. 태양은 저물고 다른 낚시꾼들은 집으로 돌아간 후, 물은 물 아닌 것과 하나가 된다. 사물의 형체가 흐릿해지고, 나무는 커다란 그림자 덩어리로 뭉개지며, 달이 자태를 드러낸다. 케인은 어스름 무렵을 이렇게 묘사했다.

한 시간이 지났다. 태양이 마지못해 그 요란한 날갯짓을 접고 구름 틈으로 잠을 청하러 들어가버린다. 나무 그림자는 더욱 길게 드리워지며, 초록빛은 장밋빛으로 점점 물들어간다. 감미로운 한 시간 동안 기적은 그렇게 진행되고 있었다. 바로 내 앞에서.

나는 마지막의 '바로 내 앞에서'라는 대목이 마음에 든다. 어스름 무렵 강독에 서 있을 때의 그 느낌을 나도 명백하게 기억하기 때문이다. 누구라도 강가에 나가면 너무나 멋진 광경과 마주하고서 자신이 행운아라는 생각을 가질 수밖에 없을 것이다. 집 밖으로 나가서 물과 하나가 되려는 노력을 기울일 때, 우리 인생에 즐길 수 있는 게 아직도 많음을 깨닫게 된다.

윈체스터 대성당의 스테인드글라스 창에 그려진 광경을 가만히 떠올려보면, '한적하게 사는 법을 배우라'라는 구절은 게으름의 모순을 표현한 것이란 생각이 든다. 한적하게 살기 위해, 즉 게으르게 살기 위해서 노력을 기울여야 한다는 뜻이므로 모순이라는 말이다. 사실 부산하고 소란스럽고 고된 일에 익숙해진 사람들한테 '한적하게 살기'란 결코 쉽게 이룰 수 있는 경지가 아니다.

그러므로 우리는 그런 삶에 대해 공부하고, 연습하고, 생각하고, 성찰하고, 곰곰이 고민해보아야 한다. 또한 '하고 싶은 일'보다는 '해야할 일', 즉 의무와 책임의 굴레에 사로잡혀 살고 있지는 않은지 매일 생각을 기울여보아야 한다. 게으름으로 가는 여정은 평생의 여정이라 할 수 있다. 그 여정이 언젠가 끝나게 돼 있고, 완전한 게으름이란 곧 죽음을 의미한다는 것, 그것이야말로 우리 인생이 안고 있는 참으로 위대한 진리가 아닌가 한다.

1분간의 황홀경, 담배

◆

나는 일하는 사람이 되고 싶지 않다.
나는 아침을 먹고 싶지 않다.
나는 그저 만사를 다 잊고 싶을 뿐이요,
하나 더 보태자면 담배를 태우고 싶을 뿐이다.

핑크 마르티니의 음반 〈동정〉 중에서

◆

내가 처음 담배를 접한 것은 열네 살 때였다. 다시 태어난 느낌, 새로운 세상에 눈을 뜬 것 같은 경험이었다. 담배의 맛을 알았다는 것은 '세속적 쾌락과 독립된 삶'이라는 비밀의 화원 입구를 발견한 것과 같았다. 담배는 기분을 좋게 했고 피우는 모습도 쿨했을 뿐만 아니라, 부모나 교사가 주입시키는 것을 힘없이 따라가지 않고 자기 방식대로 삶을 창조하려는 의지의 표현이기도 했다. 담배는 곧 자유를 뜻했다. 나로서는 새로운 친구를 발견한 것이기도 했다. 그것도 아주 좋은 친구를.

담배는 아마 내 평생을 함께할 친구가 될 것이다. 따라서 담배를 포기한다는 것은 사별의 아픔을 겪는 것이요, 주변 사람들이 내 잃어버린 친구를 즐기는 광경을 지켜보아야 하므로 그 아픔은 두 배로 커질 것이다.

물론 우리 모두는 흡연이 나쁘다는 걸 잘 알고 있다. 잘 알면서도 그 사실을 교묘히 회피하기 때문에 건강주의자들이 그토록 금연 운동에 열을 올리는 것이다. 사실 많은 사람들이 평생 동안 '결심'과 '실패' 사이에서 갈등을 겪는다. 나 역시 열네 살 때는 열여덟 살이 되면 담배를 끊겠다고 결심했다. 열여덟 살이 되어서는 스물한 살이 되면 끊겠다고 마음먹었고, 막상 스물한 살이 되어서는 서른 살 쯤에 적극적으로 금연할 수 있을 거라고 확신했다. 이제 삼십대 중반이 된 나는 마흔 살쯤 되면 이 악습을 제거하고 말리라 마음먹는다.

그래서 나는 지금도 담배를 피운다. 사실 이 글을 쓰는 순간에도 담배를 피우고 있다. 이 단락을 끝내고 나면 얼른 담배를 새로 피워 물고는, 컴퓨터 화면을 들여다보며 내 글을 검토할 것이다.

담배를 피울 것이냐 끊을 것이냐 하는 마음속의 전쟁은 16세기에 월터 롤리^{Sir Walter Raleigh} 경이 미국에서 담배를 들여온 이후 계속되고 있는 일종의 내전이라 할 수 있다. 마음에 안정을 주는 이 독초가 영국에 들어와 사람들을 유혹한 지 불과 20~30년 후부터, 도덕주의자들은 'NO'를 외치기 시작했다. 국민의 도덕 수호자를 자임하던 제임스 1세는 마녀 고문을 즐길 만큼 편협한 세계관을 가진 사람으로서 흡연을 몹시도 싫어했다.

1604년 그는 〈담배에 대한 맹비난〉이라는 글을 통해 국민들의 흡연 습관을 통렬히 비판했다. 사실 도덕주의자의 펜 끝에서 유려한 문장이 탄생한 아주 드문 예라 할 수 있다. 이 글에서 왕은 금연해야 하는 갖가지 보편적인 이유들을 들이대며 흡연자들을 호되게 꾸짖고 있다. 그가 제시한 이유들은 오늘날까지도 흡연 반대자들이 여전히 즐겨 인용하고 있는 것들이다. 즉 담배는 사람의 건강에 좋지 않고 악취를 풍기며, 아내가 몹시 싫어하는 데다 이기적인 행위이며, 야만스러운 짓이고 게으름을 조장한다는 것이다. 무엇보다도 제임스 1세는 고상한 영국인들이 꼴사나운 야만인의 습관을 따라함으로써 스스로 타락을 부채질한다며 격분했다.

"거칠고 불경스럽고 천박한 인도인들의 짐승 같은 생활 방식, 특히 너무나 불결하고 너저분한 관습을 왜 우리 명예롭고 고상한 브리튼 사람들이 따라 해야 하는가. … 그럴 바에는 그들이 벌거벗은 채 거리를 활보하는 것도 따라 해야 하지 않겠는가. 어리석은 인도인들처럼 황금과 보석보다는 유리, 깃털 따위의 시시한 물건을 더 좋아해야 하지 않겠는가. 그들이 하는 대로 신을 부정하고 악마를 숭배해야 하지 않겠는가."

제임스 1세는 흡연이 소위 문명의 가치관, 즉 사유 재산, 금전 추구, 기독교의 유일신 신앙을 거부하는 반란 행위라고 단죄했다. 제임스 왕이 흡연을 비난한 또 하나의 이유는, 단지 쿨해 보이는 겉모습 때문에 너도 나도 담배를 피운다는 것이었다. "사람들은 친구가 하는 짓이면 모조리 따라 해보아야 직성이 풀린다"라고 제임스 1세는 비난했는데, 그 주장은 우리 부모들이 자주 사용하는 "친구가 다리에서 뛰어내리면 너도 같이 뛰어내릴 거냐?" 하는 잔소리와 매우 닮았다.

제임스 1세는 또한 흡연이 '국왕과 영연방'에 대한 의무를 포기하는 행위이며, 나아가 여성에게는 타락을 의미한다고 지적했다. "우아하고 건강하고 얼굴빛이 곱던 아내가 불결한 연기를 내뿜고 악취를 풍기며 타락하는 것은 남편들에게 크나큰 수치다!"

그의 글은 다음과 같은 저주로 결말을 짓고 있다.

"이 습관은 눈에는 가증스럽고 코에는 혐오스러우며 뇌에 해롭고 폐에 위험하다. 악취 나는 불길한 연기는 끝도 없는 지옥의 구덩이에서 올라오는 그 끔찍한 연기와 꼭 닮았다."

말할 필요도 없이, 제임스 왕의 '맹비난'은 그 시대 백성들의 흡연 습관에 아무런 영향을 미치지 못했다. 그리하여 1년 뒤에는 더욱 직접적인 공격이 선포되기에 이른다. 바로 세금이었다. 수입업자들은 나라 안으로 들여오는 담배 1파운드 당 6실링 8펜스를 뱉어내야(또 거친 표현, 죄송!) 했다. 금연 파급 효과와 흡연자에 대한 응징이라는 일석이조의 효과를 노린 이 세금 제도는 오늘날 서구 세계에서 여전히 활용되고 있다.

현재 영국에서는 모든 담배 광고가 금지돼 있고, 흡연자들은 그 보물 한 갑에 3.5파운드를 세금으로 물어야 한다. 담배갑에 새겨진 경고문은 해가 갈수록 더 무섭고 위협적인 문구로 바뀌어가는 실정이다. 예전에는 "담배는 건강에 심각한 영향을 줍니다" 또는 "임산부의 흡연은 태아에게 해를 줄 수 있습니다" 정도의 유화적인 암시에 그쳤다. 그러나 이제 담배 회사들은 커다란 글씨로, 그것도 최대한 흉측한 서체로 "담배는 살인자다SMOKING KILLS"라는 글귀를 새겨 넣도록 의무화하고 있다. 나는 그런 문구가 과연 긍정적인 효과를 거둘지 의심스러울 뿐이다. 살아갈 날이 창창한 열네 살의 무모한 청소년이 금연을 결단하게 할 만큼의 영향을 미칠 거라고는 사실 기대하기 어렵다.

왜 흡연은 역사상 그토록 많은 박해를 받았고, 왜 그처럼 관심의 초점이 되었던 것일까. 《담배는 숭고하다》의 저자인 프랑스 석학 리처드 클라인Richard Klein은 그 의문에 대해 간단명료한 해답을 제시했다. 중세가 막을 내리면서 종교의 확실성 또한 동요하기 시작했고, 그런 불안을 잠재우기 위해 인류에게는 담배가 필요했다는 주장이다.

"16세기에 유럽으로 담배가 도입된 것은 불안의 시대, 즉 근대 의식의 각성이 시작된 것과 맥락을 같이 한다. 인쇄술의 발전과 책의 보급, 아메리카 대륙의 발견, 합리적이고 과학적인 방법론의 발전, 그로 인한 중세의 신학적 확실성이 무너지면서 이루어진 각성이다."

다른 말로 표현하면 신이 인간에게 너무 미안했던 나머지 담배를 주었다고도 할 수 있을 것이다.

빅토리아시대의 작가이자 《피터 팬》의 저자인 J. M. 배리J. M. Barrie는 엘리자베스 시대의 개막이 흡연가들에게는 일종의 원년이었다고 주장하며 한층 더 긍정적인 관점을 피력했다. 그는 《마이 레이디 니코틴My Lady Nicotine》이라는 제목의 책으로 담배에 대한 찬사를 기록했는데, 이는 일종의 흡연 전기문이라고 할 수 있다. 그 책에서 배리는 담배가 사람을 각성시켜 위대하고 숭고하고 지혜롭게 만든다는 주장을 폈다.

담배의 도입과 더불어 영국은 긴 잠에서 깨어났음을 나는 확신하고 있으며, 또한 직접 느끼고 있다. 담배로 인해 우리 삶에는 갑자기 새로운 흥취가 더해졌다. 담배를 통해 우리는 실존의 영광을 비로소 거론할 수 있게 되었다.

지금까지 사소한 자기 개인사에만 관심 갖던 사람들이, 입에 파이프를 물자 철학자가 되었다. 시인과 극작가들은 줄곧 담배를 피워대며 사색에 잠긴 덕분에, 조악한 아이디어를 세상이 알지 못하던 위대한 사상으로 승화시키는 경지에 이를 수 있었다. 정치가들은 옹졸한 질투 따위에 더 이상 연연하지 않고, 공공의 안녕을 위해 협력하기에 이르렀다. 육지에서든 바다에서든 군인들은 적과 교전할 때, 느긋하게 파이프를 피우는 평화로운 나날을 만들기 위해 싸운다고 믿었다. 온 나라가 담배를 피워 무는 즐거움에 푹 빠져 있었다 해도 과언이 아니다. 간단히 말해, 모든 이들이 저마다 숭고한 이상을 품고 살았던 것이다.

숭고한 이상과 흡연의 연관성은, 숭고한 이상과 게으름의 연관성으로도 이해할 수 있다. 낚시와 마찬가지로, 흡연은 평범한 사람을 훨씬 더 당당하고 위엄 있는 인물로 바꿔놓는다. 노예를 주인으로 바꿔놓는 것이다. 《허영의 시장》의 작가 윌리엄 메이크피스 새커리William Makepeace Thackeray는 이렇게 말했다.

"파이프는 철학자의 입술에서 지혜를 이끌어내고, 어리석은 자의 입을 다물게 한다. 파이프는 사색적이고 사려 깊고 자애로우며 진솔한 대화가 이루어지도록 자극한다."

내가 좋아하는 동양의 철학자 린위탕도 흡연 애호가였다. 자신의 흡연 습관에 대해 너무나 당당했던 그는 흡연의 철학적인 이득에 관해 새커리와 의견을 같이 했다. 흡연이란 '완벽한 영적 안녕 상태'를 발생시킨다고 1938년 기록한 바 있다.

"완벽한 영적 안녕 상태란, 예리한 상상력과 역동적인 창조 에너지가 충만한 상태를 말한다. 우리는 그 경지에 도달함으로써, 난롯가에서 친구와 진솔한 대화를 나눌 수 있고 고전을 가슴 깊이 공감하며 읽을 수 있다."

한편 사람들은 흡연을 게으름과 연결 지어 종종 비난하곤 한다. 제임스 왕은 흡연자들에게 다음과 같이 경고했다. "그런 사람들은 몸이 약해지고 정신이 둔감해지며, 결국 나태하고 게으른 식충이가 되어 무기력 상태로 죽음을 맞게 된다."

그러나 우리 '나태하고 게으른 식충이'들은 그러한 '무기력 상태'로 살아가는 걸 오히려 바람직하게 여긴다. 《담배는 숭고하다》에서 리처드 클라인은 그 사실을 시적이라 할 만큼 탁월하게 표현해냈다.

담배는 평범한 일상의 어느 한 부분을 괄호로 묶어 특별한 시간으로 만드는 역할을 한다. 담배에 불을 붙이고 연기를 뿜고, 그 불씨를 가슴으로 빨아들이고 다시 내쉬는 과정을 통해, 우리는 무언가를 초월한 듯한 느낌을 갖는다. 담배를 피우는 그 순간만큼은 정신이 고양되는 특별한 계기가 생기는 것이다. 아주 사소한 것일지라도 우리 생각에는 변화가 찾아오고, 아주 잠깐이기는 해도 자기 자신을 떠나 무아지경에 빠지는 황홀경을 경험하게 된다.

아! 우리가 휴식시간에 사무실 복도에 나와 담배를 물고 꿈결 같은 행복을 느낄 때가 바로 그런 순간인 것이다.

낚시와 마찬가지로 흡연은 행위와 무위를 하나로 융합시킨다. 담배를 피울 때 우리는 행위 외에는 아무 일도 할 수가 없다. 그저 담배만 피워야 한다. 담배 피우는 건 부산한 일이라 할 수도 있지만, 또 한편으로 생각하면 잠잠히 연기만 피워대므로 무위라 할 수도 있다. 이 모순을 오스카 와일드가 《진지함의 중요성》에서 절묘하게 표현해놓았다.

> **브래크닐 부인** …담배를 피우나요?
>
> **잭** 어, 네. 담배 피우는 걸 인정해야겠군요.
>
> **브래크닐 부인** 그 말을 들으니 기뻐요. 남자란 어떤 종류든 한 가지 일은 반드시 해야 해요.

흡연과 게으름은 긴밀하게 협력하는 사이라고 할 수 있다. 왜냐하면 흡연하면서 (생각하는 것은 가능하지만), 신체적인 일을 한다는 건 거의 불가능하기 때문이다.

"담배를 피우려면 두 손과 입의 사용에 제한을 받을 수밖에 없다. 그러므로 흡연가는 야심가도 일꾼도 될 수 없으며, 예외적인 경우가 있기는 하지만 시인이나 예술가도 될 수 없다. 그 어떤 임무도 담배를 피우는 동안에는 불가능하다. 형언할 수 없는 쾌락, 즉 여자와 관계를 갖는 것도 흡연하는 동안에는 불가능하다."

프랑스의 비평가 테오도르 드 방빌Théodore de Banville은 친구들이자 애연가였던 보들레르와 마네Manet에게 1890년 보낸 글에서 그렇게 밝히고 있다.

프랑스인들은 유난히 사색적인 성향이 크고 애연가도 많다. 프랑스의 십대 남학생들 중에는 지성인이 되겠다는 구실로, 알베르 카뮈의 유명한 사진을 소중히 간직하는 경우가 많다. 옷깃을 세우고 담배를 입에 문 채 냉소하는 듯한 표정을 지은, 배우 험프리 보가트를 떠올리게 하는 사진이다.

카뮈의 동료이자 실존주의자였던 장 폴 사르트르Jean Paul Sartre가 1940년대 한 잡지와 인터뷰하던 자리였다. 기자가 인생에서 가장 중요한 것을 거명해달라고 하자 사르트르는 이렇게 대답했다.

"잘 모르겠어요. 모든 것. 사는 것. 흡연."

흡연은 존재와 무無를 하나로 융합시킨 것이라 할 수 있다. 담배를 피우는 짧은 시간 동안에, 우리는 그 어느 때보다도 강한 실존감을 느낀다. 그러나 사실 흡연이란 무를 의미한다. 실용적인 면에서 아무런 가치가 없기 때문이다. '흡연할 때 당신이 살아 있다는 느낌을 갖겠지만, 한편으로는 그 담배로 인해 죽어가고 있다'라는 말을 만들어낸 것도 프랑스인이었다.

프랑스에서 흡연이란 자유와 방종의 이미지와 결합되어 있다. '르즈와브Le Zouave'라는 이름의 담배 마는 종이에는 1831년 즈와브 병사(알제리 사람을 주축으로 편성된 프랑스 보병 부대)가 그려져 있다. 또한 '골르와즈Gauloises' 담배갑에는 카르멘 같은 요부 집시가 등장한다. 한편 영국과 미국에서 생산되는 담배갑에는 카멜♦을 제외하면 전혀 그림이 등장하지 않는다. 오직 글씨만 새겨져 있다(담배의 이름이 거창할수록 값이 싸다는 사실을 알고 있는지? 카멜은 비싸지만, 메이페어■와 슈

♦ Camel. 낙타
■ Mayfair. 런던의 고급 주거 구역

퍼킹Superking은 싸다).

버지니아 니콜슨Birginia Nicholson은 담배가 자유에 대한 의지의 표현으로 활용되었음을, 논문 〈보헤미안들 사이에서Among the Bohemians〉에서 지적했다. 이 논문은 20세기 초반 영국의 급진적인 작가와 예술가들에 대한 연구 결과를 담고 있다.

보헤미안 남성들은 오랫동안 흡연을 가장 근원적인 가치를 지닌 행위, 즉 창작의 씨앗을 잉태하기 위한 행위로 여겨 왔다. 훗날의 마리화나와 마찬가지로, 테오필 고티에Theophile Gautier와 낭만파 동료 작가들은 시와 소설로써 흡연을 찬미했다. 또한 아서 랜섬Arthur Ransome은 친구들과 함께 즐기는 대화, 음주, 흡연이 삶에 없어서는 안 될 세 가지 필수 쾌락이라고 규정했다.

페미니즘에 막 눈을 뜨던 시대에는 급진적인 여성들도 자연스럽게 담배를 피워 물었다.

여성들은 그러한 쾌락에서 제외되는 데 불만을 품었고, 이어 선구적인 여성들이 엽권련을 보란 듯이 피워댐으로써 랜섬의 남성 천국을 침범하기에 이르렀다. 당대에 활동했던 소설가 에델 마닌Ethel Mannin은 여성들의 흡연이 초창기에만 해도 참으로 대담한 행동이었다고 다음과 같이 회상했다.

"그해가 1916년 또는 1917년, 또는 더 나중이었는지도 모르겠어요. 여자 아이, 그 이름이 모니카였던 걸로 기억하는데, 그 애가 작은 담뱃갑에서 담배를 하나 꺼내주었어요. 우리 두 계집애들은 찻주전자와 구운 빵을 옆에 두고 앉아, 사람들 보는 앞에서 발칙하게도 담배를 피워 물고는……."

독립에 대한 여성들의 갈망은 1920년대 '럭키스트라이크Lucky Strike' 회사에 의해 톡톡히 이용을 당했다. 이 회사는 자기네 담배에 교묘하게도 '자유의 횃불'이라는 이름을 붙이고는 여성 흡연가들을 끌어 모으는 데 성공을 거두었다. 그런 상술은 여성 해방을 부르짖던 1960년대에 탄생한 버지니아슬림 담배에서도 그대로 재현되었다. 그 담배에는 '당신은 벗어날 수 있어요, 아가씨'라는 슬로건이 붙어 있었다.

선구적인 여성 보헤미안들은 흡연으로 인해 자신들에게 쏟아지던 편협한 평판을 유유히 즐겼다. 19세기로 거슬러 올라가면 보들레르가 《1848년의 살롱Les Salons de 1848》에서 파리 사창가의 창녀들과 담배를 연관시키고 있음을 알 수 있다.

"밋밋한 주점의 한 공간에서 될 대로 되라는 식의 무료한 태도로 몸을 내맡기고 누운 그녀들은 남자를 비웃으며 동양의 운명론마냥 체념으로 일관한 채 담배를 피워대며 시간을 죽였다."

사실 흡연은 볼썽사납고 냄새가 고약하며 건강에 해롭다. 그래서 뉴욕의 블룸버그 시장을 비롯한 수많은 사람들에 의해 격렬한 저항을 받고 있는 게 현실이다. 블룸버그 시장은 아예 담배 추방에 목숨을 건 사람으로 보인다. 뉴욕에는 길에서 담배를 피우는 사람이 너무 많아서 신선한 공기를 마시려면 건물 안으로 들어가야 할 정도라고 하니, 시장이 그럴 만도 하다. 하지만 린위탕은 담배의 폐단 자체가 흡연이 주는 또 다른 이득이라고 말했다. 즉 담배로 인해 예절, 품위, 합리성, 정확성, 절제, 분별의 정확한 경계선이 허물어지고, 틈과 여유를 갖게 된다는 것이다.

나는 이성적인 사람을 좋아하지만 완벽한 합리성을 추구하는 존재들은 증오한다. 그렇기 때문에 나는 재떨이가 없는 집안에 들어갈 때면 늘 겁을 먹고 마음을 놓지 못한다. 실내는 너무 깨끗하고 질서정연하며 쿠션들은 모두 제자리에 얌전하게 놓인 데다, 그런 집에 사는 사람들은 지나치게 단정하고 냉철하다. 그래서 나도 실수하지 않으려 최선을 다하지만, 그것이야말로 나를 가장 불편하게 하는 행동일 뿐이다.

사실 흡연은 엄청난 모순을 안고 있다. 괴롭힘 받는 자를 위로하지만, 편안한 자는 오히려 괴롭히기 때문이다. 선량한 사람들 중에도 담배를 싫어하는 사람들이 많다. 진보적인 사람들조차 가난한 사람들이 왜 미미한 수입의 상당 부분을 흡연에 낭비하는지 아직 이해하지 못한다. 그것은 담배가 삶을 삶답게 만들어준다는 사실을 깨닫지 못하기 때문이다. 압박받는 사람일수록 담배를 좋아한다. 조지 오웰은 자신의 비참한 경험담을 토대로 쓴 작품,《파리와 런던의 따라지 인생》에서 이렇게 말했다.

"모든 걸 견딜 만하게 만들어주는 것은 담배였다."

바버라 에런라이크 또한《노동의 배신》에서 흡연이 음울한 레스토랑의 웨이트리스들에게 잠시나마 독립적인 기분을 선사한다고 기록했다.

"일은 타인을 위해 하는 것이고, 흡연은 자기 자신을 위해서 하는 것이다. 담배에는 저항과 독립의 의미가 있어서, 압박받는 희생자들에게 그토록 사랑을 받는 것이다. 흡연 반대자들은 그 사실을 왜 깨닫지 못하는지 알 수가 없다. 미국의 일터에서 노동자들이 자기 의지대로 할 수 있는 일이란 담배를 피우는 것뿐이다."

여기서 중요한 질문을 던져보기로 하자. 담배를 어떻게 피워야 제대로 피는 걸까. 진정한 게으름꾼이라면 직접 담배를 말아서 피워야할까. 아니면 시중의 기성품 담배를 사 피워야 하나. 아니면 시가를? 아니면 파이프에 담아서? 시인들에게서 그 답을 구해보기로 하자.

> 신성하다 물담뱃대여, 영광 있으라 파이프여,
>
> 풍부한 황금빛으로 익은 담배를 채워 넣고 불을 당기면
>
> 그 연기가 마치 요염한 여인인양 간지럽게 어루만지네.
>
> 그대의 대담한 차림새는 아찔하지만
>
> 진정한 연인들이 훨씬 더 좋아하는 것은
>
> 벌거벗은 미인이라네. - 그러니 나에게 시가를 달라!

조지 고든 바이런George Gordon Byron 경의 1823년도 작품 《섬The Island》의 일부다. 애연가로 유명했던 그는 기발하게도 시가를 벗겨서 파이프라는 우아한 옷을 입혔다. 그러나 문제는 현대에 들어와 시가가 즐거움의 도구라기보다는 지위의 상징으로 변화했다는 점이다. 시인, 철학자, 수도승보다는 부유하고 거만한 자본가를 상징하게 된 것이다. 월트 휘트먼이 표현한 바와 같이 시가란 "대개 한쪽 끝에 불

을 붙여 연기를 내면 다른 한쪽 끝에서는 오만의 불꽃이 피어오르는" 것이다.

나는 직접 말아서 피우는 쪽을 선택했다. 이 습관 때문에 기성품 담배를 태우는 친구들한테 늘 놀림을 받고 있다. 불편하게 담배를 직접 말지 말고, 입맛에 맞는 담배를 사서 피우라고 잔소리를 듣는 것이다. 물론 친구들 말대로 미리 말아놓은 담배가 편하기는 하다. 그러나 나에게 있어 담배를 마는 행위는 즐거운 일과 중 하나다. 사실여유롭게 담배를 마는 과정은 게으름이라는 흡연의 즐거움을 한층더 상승시켜준다. 담배를 만드는 시간이 오래 걸릴수록 즐거움은 더욱 커지게 마련이다. 이렇게 직접 말아 피우는 담배의 또 한 가지 장점은 일반적인 담배보다 한층 더 만족스러운 연기를 낸다는 것이다.

파이프는 1960년대 이전 문인을 비롯해 사색적인 일에 종사하는 사람들한테서 큰 사랑을 받았다. 안타깝게도 지금은 파이프를 피우는 사람을 구경하기가 어려워졌지만, 지난 세기 끝 무렵에만 해도 모든 이들이 파이프를 즐겼다. J. M. 배리의 《마이 레이디 니코틴》과 제롬 K. 제롬의 모든 작품들을 보면, 작가와 주변 친구들이 늘 파이프를 물고 있음을 알 수 있다. 지금 내 책상 위에는 《파이프와 담배 쌈지: 흡연가를 위한 시집Pipe and Pouch: The Smoker's Own Book of Poetry》한 권이 놓여 있다. 1894년 출간된 책으로 흡연을 찬미하는 134편의시가 실려 있다.

오 신성한 파이프여,
그 둥근 몸통을 내 손에 꼭 그러쥔다.

석탄처럼 까맣고 부드럽고 둥그스름한 네 몸 속에는

그 얼마만한 기쁨이 담겨 있는지.

물론 이게 훌륭한 시라고 주장할 생각은 없다. 이제 막 게으른 삶을 시작한 초보 게으름꾼들에게 파이프를 추천하고자 소개했을 뿐이다. 흡연에 대한 세상의 조롱과 훈계에 초연할 수만 있다면 우리는 여유로운 사색이 인정받던 그 옛날로 순식간에 되돌아갈 수 있다. 파이프를 물면 되는 것이다. 파이프는 궐련을 피울 때보다 훨씬 더 많은 시간과 여유를 요구한다. 나도 가끔 파이프 담배를 피우는데 아내가 몹시 싫어한다. 냄새가 싫은가 보다 싶어 그 이유를 물어보니 이렇게 대답했다.

"아니, 파이프를 문 그 모양새가 싫어."

아내는 내가 게을러 보이는 게 견딜 수 없었던 것 같다. 결국 그녀는 '사람들 앞에서가 아닌, 혼자 있을 때만'이라는 전제하에 파이프 피우는 걸 허락했다. 하지만 나는 파이프 문 사진을 작가용 프로필 사진으로 쓰는 걸 무척 좋아했다. 따라서 아내의 제안은 나에게 있어 커다란 수치였다. 나는 지금도 파이프 문 모습이 깊은 사색과 여유의 이미지를 사람들한테 전달해줄 거라고 생각한다. 그러나 그로 인해 가정의 평화를 위협해서는 안 될 일이다. 사실 많은 시인들이 흡연가들의 오랜 난제, 즉 담배와 아내 사이의 갈등 때문에 고민했고, 대개는 담배를 선택하고 있다. 러디어드 키플링Rudyard Kipling이 주장한 것처럼.

세상에 담배의 멍에를 기꺼이 참아줄 여자들은 많고 많으니,

여자는 그저 여자일 뿐, 그러나 좋은 시가는 꼭 피워서 연기를 마셔보아

야 한다.

파이프를 피운다고 해서 궐련을 포기할 필요는 없다. 프랑스의 시인 말라르메는 '여름에는 궐련, 겨울에는 파이프'라는 흡연 습관을 유지했다. 그래서 나는 궐련과 파이프를 피우는 데 필요한 모든 장비들을 집안에 구비해두라고 권하고 싶다. 즉 파이프와 거기에 딸린 도구 한 벌, 그리고 썰어놓은 담배 가루 한 통, 담배 마는 종이, 말아놓은 담배 1온스, 그리고 특별한 경우를 위해 고급 시가도 따로 준비해두면 좋겠다.

흡연가들을 위한 황금시대는 이제 지나갔다. 그렇다면 도덕주의자가 승리를 거두게 될 것인가. 흡연 반대주의자들은 자연에 간섭하고 저항하는 사람들이며, 자연과 신이 원하는 바에 역행하여 인간의 욕구를 멋대로 억누르려고 하는 사람들이다. 하지만 인정할 수밖에 없는 흡연의 큰 폐단 중 하나는 바로 비흡연자들에게 불편을 미친다는 점이다.

빅토리아시대에는 흡연자들을 추운 바깥으로 내쫓기보다는 아량을 베풀어주었다. 즉 가정에는 따로 흡연실이 마련돼 있어, 흡연자들끼리 어울리며 타인에게 폐를 끼치지 않고 그들의 악습을 편안하게 추구할 수 있었다. 또한 당시에는 '스모킹 테이블smoking table'이라는 중산층 가정에서 쉽게 볼 수 있는 가구가 있었다. 여기에는 애연가들에게 필요한 다양한 도구들을 보관할 수 있도록 갖가지 서랍과 선반

들이 달려 있었다. 여기서 더 나아가 '스모킹 재킷smoking jacket'도 있었다. 편안한 실내복 가운으로 담배 연기를 잘 흡수하는 실용적 용도를 갖추고 있었다. 남편들은 그 가운 덕에 아내의 예민한 코를 괴롭히지 않고 실내로 들어갈 수 있었을 것이다.

이제 우리 가정과 회사 안에 흡연실을 되살려야 한다. 그곳은 편안한 클럽 같은 분위기에 책과 신문이 구비되어야 하고, 깊이 사색하고 성찰하고 곰곰이 생각을 기울일 만한 장소여야 한다. 그리고 우리 흡연가들은 스모킹 재킷을 구입해 입고 스스로 담배를 말아 피워야 한다. 그리하여 우리의 흡연 습관을 찬미하고 죄책감은 날려버릴 수 있어야 한다. 그런 경지에 이르게 되면 역설적으로 우리는 담배를 덜 피우게 될지도 모른다는 생각이 든다. 자유에는 책임이 뒤따르게 마련이므로.

내 집으로 떠나는 자유의 여행

◆

**굳이 혼잡한 바깥으로 나가지 않아도
온 세상을 헤아릴 수 있고,
창밖을 내다보지 않아도
세상의 이치를 깨우칠 수 있다.**

노자, 《도덕경》에서

◆

"집안에 칩거하는 것은 또 다른 외출 방법이다."

내가 어느 회의석상에서 만들어낸 재담이다. 《가디언》 신문의 특별 프로젝트를 맡아 일할 때였다. 우리는 '스페이스Space'라는 이름의 가정 인테리어 코너를 제작하기로 했다. 이 프로젝트에 뛰어들면서 나는 아주 재미있고 신선한 기사들을 실을 수 있을 거라는 기대에 부풀었다.

안타깝게도 이 일은 요란하기만 했을 뿐 결국 실속 없이 끝나고 말았지만, 그 외중에도 중요한 진실 하나를 깨닫게 되었다. 내내 집밖으로만 나도는 것은 상당히 고된 일이 될 수 있다는 것이다. 최신식 클럽, 영화, 갤러리, 공연 등을 애써 찾아다니는 건, 풀타임 직장을 갖는 것과도 마찬가지다. 이 세상에는 언제나 더 나은 것들이 계속해서 쏟아져 나오기 때문이다.

사람들이 많이 찾는 최신 유행 바에 가면 얼마간은 뿌듯한 만족감을 누릴 수 있다. 그러나 이내 그 바의 깊숙한 곳에는 VIP룸이 따로 있다는 걸 알게 되고, 거기에서는 얼마나 더 큰 즐거움이 펼쳐질까 하는 기대를 갖게 된다. 그러나 문제의 VIP룸에 들어가보면, 정말로 쿨한 사람들은 호텔의 개인 특실로 올라갔음을 알게 된다. 그래서 어찌어찌하여 개인 특실까지 찾아가면 주인공보다는 그 주변 사람들만 접하게 된다. 실제로 주인공을 만나 이야기를 한다 해도, 그들 역시 따분한 사람들일 뿐이라는 걸 깨닫게 될 것이다.

그 지경에 이르기까지 얼마나 많은 정신적 수고가 동원되어야 하는가! 그러므로 당신이 집안에 머물러 있기로 결정했다면, 그것이야말로 영혼을 위한 작은 승리임을 기억하라. 적어도 하룻밤 동안은 세상과 세상의 유혹을 한쪽으로 밀어 놓는 시도를 해보는 게 좋다. "최신 유행 따위 상관하지 않겠어"라고 다짐을 해보라. 직장에는 하루나 이틀 휴가를 내고, 텔레비전, 피자와 함께 당신만의 작은 천국을 만들어보도록 하라.

물론 단순한 차원으로 볼 때, 집안에 칩거한다는 것은 게으름꾼들의 꿈이기도 하다. 육체적 수고를 아주 적게만 들여도 되니까. 채비를 하고 집을 나서서 어딘가로 떠나 어떤 활동에 참여하는 것은 따분하고 돈이 드는 비즈니스이며, 게다가 그런 일과를 끝내고 집으로 다시 돌아오는 건 더욱 피곤한 일이다.

현대인의 여가란 대개 근무시간 이후에 행해져야 하기 때문에, 자기가 선택한 시간에 누리기가 힘들다. 또한 사전에 준비한 계획들은 막상 큰 만족을 주지 못하며, 오히려 계획하지 않은 우연한 순간 속에서 최고의 즐거움을 만끽할 가능성이 훨씬 높다.

그런 점에서 우리는 집안에서 보내는 무위의 시간을 통해 사회적, 정신적인 이득을 얻을 수 있다. 무엇보다도 '무조건 나가고 보자'라는 식의 외출 문화를 정면으로 공격한다는 데 가장 큰 의미가 있다. 어느 도시든 간에 낮에 길을 걷다 보면, 바깥으로 나다니라고 열심히 권고하는 수많은 광고들을 어렵지 않게 볼 수 있다. 나가라, 나가라, 나가라!

숱한 위성 채널들을 통해 스카이다이빙, 번지점프, 스케이트보드, 스노보드, 제트스키, 서핑, 산악자전거, 오프로드 드라이브의 쾌감을 알리는 메시지들이 우리 눈과 귀를 두들겨댄다. 그리고 그 메시지들은 결국 동일한 결론을 이야기하고 있다. 집밖으로 나가! 끝내준다고! 집에만 처박혀 있지 마! 어쨌든 움직여! 무엇이든 해! 가만히 있지 마! 생각하지 마! 할 일을 만들어! 그냥 저질러버려!

그러나 게으름꾼들은 야외 활동을 부추기는 이 울적하고 요란한 메시지들을 훑어보고는 이렇게 결정한다. 저지르지 말고 그냥 있자. 밖에 나가지 말자. 움직이지 말자. 즉 집에 머물러 그냥 존재하기로 결정하는 것이다. 게으름꾼은 깊은 성찰을 할 줄 알기 때문에, 휴일이나 특별한 날 밖에 나가 부산스러운 활동을 벌이는 대신 몽롱한 백일몽을 꾸기로 마음먹는다. 꿈속에서 그는 중국의 어느 언덕배기 오두막에 들어앉는다. 턱에는 수염이 꺼칠하게 나고 입가에는 지혜롭고 여유로운 미소를 띈 채, 자연의 아름다움과 인간의 어리석음을 곱씹는다. 실제로 수많은 사상가들이 집에 파묻혀 지내는 생활을 해보라고 줄기차게 권고해왔다.

이 장의 첫머리에서 소개한 시 구절은 중국 철학의 고전인《도덕경》에서 인용한 것이다. 이 글은 B.C. 4세기 무렵에 씌어진 것으로 분명하진 않지만 많은 학자들이 노자의 어록일 것이라고 추정하고 있다.《도덕경》은 중국의 한 사상 조류인 도교에서 중요한 경전으로 추앙받는 책이다. 깊은 성찰을 요구하는 많은 역설들이 등장하는데 그 중심 사상은 무위의 철학이라 할 수 있다.

자유분방하고 유유자적한 중국인들은 강¹의 이미지를 특히 좋아했다. 강은 산골짜기를 지나 바다로 흘러가는 그 노정에서 조금도 저항을 하지 않는다. 그럼으로써 독특하고 아름답게 굽이치는 풍경들을 만들어낸다. 무위란 사람이 살아가면서 그와 같은 자연의 흐름을 그대로 따르는 걸 말한다. 즉 운명에 순순히 따르며, 경탄하는 마음가짐으로 초연하게 그리고 지혜롭게 사는 것이다. '기다리는 자에게 복이 온다'라는 격언은 위와 같은 생활 방식에 걸맞은 진리가 아닌가 한다. 도교 사상가들은 만사를 조종하는 보이지 않는 힘이 있다고 믿었고, 그러므로 가장 지혜로운 생활 방식이란 그 힘에 자신을 내맡기고 허황된 자만심을 버리는 것이라 여겼다.

무위를 실천하라, 그리하면 섭리대로 이루어질 것이다.

도교 사상가들은 바쁘고 부산스럽고 고되게 일하는 것은 에너지 낭비에 불과하며, 흐름을 거슬러 노를 저으려는 것과 같다고 여겼다. 따라서 이들은 움직임을 최소화하고 잠잠한 상태로 지냈다. 정치적인 면에서도 도교는 같은 맥락의 지혜를 가르쳤다. 즉 정치가들이 함부로 간섭해서는 안 되며, 국민들이 스스로 알아서 살아가도록 여유를 두어야 한다고 강조했다.

권위를 가진 사람들이 나서는 걸 너무 좋아하기 때문에, 백성들은 통치받는 걸 싫어한다.

나는 세상을 다음의 두 가지 유형으로 구분할 수 있다고 생각한다. 즉 게으름과 안티 게으름이다. 나는 이 책에서 안티 게으름 세력을 '괴롭히는 자들'로 명명하기로 했다. 괴롭히는 자들은 타인의 삶 속에 개입해봤자 아무런 소용이 없다는 걸 모른다. 그들은 상상력이 부족하고 고된 일, 착취, 위선을 믿으며, 유능한 정치가, 관료, 거물 자본가들을 만들어낸다. 그들은 중요한 일을 해낸답시고 나서지만, 정작 그 일의 의미에는 관심이 없다. 그들은 법의 강제력, 정부의 압력, 언론매체들을 통해서 타인에게 자신들의 편협한 신념을 주입시킨다. 또한 일자리를 창출하고 비용을 절감하고 투자를 늘리고 주주들을 위해 이윤을 만들어낸다며, 자신들의 행동을 정당화한다.

'무슨 일이든지 해야 한다!'가 그들이 부르짖는 모토다. 그들은 초고층 빌딩, 콜센터, 댐 건설, 도로 공사 등의 일을 선호하며, 타인의 계획에 간섭하는 것 또한 몹시 좋아한다. 예를 들어 낡은 헛간의 유리창 크기를 단 1인치 키우고자 하는 계획에도 선뜻 허가를 내주는 법이 없다. 더욱 심각한 것은 자기들이 일하는 것으로 만족하지 않고 우리 가엾은 게으름꾼들까지 끊임없이 일을 시키려 한다는 것이다.

가장 무모한 사례로는 영국 정부가 행복한 실직자들을 무의미하고 천박한 풀타임 고용 상태로 강제 편입시키려 했던 사건을 들 수 있다. 1958년 C. S. 루이스C. S. Lewis는 이렇게 주장했다.

"현대의 국가는 우리의 권리를 보호하기 위해 존재하는 게 아니라, 우리에게 좋은 영향을 미치거나 좋은 상태로 이끌기 위해 존재한다. 결국 우리에게 뭔가 행하기 위해, 또는 우리가 뭔가 하도록 만들기 위해 존재하는 것이다."

사람들로 하여금 '할 일'을 찾게 만들기보다는 아무 일도 하지 않는 걸 즐길 수 있도록 도와주는 게 낫지 않을까. 괴롭히는 자들은 신문 지면을 통해 가난한 사람들한테 쓸데없는 충고들을 무수히 늘어놓고 있다. 문제는 이들 괴롭히는 자들이 오히려 세상을 엉망으로 만들어놓는다는 데 있다.

위대한 프랑스의 철학자이자 수학자인 블레즈 파스칼Blaise Pascal은 겸손한 제목의 에세이 《팡세》(팡세는 생각이라는 뜻의 프랑스어다)로 유명해졌지만, 세무 관리이던 아버지를 돕기 위해 계산기를 발명하기도 했고, 칩거 생활에 관해서도 깊은 성찰을 남겼다. 《팡세》는 기독교만이 진정한 종교라는 걸 옹호할 목적으로 씌어져, 현대 다원론자들의 반감을 불러일으키기기도 했다. 그러나 그 책 안에는 우리가 귀를 기울일 만한 귀중한 사고들이 담겨 있다. 파스칼이 우리 사회의 괴롭히는 자들을 어떤 시각으로 보았는지, 한 대목을 소개한다.

가끔 인간이 벌이는 다양한 행위들에 대해 생각을 기울여본다. 수많은 다툼과 열망으로 야기된 전쟁, 법정 싸움, 무모하고 사악하기까지 한 기업들 속에서 인간이 처하는 위험과 문제들을 생각해본다. 결국 인간이 불행해진 유일한 원인이란 자기 공간 안에서 잠잠히 지내는 방법을 모른다는 데 있다는 결론을 낼 수밖에 없다. 생활을 유지할 수 있을 만큼의 재산이 갖춰져 있을 경우, 집에 들어앉아 그 시간을 즐길 줄만 안다면 굳이 바다를 향해 떠나거나 바깥 구경을 하러 집을 나서지 않아도 될 것이다. … 결국 사람들은 집에 칩거하는 걸 즐길 줄 모르기 때문에, 타인들 속에 섞여 지내려 하고 도박 따위에 몰두하는 것이다.

히틀러, 스탈린, 모택동, 무솔리니. 이 독재자들은 비열한 관료에 불과했지만, 무소불위의 권력을 휘두르게 되면서 비극은 시작되었다. 그들은 완벽한 능률을 기약하며 국민의 지지를 얻어냈다. 그러나 그것은 국민의 땀방울을 철저하게 착취하고자 하는 미끼에 불과했다. 당대 최고의 풍자 작가로 평가받았던 이블린 워Evelyn Waugh는 "대부분의 세상 문젯거리들이란 너무 바쁜 사람들 때문에 발생하는 것으로 보인다. 정치가와 과학자들이 조금만 더 게으르다면 우리 모두 얼마나 더 행복해질 수 있겠는가"라고 기록했다.

일을 중단하고 한 발짝 뒤로 물러나 세상을 바라보는 사람들, 즉 게으른 사람들, 괴롭힘을 당하려야 당할 수가 없는 사람들, 작가들, 시인들, 음악가들, 이런 사람들은 문화를 만들어내는 주축으로서, 삶을 살 만하고 보람 있게 만드는 데 큰 기여를 한다. 그들은 하부구조, 즉 의료 제도, 교육 시스템, 지방의회, 세무감사 같은 세상사에는 별로 관심이 없다. 그런 일들은 말할 수 없이 따분하다고 생각하기 때문이다.

이들은 사람들이 살아가는 방식을 바꾸려 하기보다 자기 자신의 삶을 바꾸는 데 초점을 맞춘다. 그런 면에서 볼 때, 금주와 금욕 문제만 없다면 차라리 수도사가 되는 게 더 나은 삶의 방식일는지도 모른다. 수도사들은 세상에서 물러나 앉아 기도와 연구에만 전념하는 이들이다. 따라서 돈벌이를 하고 유행을 따라가야 하는 압박에서 멀리 벗어나, 많은 시간을 깊이 성찰하며 보낼 수 있다. 한편으로 그들은 험한 일을 하며 자급자족하고, 그러면서도 중세의 위대한 예술과 저작물들을 탄생시킨 장본인들이기도 하다.

G. K. 체스터턴은 그의 책 《잘못 돌아가는 세상》을 통해, 이렇게 은둔하는 것, 집안에서 지내는 것을 찬미하고, 집이 갑갑하다는 주장에 대해 반론을 제기했다.

"집은 자유를 위한 유일한 장소다. 아니, 집은 무정부주의에 걸맞은 유일한 장소다. 자기 마음대로 사물의 배열을 바꾸거나 색다른 시도를 할 수 있고, 돌발적이고 기분 내키는 대로 행동할 수 있는 유일한 장소다. … 편안한 실내복과 슬리퍼를 신고 돌아다닐 수도 있다. 왕족이라 해도 누릴 수 없는 최고의 자유를 맛보는 공간인 것이다."

칩거에 관한 저작물 중에서 최고의 걸작은, 1884년 출간된 J. K. 위스망스J. K. Huysmans의 《거꾸로》다. 위스망스는 19세기 말의 데카당파 작가이며, 30년 동안 내무부 서기라는 부르주아계급에 속해 있었다. 그러나 그는 밤이면 문학적인 상상력을 마음껏 표출하여 당대의 가장 매혹적인 작품들을 창조해냈다.

이 책은 데제생트라는 이름의 부유한 멋쟁이에 관한 이야기다. 도시의 쾌락에 싫증이 난 주인공은 기묘한 섹스와 야밤의 활동에서도 삶의 의미를 찾지 못한다. 그는 마침내 전원의 한 저택으로 내려가 살면서, 자신만의 독특한 천국을 만들기로 결심한다. 그곳에서 교묘한 기계장치들을 이용해 색채와 향기와 아름다움을 조종하여 인공적인 현실을 만들어낸 것이다. 그는 세상과 어울리려 노력하지 않는다. 사람들 무리에 섞여 들려고 하지도 않는다. 세상의 공허한 물질주의와 인간의 속물근성을 견딜 수가 없었기 때문이었다. 데제생트가 보기에는 몸을 성가시게 하는 것 자체가 천박한 짓이었다. 집안 내부의 정교한 장치들, 서적들과 더불어 있으면 굳이 나가서 돌아다닐 필요가 없었다.

여행이란 시간 낭비일 뿐이라고 그는 생각했다. 상상력을 동원하면, 천박한 현실을 대체하고도 남을 만한 멋진 경험을 할 수 있다고 믿었다. … 예를 들어 누구든지 마음만 먹는다면 … 먼 나라로의 여행을 묘사해놓은 책에 깊이 몰두함으로써, 난롯가에 앉아서도 기나긴 탐험을 할 수 있는 것이다.

작가 위스망스가 원했던 것은 주인공을 통해 당대의 미국식 생활 방식과 혐오스런 삶의 불안을 대체할 만한 인공 현실을 만들어내는 것이었다. 작가는 이렇게 말했다.

"나는 주인공이 터무니없을 정도로 호사스러운 환상 속의 안식처를 만들어내도록 했다. 그는 현실에서 떨어져 나와 홀로 존재했으며, 그가 만들어낸 세상은 한층 활기차면서도 추악하지 않은 곳이었다."

결국 데제생트는 성가시게 구는 '괴롭히는 자들'에게서 벗어나, 자신만의 가내家內 천국을 창조했다. 그와 뜻을 같이하는 두 하인의 도움을 받아, 막대한 부와 상상력을 동원하여 사치스러운 인공 현실을 만들어낸 것이다. 자신만의 천국 만들기에 나서면서, 데제생트가 제일 먼저 착수한 일은 낮에 자고 밤에는 깨어 움직이는 것이었다.

그는 인공 빛 속에서 더 강하고 선명하게 두드러지는 색채들에 탐닉했다. 자연광을 받으면 그 색채가 조악해 보이거나 맥 빠져 보인다는 사실은 전혀 괘념치 않았다. 그의 생활은 대부분 밤에 이루어졌기 때문이다. 그는 밤이 더 많은 친밀함과 고독을 제공하며, 마음은 어둠 속에서 진정 깨어난다고 여겼다. 주변의 모든 집들이 잠과 어둠에 잠길 때, 자신 혼자 조명이 잘 갖추어진 방에서 깨어 있다는 사실, 그것이 그에게는 독특한 즐거움을 선사했다. 자만심이라기보다는, 늦은 밤까지 일하다가 커튼을 걷고 온 세상이 어둠 속에 조용히 잠든 광경을 지켜본 사람이라면 누구든 잘 알 수 있는, 일종의 독특한 만족감이었다.

데제생트가 만들어낸 혁신적인 생활 방식 중에 가장 재미있는 게 황금 거북이일 것이다. 그는 자기 거실에 살아 움직이는 장식품을 놓아 두면 재미있을 거라는 생각을 한다. 그래서 황금으로 만들어지고 표면은 보석으로 장식된 거북이를 주문한다. 또 하나의 공상적인 발명품은 '입풍금mouth organ'이라는 장치였다. 일련의 조절 장치들을 작동시키면 입풍금은 다양한 술들을 방울방울 내뿜었다. 그리고 혀 위에서 각종 술들이 혼합돼, 일종의 맛의 교향곡을 만들어냈다. 데제생트는 또한 아주 연약하고 섬세한 온실 화초들을 주문해 집을 꾸미도록 지시했다.

하지만 데제생트의 천국은 그리 오래 지속되지 못한다. 그의 황금 거북이도, 연약한 꽃들도 어느 날 죽음을 맞이하고 그 자신은 방만한 생활 습관 덕분에 병이 들고 만다. 결국 데제생트는 괴롭히는 자들에 의해 패배를 당한다. 의사들은 그에게 기괴한 저택을 벗어나, 파리로 돌아가서 사람들과 대화를 나누며 즐겁게 지내라고 권고한다. 그렇게 하지 않으면 결핵에 의한 급성 정신이상을 피할 수 없다는 진단이었다. 데제생트는 의사들의 조언을 마지못해 받아들이며 이렇게 말한다.

"나는 사회로부터 스스로 떠나간 사람이 아니던가요? 나 말고 이런 식의 몽상적이고 사색적인 삶을 만들어낸 사람이 또 있나요? 독특한 사고방식을 찬미할 줄 알며, 말라르메를 이해하고 베를렌을 사랑할 줄 아는 민감한 영혼의 소유자 말입니다."

데제생트의 프로젝트는 실패로 끝났다. 그러나 집안에 칩거하며 영혼을 고양시키려던 그의 숭고한 시도를 통해, 우리는 충분히 영감을 얻을 수 있다. 오늘날 인테리어는 일종의 대중적인 취미로 변질돼, 우리 삶의 여타 요소들과 같이 소비문화의 먹잇감으로 전락해버렸다. '내가 쿨해 보이는가?', '내가 부유해 보이는가?' 현대인들은 옷과 집안 장식을 유행 감각과 부를 과시하는 방편으로 이용한다. '쿨하다'라는 이미지는 '세련' 또는 '청결' 같은 덕목이 한때 그랬던 것처럼, 엄청난 파워로 우리를 억압한다. 한 독신자 친구의 거처를 방문하고 "이야, 진짜 쿨한데!" 하는 감탄사를 던졌다고 해보자. 이것은 100년 전으로 치면 "진짜 깨끗한데!" 정도와 같은 의미일 것이다.

한편 현대의 인테리어 잡지들과 TV 프로그램들은 불가능할 정도로 목가적인 스타일을 제시함으로써 우리를 주눅 들게 만든다. 그런 매체들은 '안목을 길러라!' 따위의 슬로건을 주로 사용하며, 유명인들의 거실에서나 봄직한 상품들을 죽 나열한다. 이것은 모두 순전한 허상에 불과하다. 가정생활이란 어차피 목가적인 스타일만 지향할 수는 없는 것이고, 그런 상품들은 우리가 '안목을 기르는' 데 아무런 도움이 되지 않는다. 그걸 처음 구입했을 때의 흥분만 지나고 나면 그 만족감은 훨씬 줄어들게 마련이다. 물론 그런 식의 안목을 갖추려면 돈도 엄청나게 많이 벌어야 하는 건 당연지사다.

더구나 잡지에 게재된 그 상품들 이면에는 광고주를 끌어 모아 잡지사의 이윤을 높이려는 의도가 깔려 있다. 즉 인테리어 잡지들이란 우리의 불안을 미끼로 물건을 구매하도록 부추기는 것이다. 만화 〈심슨〉의 한 장면을 보라. 안주인 마지는 《더 좋은 집》이라는 잡지를 읽는데, 거기에는 "당신 것보다 낫지!"라는 꼬리표가 붙어 있다.

인테리어의 진정한 목적이란 자기 집을 꾸미는 일에 열중하도록 만드는 게 아니라, 바깥세상으로부터 벗어난 삶을 살도록 도와주는 데 있다. 게으름꾼들이 자신의 내면세계에 집중함으로써, 바깥세상의 유혹에서 벗어날 수 있는 것과도 같은 원리다. 이와 같은 인테리어의 이상理想은 중국의 작가들, 그리고 앞에서 만나보았던 자유분방한 보헤미안 작가들의 생활 방식에서도 발견된다. 그들이 추구하는 인테리어에는 돈도 별로 들지 않는다.

"우리의 집을 지을 것이다. … 언덕배기의 어느 한 귀퉁이에 아주 잘 어울리는 소박한 것으로 … 주변 풍경과 새들의 노래 소리를 방해하지 않도록."

1889년 시인 에드워드 카펜터Edward Carpenter는 집에 대한 소망을 그렇게 피력했다. 또한 에델 마닌의 소설에 등장하는 한 주인공은 자신의 소박한 거처를 다음과 같이 뿌듯하게 둘러본다.

"기다란 창문과 책꽂이 말고는 벽에 아무 장식이 없고, 소파에는 파랑과 노랑 줄무늬의 손으로 짠 리넨 커버가 씌워져 있으며, 참나무 의자에는 골풀 깔개가 덮여 있다. 집안일을 별로 할 필요가 없을 정도로 단출한 공간이다."

소박하다는 것은 일과 쇼핑을 덜 한다는 의미도 된다. 탐미주의 사진작가 세실 비튼Cecil Beaton은 실내장식을 할 때 유행에서 벗어난 자신만의 개성적인 스타일을 찾으라고 다음처럼 조언했다.

오직 개인의 취향만이 진정한 스타일 또는 패션을 창출해낸다. 인테리어란 타인의 충고와는 상관없다. 그러므로 개인의 취향이 무엇이든지 간에, 즉 그것이 접이식 사다리든 버드나무 바구니든 인테리어란 늘 각개인의 선택에 자기만의 가치를 부여하는 정신적 욕구를 바탕으로 이루어져야 한다. 이렇게 자기 공간에 배치된 사물들의 아름다움이란 그것을 선택한 사람의 성품을 통해서 전달되는 것이다.

한편 배우 쿠엔틴 크리스프Quentin Crisp는 1981년 음악 잡지《엔엠이》와의 인터뷰에서 이렇게 말했다.

패션은 당신이 누구인지를 절대로 결정할 수 없다. 당신이 누구인지를 결정하는 것은 스타일이며, 이것이야말로 당신이 누구인지를 보여줄 수 있다.

편안한 거처를 만들고 싶다면 그 공간을 자신만의 공간으로 만들라. 온갖 최신 유행으로 가득 채운 겉만 번지르르한 전시용 공간은 타인으로 하여금 불편함을 느끼게 할 뿐이다. 잡지 《챕》의 에디터들은 "패션의 흐름에 대한 노예 같은 집착은 저열한 것"이라고 밝혔다. 인테리어란 당신의 이상을 구현하는 즐거운 작업이 되어야지 시련이 되어서는 결코 안 된다. 앞서 말한 세실 비튼은 화가 오거스터스 존 Augustus John의 아내인 도렐리아의 집을 설명하면서 같은 맥락의 주장을 피력했다.

그 어떤 의도적인 장식도 그 집에는 존재하지 않는다. … 다양한 색채들이 무심하게 공존한다. 어떤 것도 감춰지지 않는다. 집안의 모든 사물들이 삶의 단면들을 정직하게 털어놓고 있다. 널찍한 찬장에는 파란색과 흰색 컵들이 섞여 있고, 양파 피클이 담긴 항아리들과 털실 뭉치들이 눈에 띄며, 창턱에는 제라늄과 선인장들이 줄지어 서 있다. 유리창 손잡이에는 코코넛 껍질이 매달려 대롱거리는데, 모딜리아니 흉상은 머리 위에 선인장 화분을 이고 있다. 현관 입구 구석에는 사과 상자들과 크로켓 채들이 멋대로 서 있어, 가식은 전혀 없되 풍부한 감성이 살아 있는 생활의 면면을 그대로 보여주고 있다.

중국의 작가 리 리웬Li Liwen은 그의 저서《생활의 예술*The Art of Liv-ing*》(이런 제목의 책들이 더 많이 나와야 한다. 삶은 예술이지 당신의 직업에 맞춰 꾸며야 하는 대상이 아니다)에서 집을 지을 때 돈이 상상력의 대체물이 되어서는 안 된다고 주장했다.

사치와 고가의 비용은 건축에서 가장 피해야 할 요소다. 평범한 사람들뿐만 아니라 왕족과 고위 관리들도 소박함의 덕목을 소중히 여겨야 한다. 사람이 거주하는 집에서 가장 중요한 것은 화려함이 아니라 세련됨이며, 정교한 장식이 아니라 고상함과 우아함이기 때문이다. 사람들은 자신의 부유함을 과시하고 싶어 한다. 과시하는 걸 좋아해서라기보다는 독창성이 부족하기 때문이다. 즉 무언가를 새로 생각해내는 능력이 결여돼 있기 때문이다. 그래서 화려한 외양에만 집착하려 드는 것이다.

'단순한 화려함'이란 괴롭히는 자들의 방식이다. 자꾸만 변해가는 유행을 따라잡기 위해 엄청나게 공을 들인 집을 한번쯤은 보았을 것이다. 고가의 예술 작품과 클래식한 소파들이 어지럽게 진열된 그 공간에 있다 보면, 질식할 것만 분위기 때문에 들어선 지 오 분 만에 그 집을 뛰쳐나가고 싶게 된다.

독자들은 아마 의외라 여기겠지만 사실 나는 어수선한 걸 싫어한다. 가장 큰 이유는 내가 어쩔 수 없는 게으름꾼라는 데 있다. 즉 일단 집안이 어지러우면 그걸 치우느라 그만큼 수고를 해야 한다는 것이다. 나는 그게 싫어서 아예 어지르지를 않는다. 따라서 모순으로 들리겠지만, 진정한 게으름꾼이 되기 위해서는 그만큼 능률을 기해야 한다.

그런 내가 한때 무척이나 열광하던 대상이었으니, 바로 '레이지보이'라는 이름의 안락의자였다. 가히 미국식 옥좌라 부를 수 있을 만큼 크고 위엄 있는 의자이다. 조금 촌스러운 듯한 스타일, 복잡한 작동 장치, 팔걸이의자에서 긴 소파로 변신하는 모습, 나를 포근하게 감싸는 그 느낌 등 모든 것이 마음에 들었다. 그것은 세상 모든 이들을 위한 '아 르부르아', 즉 완벽한 휴식을 위해 창조된 흉물스럽게 생긴 인공 장치였다. 그러나 가격이 1천 파운드나 되는 바람에 아쉽게도 꿈을 접고, 대신에 평범한 팔걸이의자와 발을 올려 놓을 발판을 마련하는 것으로 마음을 달래야 했다.

한때 《플레이보이》의 사장이었던 휴 헤프너는 관능적이고도 아늑한 인테리어를 유행시키는 데 가장 큰 공을 세운 사람이었다. 1960년대 《플레이보이》는 다채롭게 꾸며진 환상적인 독신자 거처를 많이 선보였다. 침대가 핵심 주제였고, 홈 스테레오, TV, 칵테일 바, 바닥에 깔린 화려한 표범 가죽이 인상적이었다. 《플레이보이》가 보여준 환상은 대부분의 남성들에게는 최고로 매력적인 꿈이었다. 성적인 해방, 정서적 자유, 다양한 술과 호사스러운 분위기가 그것이다.

《플레이보이》에 게재된 독신남의 환상적인 거처는 물론 내가 보기에도 근사하지만, 그래도 여전히 의문은 남는다. 당신이 그런 환상을 실현할 수 있게 된다면, 즉 당신이 어느 재벌의 아들쯤 된다고 치면 그 이후에는 어떻게 될 것 같은가? 전설적인 갱 스카페이스^{Scarface}가 그랬던 것처럼, 당신의 요새가 사방에서 공격을 당하는 동안 산더미 같은 코카인에 파묻혀 죽음을 맞는 건 아닐까. 휴 헤프너의 그 호사스러운 거처를 떠올리자면 왠지 모를 불안감이 드는 것도 사실이다.

그러나《플레이보이》의 환상적인 공간은 결국 칭찬할 만한 현대의 한 조류를 탄생시켰다. 복고풍을 불러온 자극제가 된 것이다. 과거 속에서 산다는 것은 현재의 천박성에서 떨어져 나오는 효과적인 방법이다. 이러한 생활 방식을 예술가들에게서 먼저 목격했다. 음악가 친구 하나는 이렇게 말했다. "우리는 현재라는 시대가 존재하지 않는다는 듯이, 마치 1920년대를 살아가는 것처럼 가장하는 걸 좋아한다."

이전 시대에 대한 존경은 단순한 향수나 현실도피가 아니다. 그것은 소비주의 가치관에 대한 저항이며, 끊임없이 최신 유행을 추구하는 분위기에 제압당하지 않으려는 의지의 표현이다. 내 친구 중에는 1960년대 풍으로 집을 꾸민 사람이 있다. 그는 오렌지색 플라스틱 의자들, 로큰롤 그룹 몽키스의 포스터, 구식 주크박스를 모두 중고로 구입해 들여놓았다.

더 나은 삶의 방식을 위해 소비문화를 철저히 배격하며, 적은 돈만으로 그런 목표에 도달한 사람들을 우리는 존경해야 한다. 이 시대의 위대한 칩거자들로는 'GRASS'의 회원들을 꼽을 수 있다. GRASS는 매우 급진적인 정치 성향을 띤 무정부주의 펑크 단체로, 그들의 반자본주의적 회화, 음악, 저술 활동은 1980년대 초반의 암울한 시대에 활기를 불어넣었다. 그들의 영향은 실로 엄청난 것이어서, 젊은 세대들은 그들로부터 영감을 받아 검은색 옷을 걸치고 버스 정류장에 무정부주의 구호들을 스프레이로 갈겨쓰곤 했다.

그들은 목 놓아 부르짖던 주장을 실천에 옮겨, 런던 외곽에 히피풍의 공동체를 설립, 직접 채소를 기르고 예술 활동을 펼치며 빈둥거리며 지내고 있다. 어느 날 나는 그곳을 찾아갔고 작은 천국을 발견했다. 오두막, 작업실, 꽃, 채마밭이 들어서 있었고, 실내 역시 소박하고 정갈했다. 설립자 페니 림보드Penny Rimbaud는 내가 도착하던 무렵 직접 지붕을 손보고 있었다. 그의 소득은 아주 적었다. 하지만 나는 그와 이야기를 나누면서, 돈은 자기만의 천국을 건설하는 데 결코 장애가 되지 않는다는 믿음을 굳힐 수 있었다. 진정한 게으름 이란 완전한 책임이 수반되어야 가능하다는 사실도, 자유는 완전한 독립으로부터 출발한다는 것도 처음 깨닫게 되었다. DIYDo It Yourself 안내서를 사서 직접 집을 손보고 소품을 만드는 걸 공부한 것도 그때 이후였다.

그리고 나는 집안에 자그마한 바를 만들기로 결심했다. 친구들과 어울려 술 마시고 이야기를 나누는 것이 집안에서 누릴 수 있는 최고의 즐거움이기 때문이었다. 세를 얻어 살고 있는 데븐의 농가에, 처치 곤란 상태에 있던 식기실을 술집으로 전환시키기로 했다. 다트 판 두 개와 낡은 주방 의자를 두 개 들여놓았고, 물장난을 하는 강아지 그림 한 점도 골동품 상점에서 샀다. 예쁜 등, 장식용 부목 한 점, 놀이판, 맥주 컵 받침, 윌리엄 호가스William Hogarth의 판화 모조품 몇 점, 자루가 긴 풀 베는 낫도 들여놓았다. 낫은 내가 쓰레기장을 뒤져서 찾아낸 것이다. 콘월 지역 남자들이 커다란 파이를 먹는 그림엽서들도 구해서 집안을 장식해놓았다.

술집의 이름은 '그린맨'으로 지었고, 내 친구 피트 러브데이가 간판을 그려주었다. 낡아 빠진 여닫이 창문으로 밖을 내다보면 바다 너머로 해지는 광경을 볼 수 있는데, 덕분에 나는 혼잡한 바깥으로 나가지 않고도 온 세상을 헤아릴 수 있다.

작은 왕들의 술자리

◆

오, 그대 나의 뮤즈여! 올드 스카치 드링크를 내게로!
옷자락 사이로 벌레들이 꼼지락대든, 풍부한 갈색 거품이 술잔 밖으로 끌어 넘치든,
그 근사한 거품 속에서 나는 영감을 얻노니, 혀가 뻣뻣해지고 눈꺼풀이 무거워질 때까지
그대의 이름을 노래하리.

로버트 번스, 〈스카치 드링크〉

◆

호프집, 포장마차, 선술집, 주점, 클럽, 바……. 바로 우리가 일터에서 나와 하루 동안의 시름을 날려 보내는 곳들이다. 이곳에서 우리는 시끌벅적한 잡담과 맥주에 모든 걱정들을 실어 보내거나, 혼자서 고즈넉이 술잔을 비우기도 한다. 내 아이들이 태어나기 전만 해도, 나는 술집에서 혼자 앉아 있는 남자들을 볼 때마다 안됐다는 느낌을 받곤 했다.

그런데 두 번째 아이가 태어난 직후의 어느 날이었다. 아내는 집에서 아이들을 돌보고 있었고, 나는 크리스마스 쇼핑을 하러 혼자서 집 밖에 나와 있었다. 큰길을 따라 걷다가 어느 술집 앞을 지나가게 되었는데 문득 이런 생각이 들었다. '괜찮아 보이는데? 맥주 한 잔 걸치고 나면 장 보는 게 한결 즐거워질 거야.' 나는 무작정 그 술집으로

들어갔다. 그리고 20분 동안 조용히 혼자서 술을 마시는 사치를 누렸다. 나는 자신을 가만히 되돌아보았고, 바로 그때 동정해마지 않던 슬픈 남자들 부류에 나도 속하게 되었다는 걸 깨달았다. 그리고 그 남자들이 술집에 왜 그러고 앉아 있었는지, 그 이유를 비로소 이해할 수 있게 되었다.

그들은 아내를 피해 술집에 나와 있던 게 아니었다. 막간을 이용해서 혼자 술을 홀짝거리는 것은 그들 자신을 위한 짧은 시간, 사색과 평화를 위한 시간, 일과 가정에서 자유로워질 수 있는 시간을 만들어내는 한 방법이었다. 게으름을 피우는 시간, 즉 자유 시간이었던 것이다. 술집에 가는 것은 이와 같이 부산한 일상을 잠시 중단하는 한 방법이 된다. Dr. 존슨은 이렇게 기록했다.

"선술집 문을 열고 들어서자마자 나는 모든 세상사를 망각하고 걱정거리로부터 자유로워지는 경험을 한다. 자리에 앉으면 나는 마음 넉넉한 주인이 되고, 하인들은 내 부름에 공손히 응한다. 내가 뭘 원하는지 조심스럽게 묻고 그대로 실행할 준비를 한다. … 내가 한 가지 주장을 펴면 상대방은 반대 의견을 내놓는데, 이런 식으로 이야기를 주거니 받거니 하는 가운데 나는 기쁨을 맛본다. … 기분 좋은 선술집이나 주막에서 우리는 크나큰 행복을 발견한다."

이런 즐거움은 우리 삶에서 아주 중요한 의미를 갖는다. 또 다른 술집 애호가인 G. K. 체스터턴은 《잘못 돌아가는 세상》에서 이렇게 기록했다. "퍼블릭 하우스, 이 두 단어보다 더 고상한 시어는 들어보지 못했다고 내가 말하자 실내 가득 모인 사회주의자들이 큰 소리로 유쾌하게 웃어댔다."

술집은 모든 사람들을 작은 왕으로 만든다. 하루 동안 당신은 상사나 동료, 또는 가족에게 짓눌리고 착취당했을 것이다. 그러나 술집에서 당신의 자신감은 회복된다. 당신은 전지전능한 존재가 되며, 정확한 의견만을 말하고 모든 해답들을 알고 있다. 술집은 우리의 꿈과 슬픔, 그리고 미래를 털어놓고 토론하는 자리다. 술집에서는 우리 모두 전문가가 된다. 우리가 세상을 바로잡는다.

내 친구 하나는 맥주의 등급의 대해 곧잘 주장을 펴곤 한다. 일단 맥주 한 잔을 들면 당신 또한 그 어떤 주제에 대해서도 완벽한 권위를 갖고 장황하게 이야기할 자격이 생긴다. 술집은 우리가 아이디어를 떠올리는 장소이기도 하다. 《아이들러》의 창간 아이디어를 처음 떠올린 것도 술집에서였다. 압생트 수입 회사를 시작한 친구들과 자주 만남을 갖던 곳도 물론 술집이었다. 사실 압생트는 우리가 술집에서 주로 나누던 화제 가운데 하나였다. 이렇게 술집에서 사람들은 혁명을 모의하고 계획을 구상하고 정보를 교환한다.

술집이 처음 등장한 것은 중세 시대의 한 관습 때문이었다. 지친 여행객들이 문을 두드리면 집 주인은 맥주와 베이컨을 대접하고 밤에는 잠자리까지 봐주었는데, 그 풍습이 술집의 발단이 되었다. 아이작 월튼의 《조어대전》을 보면 17세기의 넉넉한 맥주집 풍경을 읽을 수 있다. 맥주를 직접 양조해서 내놓고, 손님이 잡아온 물고기를 요리해주고, 라벤더 향기가 나는 잔 받침을 제공했으며, 예쁘장한 처녀가 관능적인 민요를 불러주는 일도 심심치 않게 있었다.

에드워드 파머 톰슨은 《영국 노동계급의 형성》에서 18세기와 19세기에는 술집이 정치적 모임과 급진적 성향을 띤 회합의 중심지가 되었다고 설명했다. 1802년《리즈 머큐리》신문에도 그러한 내용의 기사가 실려 있다.

> 사람들은 밤에 선술집과 퍼블릭 하우스에서 만남을 갖는다. 대도시의 거의 모든 거리마다 작은 의회가 설립되는 것이다. 참정권과 흑맥주 한 주전자는 자주적인 영국인들이 오랫동안 지켜 오던 권리이고 모든 내각들도 인정하는 바다.

산업혁명은 국민들의 노동 유형을 바꾸어놓았을 뿐만 아니라 사실상 그들을 노예화하려고 했기 때문에, 술집은 불만스러운 노동자들의 모임 장소가 되었다. 톰슨은 노동자들의 비밀 결사 단체가 술집에서 술집으로 옮겨 다닐 수밖에 없었다고 기록했다.

이처럼 자유롭고 편안한 분위기 속에서 많은 사람들이 모여 흥청대며 술을 마시고 정치에 관해 열띤 토론을 벌이는 곳, 이러한 쾌락과 반란의 즉흥적 결합은 통치자들에게 늘 근심거리가 되었다. 그들은 질서와 금주를 선호하고, 모든 이들이 자정도 되기 전에 잠자리에 들어야만 직성이 풀리는 이들이기 때문이다. 톰슨은 정부가 술집, 축제, 대규모 회합을 못마땅하게 보는 것은 자연스러운 현상이라고 지적했다. 그는 1757년 평민들에 대한 한 귀족의 불평을 다음과 같이 인용했다.

"종교적인 것이든 세속적인 것이든, 그들은 모든 규율에 대해 노골적인 비난을 퍼붓는다. 모든 질서를 경멸하고 모든 정의를 위협하며, 극단적으로 성급하여 사소한 동기로도 반란을 일으킬 소지가 농후하다."

톰슨에 의하면 당시 부상한 감리교 세력들은 '자유와 즐거움'을 인간의 덕목으로 전혀 인정하지 않았다고 한다. 그 세력들은 맥주집, 그리고 그 '사탄의 요새'에 사는 사람들을 상대로 내전을 벌였다. 실제로 19세기 말엽은 금주운동이 일어난 시기였다. 이 운동의 취지는 노동자들이 술 마시는 것을 막아 사전에 '반란'을 예방하겠다는 것이었다. 물론 현대의 시각으로 볼 때는 우스꽝스럽기 짝이 없지만 당대에는 이 운동이 매우 강한 영향력을 행사했다. 당시 사람들은 술에 취하면 마차에서 굴러 떨어지는 벌을 받게 될 거라고 믿을 정도였다.

금주운동은 게으름을 몰아내기 위한 또 하나의 시도였으며, 잘 통제된 노동 인력을 만들어내기 위한 수단이었다. 따라서 술집에 들어가서 맥주를 마시는 것은 새로 부상한 노동 윤리에 대한 일종의 저항을 의미했다. 그래서인지 오늘날까지도 많은 맥주 상표에 선동적인 이름이 붙어 있는데, 참으로 흐뭇한 일이 아닐 수 없다. 맥주 회사 리벨리언 브루어리Rebellion Brewery는 반란Mutiny과 밀수꾼Smuggler이라는 이름의 맥주를 생산하고 있고, 프리덤 브루어리Freedom Brewery는 자유 맥주Liberty Ale를 만들어낸다. 러다이트Luddite, 평등주의자The Leveller, 케트의 반란Kett's Rebellion, 콘월의 반역Cornish Rebellion 같은 이름도 있다.

샘 애덤스Sam Adams, 톰 페인Tom Paine, 존 햄던John Hampden 같은 위대한 혁명가들의 이름을 딴 맥주들도 있으며, '리얼 에일real ale', 즉 참맥주라고 불리는 전통 발효 맥주도 있다. 오늘날에는 이 술이 장날 천막에서 촌뜨기들이나 마시는 저급한 술로 인식되고 있으니 참으로 부끄러운 일이다. 리얼 에일에는 깊은 맛과 영국의 오랜 전통이 담겨 있다.

자유를 구가하던 기존의 맥주집들은 19세기에 체인점 개념의 양조 업체들이 활기를 띠면서 하나둘 문을 닫을 수밖에 없게 되었다. 윌리엄 코빗은 《시골 여행*Rural Rides*》에서 코츠월즈 지방에 퍼블릭 하우스가 사라진 걸 탄식하고 있다.

나는 헛간에서 도리깨질을 하던 두 남자한테 퍼블릭 하우스가 언제부터 보이지 않게 되었냐고 물어보았다. 그들은 16년쯤 되었다고 대답했다. 그중 나이가 지긋한 한 사람은 세 군데의 퍼블릭 하우스를 기억하고 있다고 말했다.

맥주에 세금을 물리는 제도가 도입됨으로써 비공식적인 술집 영업은 범죄가 되었고 가정 양조도 금지되었다. 코빗의 시각으로 볼 때, 술집들이 문을 닫는 것은 산업화로 인한 비참한 생활상을 명백하게 보여주는 증거였다. 술집들은 한때 지역사회의 중심지 역할을 했다. 비좁은 집에서는 마음껏 여흥을 즐기지 못하던 사람들이 술집의 널찍한 공간으로 나와 자유롭게 이야기 나누고 잔뜩 마셔대며 흥청댈 수 있었다. 산업혁명이 우리 삶의 즐거움을 얼마나 앗아갔는지 술집의 쇠락을 통해서도 확연히 짐작할 수 있다.

18세기의 사회 풍경을 뛰어나게 묘사해낸 화가 윌리엄 호가스는 독한 증류주인 진 열풍으로 인해 맥주집이 쇠퇴 일로를 걷게 되었다고 보았다. 그는 진 유행에 진저리를 내며, 그것이 엘리자베스 여왕시대의 건강한 문화를 좀먹는다고 주장했다. 1751년 호가스는 판화 작품 두 점을 통해 그런 견해를 명백히 드러냈다.

그중 〈진 거리〉라는 판화는 최악의 타락 장면을 묘사한 것이다. 아마도 이 판화를 한 번 본 사람은 절대 잊을 수 없을 것이다. 진에 취해 정신이 나간 엄마가 가엾은 아기를 난간 아래로 떨어뜨리는 장면이 묘사되어 있기 때문이다. 이 작품에서 유일하게 희희낙락하는 인물은 전당포 주인으로 그려져 있다.

한편 〈맥주 거리〉라는 또 다른 작품은 아주 다른 장면을 보여준다. 관능적인 쾌락이 판화에 두드러지게 드러나 있는데, 먼저 우람한 체구의 몇몇 신사들이 눈에 띈다. 한 사람은 한 손에 파이프를, 다른 한 손에는 거품 이는 맥주잔을 들었다. 또 한 남자는 한 손은 맥주잔에, 다른 한 손은 정부의 젖가슴 속에 두고 있다. 두 명의 여자 어부들은 인격 수양에 관한 책을 읽고 있으며, 전당포 문은 닫혀 있다. 이 판화 아래쪽에는 호가스의 친구이자 고전문학 교사이던 제임스 타운리 James Townley의 시가 적혀 있다.

맥주, 영국이 만들어낸 행복의 산물.
우리에게 강인함 힘을 전해주고,
피로와 고된 일로 지친 사람들에게는
남자다운 패기를 북돋워주네.
강건한 기풍이여, 그대의 상쾌한 맛은
천상의 음료와 맞먹는 것.
그대가 영국인의 넉넉한 가슴을 따스하게 적시네,
자유와 사랑으로.

그로부터 30년 후 로버트 번스는 〈스카치 드링크〉라는 시를 노래하기에 이른다. 이 시는 지역사회를 결속시키는 맥주의 역할을 강조하고 있다.

그대가 곧 마을 토박이들의 삶.

그대가 없으면 장터와 시끌벅적한 말싸움이 무슨 소용인가.

현자들의 신성한 모임조차

그대에 의해 영감을 얻나니…….

윌리엄 코빗 또한 맥주의 열렬한 팬이었다. 그는 행복한 삶의 필수 요소를 '3B, 즉 빵Bread, 맥주Beer, 그리고 베이컨Bacon'이라고 꼽았다. 그는 맥주가 "땀을 도로 채운다"라고 표현했다. 들에서 힘든 하루 일을 마치고 나서 고된 노동으로 쏟아낸 땀, 즉 잃어버린 수분을 맥주로 다시 채운다는 뜻이다. 여담이지만 코빗에게서 영감을 얻은 나는 최근에 매일 밤 맥주를 네다섯 캔씩 마시고 아침마다 베이컨을 먹어보았다. 그리고 분명한 결론에 도달했다. 확실히 효과가 있었다. 이보다 더 흐뭇했던 적이 없을 정도였다! 한 주에 겨우 몇 만 원 정도의 돈이면 여러분도 행복을 불러오는 코빗의 습관을 따를 수 있다.

거대 양조 업체와 감리교도들이 기승을 부리던 무렵, 술집 문화가 더욱 침체일로를 걷도록 하는 새로운 법률안이 국회에 의해 제정되었다. 국민들이 원하는 때에 원하는 만큼 술을 마실 수 있는 자유를 제한하는 법률이었다. 급기야 19세기 말엽, 정부는 국민들이 취할 정도로 술 마시는 걸 통제하기로 작정했다. 첫 번째 시도는 1872년 '주취음료 (허가) 법안'의 실시였다. 개점 시간을 규제하고 술 취하는 걸 범죄로 간주하는 내용이었는데, 국민들 80만 명이 들고 일어나 반대 서명을 하고 탄원을 올리는 사태가 벌어졌다.

여타 산업화된 국가들에서도 비슷한 상황이 전개되었다. 종교 단체와 비즈니스 단체들이 주도한 미국의 금주운동은 1826년 공식적으로 시작돼, 수십 년 동안 주류업을 통제하는 정책에 영향을 미쳤으며, 1920~1933년까지 실시된 금주법을 통해 절정에 다다랐다.

오늘날까지도 고된 노동은 게으름보다 우월한 입장에 있다. 영국에서는 술집이 평일과 토요일에는 밤 열한 시에, 일요일에는 열 시 반에 문을 닫도록 법으로 규제하고 있다. 그로 인해 학생과 직장인들은 그렇지 않아도 우울한 일요일을 더욱더 우울하게 보내게 되었다. 이 법의 논리 밑바탕에는 사람들이 일요일에 일찍 잠자리에 들도록 해서 월요일 아침 고용주를 위해 더 열심히 일하도록 만들려는 의도가 숨어 있다.

한편 제1차 세계대전 발발은 음주 습관을 통제하려는 당국의 노력에 날개를 달아주는 격이 되었다. 전쟁 동안 술집들이 얼마나 심한 단속을 받았는지, 여기에 역사의 한 단면을 소개한다.

1914년 10월 런던 술집들의 폐점 시간은 밤 열 시에서 열두 시 삼십 분 정도였다. 1915년 술집 영업 시간은 16~17시간(런던은 19.5시간)에서 5.5시간으로 줄어들었고, 저녁 폐점 시간은 밤 아홉 시 또는 아홉 시 삼십 분으로 당겨졌다. 1916년 중앙통제위원회는 칼리슬의 네 군데 주류 업체를 폐쇄하고, 칼리슬, 그레트나, 아난 지역의 235군데 술집을 폐쇄

했다. 다음 해에는 런던 엔필드록 지역의 술집들과 스코틀랜드 인버고 든 지역의 술집들이 문을 닫았다. 음주 때문에 이들 지역에 위치한 군수품 공장 노동자들의 작업 능률이 떨어질 것을 우려한 조치였다.

20세기의 대부분 시기 동안 오후에 술집에 앉는 즐거움이 법적으로 금지되었다. 시간이 지나 이제 술집들은 오후 시간에도 개점하는 게 가능해졌지만, 그것만으로는 충분치 않다. 앞에서도 말했지만, 영국은 현재 음주에 관해 엄격한 법률을 시행하는 몇 안 되는 나라들 중 하나다. 모든 술집들이 똑같이 밤 열한 시에 문을 닫기 때문에, 영국에서는 다른 어떤 나라에서도 볼 수 없는 기이한 현상이 벌어진다. 술 취한 사람들이 정확히 같은 시간에 길 밖으로 억지로 떠밀려 나와, 어거지로 음주를 중단하게 됐다며 씩씩거린다. 그리하여 솟구치는 분노를 해소하기 위해 서로 싸우고 소리치고 소동을 일으킨다. 차라리 술집에 한두 시간 더 머무르도록 허락해주면, 사람들은 누가 시키지 않아도 술집을 조용하고 평화롭게 빠져나갈 것이다. 오늘날 어느 누가 토요일 밤 열한 시 십오 분에 영국의 도심지를 돌아다니고 싶겠는가. 성난 술꾼들 틈을 헤집고 다니는 것은 결코 안전한 일이 못 된다.

최근 등장한 술집 문화에 대한 또 다른 공격은 이른바 '플래시 바 flash bar'다. 이십 대 후반 시절, 나도 잠시 대도시의 첨단 유행 바에 마음을 빼앗긴 적이 있었다. 물론 그런 바들이 실제로는 즐거움의 적이라는 걸 깨닫기 이전이었다. 전통적인 영국의 술집이 구식 맥주 컵, 대화, 열띤 분위기, 따스함, 나무, 편안함을 위한 장소였다면, 그런 바들은 남에게 과시하기 위한, 즉 나도 첨단 유행에 한몫하고 있다는 걸 보여주기 위한 장소에 불과하다. 게다가 그런 바들은 진토닉 한 잔에 7.50파운드나 한다.

이른바 유행 숭배가 음주 문화에까지 파고들어, 이제 술집은 이야기하고 사색하는 장소라기보다는 '유행을 좀 안다'라고 공인받는 자리로 변질되었다. 사실 첨단 시설을 자랑하는 그런 술집들은 테크노 음악이 귀청 떨어져 나가도록 울려대고 있어, 대화하고 생각하는 건 불가능한 지경이다. 밖에서 보면 그럴싸하게 열띤 토론이 이루어지는 듯이 보이지만, 실상은 외롭고 불안한 사람들이 어설프게 취한 상태에서 시끄러운 음악을 뚫고 자기 이야기를 전달하려 애쓰는 광경일 뿐이다. 어떤 사람은 소리 지르다가 목이 쉬어버리기도 한다. 결국 그런 장소에서의 대화라는 것은 한참 동안 상대방을 멍하니 바라보는 걸로 끝이 나버린다. 더 이상 소리 지르느라 고생하고 싶지 않아서다.

그토록 음악을 시끄럽게 틀어대는 이유가 결국 바의 이윤 때문이라는 이야기를 들은 적이 있다. '이야기를 주고받지 못하니, 계속 술을 마실 수밖에 없다'라는 것이다. 결국 장사가 술집 문화를 파괴하고 있는 셈이다. 체스터턴은 《잘못 돌아가는 세상》에서 이렇게 말했다. "평범한 술집에서 친구들과 어울리며 보내는 한 시간 반의 행복을 위해, 우리의 모든 통신, 교통, 시스템, 과학, 돈을 희생해야 할 날이 올지도 모른다."

영국의 시골 소도시에서조차 조그만 술집들이 바 스타일로 변모하기 위해 편안한 매력을 포기하고 있다. 아연이 나무를 대신하고, 안락함은 세련된 이미지에 희생돼버렸다. 한마디로 '촛불이여 안녕! 강렬한 조명이여, 어서 오라!'다. 한편 도심에서는 25세 미만의 변덕스러운 세대들을 겨냥하여 이른바 테마 바들이 영업을 하고 있다. 그런 술집들은 유명인들이 광고하는 첨단 소품들로 치장하고서 손님을 기다린다.

도시의 술집들이 헬스클럽의 맹공격을 받고 있는 사실도 짚고 넘어가야겠다. 요즘은 퇴근 후 곧장 술집으로 향하는 사람들이 많지 않다. 점점 증가하고 있는 '안티 즐거움' 세력들이 헬스클럽으로 발길을 돌리기 때문이다. 사람들과 기분 좋게 어울려 거품 이는 옅은 갈색의 맥주를 들이키는 대신 혼자서 트레드밀 위를 달린다. 이들은 몸을 혹사하고 있다는 사실을 잊기 위해 눈앞의 대형 스크린으로 멍하니 TV를 시청한다. 하지만 정말로 운동이 하고 싶다면 집이나 회사에서 멀리 떨어진 술집을 찾는 게 낫지 않겠는가. 매일 왕복으로 몇 킬로미터씩 걸으면 운동이 되는 건 물론이요, 술을 마시고 사람들과 어울리니 기분도 훨씬 좋아질 텐데 말이다.

나는 우리 집에 차려놓은 술집, '그린맨'에 구식 레코드플레이어를 가져다 놓고, 햇볕 잘 드는 오후에는 노엘 카워드나 잉크 스팟스의 음반을 튼다. 이런 음악은 맥주나 담배와 썩 잘 어울린다. 물론 나는 돈을 받고 술을 파는 게 아니기 때문에 당국의 허가를 받을 필요가 없다. 그러므로 언제든지 내가 원할 때 문을 열고 닫을 수 있으며, 세무 관리를 무서워할 필요도 없다.

그러나 집 밖의 거리에서는 밤 열한 시가 되면 술집들은 문을 닫고 만다. 그 저주스러운 벨 소리가 울리면 취객들의 평화는 깨져버리고,

그토록 두려워하던 주인장의 한마디, 즉 "영업 끝났습니다"라는 고함이 터져 나온다. 그러면 이래라저래라 간섭받는 걸 몹시도 싫어하는 우리 선량한 친구들의 가슴속에는 분노가 소용돌이친다. 이제 반란을 일으킬 때가 된 것이다.

게으름꾼들의 뜨거운 반란

◆

빌어먹을 왕, 빌어먹을 정부, 빌어먹을 정의!

1760년대 런던 반란자들의 구호

◆

반란은 일종의 무기다. 그러나 국가와 정부, 괴롭히는 자들, 안티 게으름 세력들이 휘두르는 무기하고는 차원이 다르다. 통치자들은 사람들을 고된 일에 짓눌려 살게 함으로써, 갑갑하고 가혹한 관료 구조 속에 가둬 놓으려고 한다. 비인간적인 강압이 동원되는 경우도 허다하다. 반면 게으름꾼들이 사용하는 방법이란, 술집에서 빙 둘러앉아 몇 달 동안이나 이야기를 나누고 궁리한 다음, 폭발할 듯이 급작스럽게 '민첩하고도 격렬한 근면성'으로 불시에 행동에 들어가는데, 그것이 바로 '봉기'다. 어느 날 갑자기 공격이 시작돼 광장이 점령되고 대학 건물들이 점거된다. 반란은 세상의 이목을 끌면 끌수록 효과적이다.

그런 점에서 예수 그리스도는 선구적인 반란자라 할 수 있다. 예루살렘 성전이 종교 지도자들과 상인들이 결탁한 시장 바닥으로 전락

209

한 데 분개한 그는, 환전업자의 테이블을 뒤엎고 매매하는 자들을 내쫓으며 소동을 일으켰다. 그렇게 함으로써 그 후에 등장한 수백만 명의 선각자들에게 좋은 선례를 남겼다.

반란하는 시인이요 선동적인 게으름꾼이며 느긋한 혁명가였던 바이런 경은 게으름과 반란이라는, 얼핏 듣기에 서로 어울릴 것 같지 않은 모순을 그대로 실천하며 살았던 인물이다. 그는 19세 때인 1807년, 대학생 신분으로 첫 시집을 발표했는데 그 제목이 《나태한 나날 *Hours of Idleness*》이었다. 귀족 신분으로 게으른 부자 축에 들었던 그는 돈에 연연할 필요가 없었기 때문에 당시 새로 부상한 중산층 계급과 만연된 부정부패를 더욱 신랄하게 꼬집을 수 있었는지도 모른다.

어쨌든 19세기 비평가 매슈 아널드Matthew Arnold에 따르면, 바이런은 '영국의 속물근성'에 분개했고, 상업 경제의 폐단을 노골적으로 묵인하는 자신의 신분 계급, 곧 귀족계급에 대해서는 훨씬 더 분개했다고 한다. 실제로 바이런은 다음과 같이 심경을 밝힌 바 있다.

"나의 정치적 견해를 한마디로 밝히자면, 기존의 모든 정부들에 관한 철저한 혐오라 할 수 있다. 나에게 공화국을 달라. 왕정 시대는 빠른 속도로 소멸할 것이다. 피는 물처럼 흐르고 눈물은 안개처럼 마를 날이 없겠지만, 국민들은 결국 이기고야 말 테니까. 내가 살아서 그걸 보지 못한다 해도 미리 내다볼 수는 있다."

바이런은 그러한 정치적 견해를 바탕으로 산업혁명기의 가장 유명한 반란자들로 손꼽히는 급진적 비밀 결사 단체, '러다이트(AM 9:00 참조)'를 지지하게 된다. 이 단체의 지도자는 신비의 왕이라 불린 네드 러드Ned Ludd였는데, 실은 단체에서 만들어낸 가공인물이라고 알려져 있다. 러다이트 구성원들은 밤에 가면을 쓴 채 공장에 몰래 숨어들어가, 자신들을 실업으로 몰고 간 기계들을 부수기 시작했다. 그들은 문제의 핵심을 정확하게 꿰뚫고 있었다. 기계야말로 삶의 질을 파괴함은 물론 인간을 로봇으로 격하시키는 위협적 존재임을 간파했던 것이다.

정부는 러다이트 소요 사태에 대응해, 1812년 '체제 파괴 법안Frame-Breaking Bill'을 도입했다. 기계 파괴를 중범죄로 규정하는 법이었다. 귀족계급이던 바이런은 상원에서 발언할 수 있는 자격이 있었고, 그런 권한을 사용해 반란자들의 목소리를 대변했다. 그는 의회에서 이 야만적인 관료적 발상에 저항하는 몇 안 되는 인물 중 하나였다. 러다이트가 그렇게 과격한 시위를 벌인 것은 국민들이 그만큼 절망적인 상황에 내몰렸음을 보여주는 것이라고 바이런은 주장했다.

"그렇게 엄혹한 법 규제들 속에서 비참한 민중의 인내심은 결국 한계에 도달하게 되고, 한때 정직하고 근면하던 국민들은 그 자신은 물론 가족과 사회까지 위험에 빠뜨리는 범죄로 내몰리게 된다."

그러나 바이런의 호소도 아무 소용이 없었다. 1812년 안티 게으름 세력과 사법부가 결탁한 무자비한 탄압이 충격적인 사건을 불러왔다. 27명이 재판을 받고 사형을 언도받았는데, 그중에는 열두 살짜리 어린아이도 있었다고 전해진다. 기계 파괴에 연루되었던 사람들은 그 후 수십 년 동안이나 입을 굳게 다물어야 했다. 1816년 바이런은 한 친구에게 보낸 편지에서 〈러다이트들을 위한 노래〉라는 시를 들려주었다.

바다 너머에서는 자유를 부르짖는 청춘들이

아낌없이 피 흘린 대가로 자유를 구했듯이,

우리, 우리 소년들은

자유롭게 살기 위해 죽기까지 싸우려네.

러드 왕을 제외한 모든 왕들이여 몰락하라!

러다이트는 민중을 노예화시키려는 새로운 노동 윤리의 본질을 간 파하고 저항했으나, 결국 그것이 빌미가 되어 국가에 의해 죽임을 당해야 했다. 내게는 자유와 게으름이 동의어나 다름없다. 게으름꾼은 사색하고 꿈꾸는 자이며 열렬한 독립주의자다. 또한 게으름 피울 권리가 침해당할 때면 분연히 행동에 들어가는 반란자이기도 하다.

나는 역사학자 존 니콜슨John Nicholson의 저서를 통해, 반란에 관해서라면 영국은 이미 오랜 전통을 갖고 있음을 처음으로 알게 되었다. 니콜슨은 1970년대에 《영국 폭력 입문The Primer of English Violence》이라는 책을 발간했는데, 이 책에는 1485년 이후 영국에서 일어났던 모든 반역과 봉기 사례가 총망라돼 있다. 서문에서 그는 다음과 같이 밝혔다.

소위 영국의 온건한 이미지에 파업, 시위, 반역, 폭동, 모반, 암살은 어울리지 않기에, 이것들은 정상에서 벗어난 탈선으로 간주된다. 그러나 나는 이 입문서에서 사실은 그와 전혀 다르다는 걸 증명할 것이다. '신사의 나라'라는 현대적 개념은 부당한 역사 기록이 만들어낸 속임수에 불과하다.

그는 1485년 이후 "정부 당국이 폭도 또는 반체제 인사들의 저항에 폭력으로 대처하지 않았던 해가 한 해도 없을 정도였다"라고 덧붙였다. 한 예로 1649년부터 10년 동안 일어난 각종 봉기들을 추려보기로 한다.

1649	광부와 평등주의자들이 국가에 저항하여 봉기하다
1650	벌거벗은 메시아가 브리스톨로 말을 타고 진입하다
1651	제5왕국주의자들Fifth Monarchists이 버밍햄에서 파업을 벌이다
1652 ~ 1653	제5왕국주의자들이 의회를 장악, 크롬웰이 해결에 나서다
1655	펜루덕이 봉기하다(왕정주의자들이 크롬웰에 저항하여)
1659	평민들이 군인들에게 저항하여 엔필드 반란을 일으키다

에드워드 파머 톰슨은 《영국 노동계급의 형성》에서 18세기 말엽과 19세기 초엽 사이에 벌어진 소요 사태들을 다음과 같이 열거하기도 했다.

18세기와 19세기 초엽은 빵 값, 통행료와 운송료, 소비세, 구빈세救貧稅, 파업, 새로운 기계, 인클로저 운동, 사병私兵 강제징집제 등 숱한 불만 요소들로 인해 반란이 수없이 발생했다. 그중에는 '군중'의 정치적 봉기로 승화된 예도 있었다. 1760년대와 1770년대의 윌크스 소요 사태, 고든 반란(1780), 런던 거리에서 왕에 대한 집단 야유(1796, 1820), 브리스톨 반란(1831), 버밍햄 벌링 반란(1839)이 대표적인 사례다. 이런 반란들은 단발로 그치는 게 아니라, 조직적인 불법 활동으로 지속되기도 했다.

이러한 반란들은 새로운 노동 윤리에 대한 필사적인 마지막 저항이었다. 즉 산업주의에 의해 인간이 삶의 노예로 고착되기 이전, 자유와 독립을 구가하던 나라에서 벌어진 최후의 발악이라고 할 수 있다. 정부는 그와 같은 숭고한 노력들을 왜곡해서 해석했고, 반란의 핵심 원인에 관해서는 아예 입을 다물었다. 예를 들어 월크스 반란의 경우, 정부 당국은 그 봉기가 나약하고 게으르고 술 취한 군중들이 벌인 어리석은 소동이라고 단정해버렸다. 추종자들도 없었고, 오직 월크스의 말 몇 마디에 대중들이 동요되었다는 주장이다. 그렇다면 말 몇 마디로 군중들을 선동시켰다는 월크스는 대체 어떤 인물일까?

존 월크스는 18세기가 낳은 매우 독특한 군중 선동자였다. 그는 청년 시절 10년을, 런던의 유명한 악마 숭배 모임 헬파이어 클럽^{Hellfire} ^{Club}에 가입해 흥청대며 보냈고, 이후 쾌락에 신물을 내고서 급진적인 정치가로 변모했다. 그리고 그때부터 위대한 투사로서의 활약이 시작된다. 그는 1757년 에일스베리 지역 국회의원이 되자마자, 가장 먼저 국왕 조지 3세를 비난하고 나섰다. 왕의 측근인 버트 백작을 수상으로 임명했다는 것이 그 이유였다. 결국 그의 내각 공격은 선동적인 비방이라며 고발을 당하기에 이르렀다. 월크스가 급진적 신문 《노스 브리튼》에 다음과 같은 격렬한 글귀를 게재한 것이 사건의 발단이었다.

정부로 인해 온 나라에 불만의 공감대가 형성되었으며, 예언컨대 그 공감대는 '정부의 권력이 소멸될 때까지' 결코 사라지지 않을 것이다. 분별 있는 우리 영국인들은 잘 알고 있다. 권리를 침해받는 강압적인 상황 속에서 '조화의 정신'이란 결국 힘없는 굴복을 뜻할 뿐임을. 우리는 오히려 가열찬 자유의 정신을 발휘해야 마땅하다. 국민이 느끼는 불만의 정도가 무거우면 무거울수록 자유의 정신은 더욱더 세차게 타오른다고 나는 확신한다.

결과적으로 당국의 고발은 기각되고 윌크스는 자유의 몸이 되었다. 그러나 그 사건은 윌크스를 유명 인물로 만들었고, 국민들은 그를 자유의 투사로 인식하기 시작했다. 1768년 그가 체포되자 1만 여 명이 그가 수감된 런던 감옥으로 몰려가, "윌크스와 자유!", "자유가 없으면 왕도 없다!"라는 구호를 외쳤다. 이 사건으로 군대가 발포하여 일곱 명이 죽었고, 런던 곳곳에는 폭동이 번졌다. 20세기의 좌파 역사학자인 조지 루데George Rudé는 논문 〈윌크스와 자유Wilkes and Liberty〉에서 폭동에 참여한 반란자들이 무식한 무지렁이 민중에서 교육받은 예술가로 변모했다고 기록했다.

그들은 성 조지스 필드, 하이드 파크 코너, 맨션 하우스, 팔러먼트 스퀘어, 세인트 제임스 팰리스에서 시위를 벌였다. 시티, 웨스트민스터, 사우스워크의 거리에서 "윌크스와 자유"라는 구호를 소리 높여 외치거나 벽에 적었다. 집행관과 형리가 《노스 브리튼》 신문을 불태우려다가 공격당하는 사건도 벌어졌다. 뷰트와 에그리몬트 상원의원 집의 창문이 부서지고, 오스트리아 대사의 구두가 오물로 더럽혀졌다. 여러 거리에서 시위 행진이 일어났고, 런던 탑 밖에서는 러트렐 대령과 샌드위치 경과 배링턴 경의 초상화를 불태웠다. 동시대인들과 역사학자들이 게으르고 무

215

지하며 편견에 사로잡힌 군중이라고 매도했던 사람들이 이렇게 다양한 활약을 벌인 것이다.

이러한 반란보다는 덜 고생스러운 저항 형식으로 '파업'이 있다. 요구 사항이 지도층에 전달돼 해결책이 나올 때까지 모든 일을 중단하는 것이다. 단순히 일손을 멈추는 것보다 우리 지도자들을 더 열 받게 만들 수 있는 방법이 또 뭐가 있겠는가. 노동자들이 일을 하지 않고 하루 종일 멍하니 생각에 잠기거나 빈둥댄다고 생각해보라. 그것이야말로 고용자들을 견딜 수 없게 만드는 행동이다.

1905년 1차 러시아혁명은 반란과 파업이 결합된 형태로 진행됐는데, 그 중심 역할을 하던 레닌은 다음과 같이 열띤 어조로 혁명의 진행 상황을 기록했다.

1905년 1월 25일. 수도의 여러 곳에서 피가 흘렀다. 콜피노의 노동자들이 봉기에 나섰다. 프롤레타리아가 그 자신과 민중들을 무장시키고 있다. 노동자들이 세스토레츠크 무기고를 포위했다는 소문이 돈다. 노동자들은 권총을 공급받고 각자의 연장을 무기로 개조하고 있으며, 자유를 위한 필사적인 투쟁을 위해 폭탄까지 조달하고 있다. 파업 시위는 시골 지역에까지 전해졌다. 모스크바에서 1만 명의 사람들이 이미 작업을 중단했다. … 세바스토폴에서는 상점들과 해군성 무기고가 불에 탔다. 레발과 사라토프에서도 파업이 진행 중이다. 라돔에서는 노동자를 상대로 재향군인과 군대가 연합하여 교전을 벌였다.

그러나 레닌은 사고방식 자체가 게으름과는 거리가 먼 사람이었다. 오히려 집요하고 냉정한 관료적 인물이었다. 레닌과 크롬웰처럼 유머를 모르는 혁명 지도자들이 민중의 반란 의지를 주도함으로써, 이 세계는 한층 더 억압된 상황에 짓눌리게 되었다고 할 수 있다. 즉 전제주의 정권의 최대 폐단이란 민중을 노예로 구속했다는 데 있다.

한편 그 자리를 대신 차지한 냉담한 관료주의는 공공의 이익을 도모한다는 명분하에 백성들을 더욱 가혹하게 억압했다. 왕국과 사회주의국가, 모두 게으름꾼들하고는 조화를 이룰 수 없는 정부 형태다. 그럼에도 불구하고 굳이 선택을 해야 한다면 게으름꾼들은 경건하고 엄격하며 쾌락을 증오하는 크롬웰 공화정 밑에 사느니, 차라리 부패했을지언정 쾌락을 추구하고 극장을 개방했던 찰스 2세 같은 국왕 밑에 사는 걸 선택할 것이다.

결국 옛 질서를 대체하여 새로운 질서가 들어섰지만 문제는 여전히 존재했다. 민중에게는 아무런 권력이 주어지지 않았던 것이다. 러시아에서는 '짜르', 즉 황제라는 세습적 권위가 엥겔스, 마르크스, 레닌 같은 부르주아 사상가들의 지적 권위로 대체되었다. 레닌은 농부와 노동계급은 교육받은 중간 계급에 의해 계몽되어야 한다고 굳게 믿는 거만한 신념의 소유자였다. 또한 마르크스주의자들도 노동, 즉 수고의 고결함을 신봉했다.

한편 오늘날 우리 게으름꾼들에게는 '소비 자본주의'라는 새로운 권위가 가장 무서운 적으로 등장했다. 한때 부富는 귀족의 것이었다가 군인들 손으로 넘어갔다. 19세기에는 산업자본가들의 차례였다. 이제 글로벌 기업의 CEO들이 부를 거머쥔 채, 자기 이윤을 위해 세상을 망쳐놓고 있다. 최근 풍자 잡지 《프라이빗 아이》에는 재미있는 만평이 하나 실렸다. 과거 거물 세력가들은 사람들을 공장으로 보내 그들의 일꾼으로 만들었지만, 이제 그들은 우리를 쇼핑센터로 보내 소비하도록 부추긴다는 것이다. 그래서 대기업의 본사 입구, 시애틀의 세계무역협회 등에서는 각종 시위들이 빈번히 벌어지고, 경찰들은 늘 이를 무자비하게 저지하곤 하는 것이다. 탐욕스러운 거대 비즈니스와 능률을 숭배하는 정부는 자유분방하고 몽상적인 자유 수호자들에게 가장 공포스러운 적이 되었다.

반란을 일으키는 건 확실히 즐거운 자유정신의 표현이기는 하지만, 과연 그럴 만한 가치가 있다고 할 수 있을까. 지난 1천 년간 인간적인 법 제정을 위해, 또는 정부의 간섭에서 벗어나기 위해 벌였던 혁명, 폭동, 반란들의 되짚어보면 안타까운 결론을 내릴 수밖에 없다. 변화를 기하자면 차라리 자기 자신과 아주 가까운 주변 사람들을 대상으로 하는 게 훨씬 낫다는 것이다.

물론 반란을 통해 정부 정책에 작은 변화를 불러온 경우가 있기는 하다. 영국에서 인두세가 폐지되고 그대신 카운슬 세금 제도◆가 제정된 게 한 예다. 그러나 그런 작은 성과들조차 얼마 가지 않아 본래 상태로 되돌아가는 경우가 빈번하다. 저항하던 사람들의 인내력이 고갈되고, 당국의 약속도 실효성 없는 사탕발림으로 끝나는 경우가 허다하기 때문이다.

결국 제대로 된 개혁을 이루기 위해서는 우리 스스로 자신의 천국

◆ Council Tax. 영국의 지방 정부세

을 만드는 수밖에 없을 것이다. 예를 들어 PM 9:00장에서 소개한 펑크 단체 CRASS는 수많은 안티 대처주의자anti Thatcherites들에게 매우 효과적인 저항의 목소리를 전달했지만, 그들 의도대로 국가를 전복하는 데는 실패했다. 그러나 그 주장은 그들 스스로 이룩한 시골 공동체 안에서 오늘날까지도 건재하고 있다. 그들은 자기 삶의 주인이 되는 데 성공한 것이다.

결국 해답은 사회주의가 아니라 무정부주의에 있다. 시인, 무정부주의자, 자유주의자, 반란자, 게으름꾼이라면, D. H. 로런스의 시 〈건강한 혁명〉에 적극 찬사를 보낼 것이다. 우리 모두 귀족이 되고, 우리 자신의 천국을 만들며, 일을 파괴하고 '즐거움'을 위한 혁명을 시도하자는 그 주장에 말이다.

밤이 오면 하늘을 보자

♦

하틀리가 넘어져서 다쳤다.
비명을 지르며 우는 아이를 얼른 안아 들고,
나는 집 밖으로 달려나갔다. 달이 아이의 눈을 사로잡았다.
그리고 아이는 이내 우는 걸 멈추었다. 아이의 두 눈과
그 안에 담긴 눈물이, 달빛을 받아 얼마나 반짝이던지!

새뮤얼 테일러 콜리지가 어린 아들에 대해 쓴 글

♦

달과 별은 게으름꾼의 삶에서 빠질 수 없는 요소다. 우리 가족은 데 본에 살고 있는데, 손님들이 말하기를 이곳의 별들이 유난히 맑고 찬 란하게 빛난다고 한다. 별과 달을 고요히 보고 있으면, 우주의 신비에 대해 어린아이와 같은 순수한 경이의 시선을 갖게 된다. 우리 앞에는 다른 세상이 열리고, 현재의 모든 근심사에서 벗어나는 경험을 하게 되는 것이다. 즉 별과 달은 우리의 발을 땅에서 떠나게 해준다.

나는 서두에 소개한 콜리지의 글귀를 무척 좋아한다. 처음 이 글을 읽었을 때 내 아들 아서가 딱 두 살이었는데, 그 애도 콜리지의 아들 처럼 달에 매료되곤 했다. 사실 아서가 처음 배운 단어가 '달moon'이 기도 했다. 밤에 외출을 할 때면 아이는 손으로 하늘을 가리키고 나를 보면서 "달!" 하고 말했다. 그래서 아서가 밤에 울고 투정하면 집 밖으

로 데리고 나가 달을 보여줬는데, 그러면 이내 진정이 되곤 했다.

합리주의자들은 별이란 몇 광년 밖에 떨어진 항성일 뿐이라고 설명하지만, 우리는 여전히 별에 대해 경외심을 갖고 있으며 그 신비 속으로 흠뻑 빠져들곤 한다. 1993년 《아이들러》 잡지를 창간할 무렵은 우주 어딘가에 어떤 존재가 있어 모종의 계획을 꾸미고 있다는 풍문이 널리 퍼지던 때였다. 미국인 교수인 존 맥John Mack과 데이비드 제이콥스David Jacobs 박사는 소위 '외계인 납치 피해자'들의 사례에 대해 연구를 시작했다. 조사에 응한 사람들은 외계 비행물체에 끌려가 실험을 당했다고 이야기했다.

외계인에 대한 대중의 호기심은 패션에까지 영향을 미쳤다. 스케이트보드 업체인 애나킥어드저스트먼트Anarchic Adjustment가 외계인 이미지를 최초로 사용했는데, 이때 만들어진 아몬드형 머리에 커다란 눈, 잿빛 피부를 한 전형적인 외계인 얼굴은 훗날 티셔츠와 배지, 스티커 등에 널리 쓰이게 되었다. 외계인과 UFO에 대한 관심이 유행처럼 번진 것은 현실을 대체할 수 있는 또 하나의 대안이 존재한다고 믿고 싶은 사람들의 열망 때문이라고 나는 판단한다. UFO는 그런 대안을 꿈꿀 수 있는 편리한 통로였던 것이다. 철학자 겸 마약 연구가 테렌스 맥케나Terence Mckenna 박사는 UFO가 희망을 상징한다고 보았다.

"외계인의 관점으로 세상과 우주를 바라본다고 해보자. 그러면 이 세상의 불균형은 한층 견딜만해 질 것이다. … 나아가 현재 인류에 영향을 미치는 개인, 제도, 세계적인 주요 문제들을 해결할 수 있는 능력과 에너지를 발휘할 수 있게 될지도 모른다."

사람들은 하늘을 날고 싶어 하고 신을 만나고 싶어 하며, 신이 되고 싶어 한다. 나사의 달 착륙은 인간의 이러한 욕구가 가장 장엄하게 실현된 사건이라 할 수 있다. 이처럼 달의 실체가 밝혀지고 과학이 눈부시게 발전하고 있음에도 불구하고, 달과 별에 대한 경이, 신비, 마법은 사라지지 않았다. 사실 우주란 유물론자와 신비주의자들이 벌인 1천 년간의 전쟁 가운데 가장 최근의 전투가 벌어진 격전장이라 할 수 있다.

그런 갈등은 스티븐 스필버그의 영화 〈미지와의 조우〉에 탁월하게 묘사돼 있다. 영화에서는 배우 리처드 드레이퍼스Richard Dreyfuss가 연기한 광적인 몽상가의 날카로운 시선과, 외계인에 대항하는 당국의 고도로 조직화된 군사적 대응이 팽팽한 긴장 구도를 이룬다. 오렌지색 유니폼에 헬멧을 쓴 군인들이 일사분란하게 우주선 안으로 입장하는 모습은 특히나 인상적이다. 군인들은 인생의 가장 스릴 넘치는 모험이라기보다는 평소와 다름없는 따분한 일과라는 듯 무표정하게 임무를 수행한다. 이들의 모습은 바위 뒤에 웅크린 드레이퍼스의 덥수룩한 모습과 극명한 대조를 이룬다. 영화의 두 기둥, 즉 경이와 진지함, 어린아이 대 어른의 시선은 영화 속 과학자 트뤼포의 캐릭터 안에 융합돼 있다. 그는 당국에 의해 고용된 인물이면서도, 외계인의 착륙에 대한 사무적인 접근 방식에 대해서는 명백한 의혹을 품는다.

몇 년 전 나는 런던에 근거지를 둔 '자율우주비행사협회AAA: Association of Autonomous Astronauts'라는 단체를 찾아갔다. 그곳은 실업수당으로 먹고 사는 마르크스주의자, 미래주의자, 혁명가들의 자유분방한 연대 조직이었다. 우주를 여행하겠다는 그들의 급진적 사상은 나사

등의 공공기관에 대한 적개심까지 더해져서 불온하고도 독창적인 색
채를 띠고 있었다. AAA 단체 구성원들에게 있어 우주여행이란 우리
를 늘 바다에만 붙들어두려는 엄숙함, 진지함, 압박감으로부터의 자
유를 말하는 것이었다. "두 발로 땅을 디디고 똑바로 서라."

　부모가 현실을 일깨우려 아무리 잔소리를 해도 아랑곳하지 않고
꿈을 꾸는 아이처럼, 그들은 시선을 하늘에 두고는 우주로의 비행을
꿈꾸고 있었다. 사실 그들이 말하는 우주여행이란 난롯가에 앉아 상
상력을 동원해 신비의 영역으로 들어감으로써 성취되는 것이었다.
따라서 본질적으로 AAA의 사명이란 평범한 사람들도 우주여행을 할
수 있다는 사실을 널리 전파하고, 우리를 기죽이는 흰 옷 입은 전문
가들한테서 그 기회를 되찾아오는 데 있다. 그들에게 우주란 '자유'
라는 이상의 상징이었다. 실직한 게으름꾼들조차 우주여행이 가능하
다는 그들의 주장은 결국 무한한 자유와 가능성에 대한 호소가 아닌
가 하는 생각이 든다.

　시인 로버트 번스도 〈자유: 어떤 환상〉이라는 시에서 별과 자유의
연관성을 노래하고 있다. 한밤중에 집 밖에 나갔다가 시인은 환상을
보게 된다.

　저 지붕 없는 탑 근처까지 갔을 때,
　축축한 공기 속에서는 봄꽃 향기가 풍겨나고
　올빼미는 담쟁이덩굴 둥지 속에서
　한밤의 달을 향해 제 근심거리를 늘어놓았지.

바람은 잠잠하고 사방이 고요한데
하늘에는 별만 총총 떠 있었네.
언덕 위에서는 여우 울음소리가 퍼져 나와,
저 먼 골짜기에 메아리쳤지.

안개 낀 길을 따라 흐르던 시냇물은
길가의 봄꽃들을 휩쓸며 거세게 흘러가,
골짜기를 가로지르는 저 강과 합류하여
멀고 먼 바다의 이글거리는 파도를 향해 달려갔다네.

차갑고 음울한 북풍이 불어와
으스스한 쇳소리를 내며 지나가더니
마치 운명이 심술을 부릴 때처럼 순식간에
별빛 속에서 한 모습이 드러났네.

무심결에 눈을 들었을 때
달빛 아래 섬뜩한 유령이 우뚝 선 걸 보고
나는 그만 소스라치게 놀랐네.
마치 중세 음유 시인 같은 차림새였지.

내가 아무리 돌조각상이라고 해도
그 무시무시한 모양새를 보면 오싹해졌으리.
그리고 그의 모자에 새겨진 글자도 똑똑히 볼 수 있었네.

신성한 그 이름- 자유!

밤하늘의 별처럼 자유는 저 어딘가에 실재하며, 심지어 눈으로 볼 수도 있는데 우리의 손이 미치지 못한다는 내용이다. 이 시에서 자유는 유령 같은 존재로 상징돼, 달빛을 받아 반짝이고, 낮의 '현실 세계'가 물러간 마의 시간, 즉 자정에 환상의 형태로 나타난다. 자유와 마찬가지로 별은 조바심을 불러일으키는 신비의 대상인 것이다.

시인 콜리지 역시 별에 매혹되어, 런던 깊숙한 곳의 수도학교에 갇혀 지내던 유년 시절, 밤이면 남몰래 지붕에 기어오르곤 했다.

어린 시절 거대한 도시 속,
수도원의 어둠에 꼭꼭 갇힌 나는
하늘과 별들 외에는 그 어떤 사랑스러운 광경도 보지 못했네.

〈한밤의 서리〉

밤하늘을 응시하면 언어를 뛰어넘은 또 다른 영역, 마법 같고 경이로운 신비의 장소로 옮겨 가게 된다. 그렇게 밤하늘을 바라보며 한숨 돌리다 보면 지극한 즐거움에 빠져드는데, 내 능력으로는 그 즐거움을 형용하는 게 거의 불가능하다. 그래서 무한히 지혜로운 한 미국인, 월트 휘트먼의 손을 빌리기로 한다.

정신은 너무나 또렷하기만 한데, 마치 영원히 빛을 발하는 별들처럼 사방에서 고요히 떠오르는 어떤 의식, 즉 생각이 있다. 그것은 나 자신의 정체성에 관한 것이다. 당신이 누구든지 당신은 오직 당신을 위한 존재라는 것이다. 내가 온전히 나를 위한 나의 것이듯. 그것은 말로 다 표현할 수 없는 기적 중의 기적이며, 모든 사실들의 바탕을 이루는 근간이라 할 수 있다. 그처럼 경건한 한때를 보내며, 온 우주에서 가장 중요한 경이의 한 가운데 서 있으면(내가 중심에 있다는 사실이 중요한 것이다), 갖가지 통념과 인습은 이 간단한 사실 앞에 아무런 의미도 갖지 못하고 날아가버린다. 동화 속의 신비한 난쟁이처럼 일단 마음을 열고 하늘을 올려다보면 그 시선은 온 세상으로 확장되고 천국의 끝까지라도 꿰뚫어 볼 수 있게 된다.

별 아래 서면 자신이 한없이 작게 느껴지면서도 또 한편으로는 자기 자신에 대해 더 많이 느끼게 된다. 있는 그대로의 자신을 발견하는 것이다. 때문에 별이 총총한 밤은 파티를 열거나 야영하기에 가장 상서로운 때가 아닐까 한다. 휴일에 즐기는 야영은 우리의 원시적 자아를 다시 대면하는 한 방법이다. 즉 우리 안에 잠재돼 있던 고대의 기억이 되살아나는 즐거운 계기가 되는 것이다. 달과 별 아래에서, 모닥불을 벗 삼아 두런두런 나지막한 대화를 나누며 하룻밤을 보내는 건 어떨까.

섹스와 게으름

◆

연기는 섹스와 같다.
미리 너무 많은 생각을 하거나, 지난 후에
지나치게 반성하는 것은 압박감만 줄 뿐이다.

게리 올드만

◆

Dr. 존슨은 인생의 가장 큰 즐거움이 무엇이냐는 질문에 이렇게 대답했다고 한다. "섹스. 그다음으로는 술이죠. 모든 사람이 다 술을 마실 수는 있지만 전부 다 섹스할 수 있는 건 아니잖아요."

번즈에서 바이런까지, 보헤미안 예술가에서 히피까지, 반항적이면서도 느긋한 생활 방식과 자유를 부르짖는 저항의 역사는 성적인 자유의 추구와 더불어 진행되었다. 걸출한 급진주의자들 가운데 많은 이들이 포르노 문화에 종사해온 것은 결코 우연이 아니다. 그러나 게으른 쾌락 중의 하나인 섹스는 오늘날 심각한 문제에 봉착해 있는 듯하다.

섹스의 즐거움은 요조숙녀인 체하는 여자들과 보수적인 정부 관료들에 의해 오랫동안 공격을 받아왔다. 혼자서 해결하는 쾌락은 더욱 가혹한 압박을 받아야 했다. 동성애, 수간(獸姦) 등 번식이 불가능한 섹스와 마찬가지로 19세기에는 자위에 대해 성직자, 교사, 의사, 과학자들이 줄기찬 공격을 가했다. 자기 이름을 딴 정신병원의 창립자 헨리 모즐리Henry Maudsley는 1868년 자위에 대해 이렇게 주장했다. "그 타락한 쾌감에 탐닉하는 습관을 최대한 빨리 제거할수록 이 세상과 그 자신에게 좋다."

자위를 죄로 단정하는 도덕적 통념에 짓눌려, 그 시대 사람들이 얼마나 큰 죄책감에 시달려야 했을지 상상해보라. 빅토리아시대 어느 선행가의 일기에서, 자위행위로 인한 쓰라린 죄책감을 토로한 대목을 찾아볼 수 있다. 1850년에 쓰인 일기다.

3월 15일 내 모든 생각을 끊임없이 방해하고 타락시킨 죄악을 신이 내게서 거두어 가셨다.

3월 21일 나의 무서운 적에게 방해받지 않은 하루였다.

6월 7일 오랫동안 도덕적 죽음 상태에 있었고, 거기에서 벗어나고자 갖은 시도를 다 해보았지만 실패했다. 특히 최근 들어 더욱 타락하고 있는 것 같다.

6월 17일 신체적으로는 잠을 못 이루고, 도덕적으로는 병들고 타락한 노예 같은 하룻밤이 지났다.

6월 18일 바라는 것도 없고 무서운 것도 없다. 오직 잠을 자고 싶은 생각뿐이다. 갖은 노력을 다해 강력한 적을 물리쳐보려 했다. 그러나 그 모든 시도가 다 부질없었다.

6월 21일 나의 적이 나를 풀어주어 자유롭게 되었다.

6월 24일 아직까지 나는 자유 상태다.

6월 29일 기나긴 나흘 동안이나 절대적인 노예 상태에 있었다.

6월 30일 한 글자도 쓸 수가 없다. 아무것도 할 수가 없다.

7월 1일 나는 침대에 누워 제발 나를 구원해달라고 신에게 간구했다.

이 격렬한 리비도의 주인공이 다름 아닌 플로렌스 나이팅게일Florence Nightingale이란 걸 알면, 독자들은 놀라 자빠질 것이다. 게으름을 악으로 단죄했던 (악마가 게으름뱅이를 대신해서 일손이라도 거들어주었던 모양이다) 빅토리아시대의 도덕주의자들은 특히나 여성의 자위행위에 대해 무자비한 공격을 가했다. 당시의 한 의학 입문서에는 다음과 같은 대목이 나온다.

그 죄악을 추정할 수 있는 징후들은 다음과 같다. 전반적인 몸 상태가 무기력하고 허약하며 체중이 감소한다. 얼굴빛이 안 좋아지고 입술의 붉은 기와 치아의 흰 윤기가 사라지는 등, 건강한 기운과 아름다움이 사라진다. 눈 주변에 푸른빛이 감돌아 침울하고 우둔하며 기운이 없어 보인다. 우울한 표정에 마른기침을 자주 하고, 조금만 몸을 움직여도 숨이 가빠져 폐병의 초기 증상처럼 보인다.

섹스를 배척하던 풍조는 섹스가 오직 자녀 생산의 의미만을 가진다는 신념에 바탕을 둔 것이었다. 쾌락을 위한 섹스는 금지되었다. 급기야 의학계에서는 소년, 소녀들의 자위행위를 금지시킬 목적으로 끔찍한 도구들을 만들어냈다. 그 시대에 발행된 상품 카탈로그를 펼

치면, 뾰족한 날이 박힌 마치 갑옷 같은 강철 코르셋들을 볼 수 있을 것이다. 그 코르셋에는 잠금 장치가 돼 있어 부모가 열쇠를 내주어야만 벗을 수 있었다. 또한 테니스처럼 활발한 스포츠는 숙녀들이 자위의 유혹을 잊을 수 있도록 하는 방편으로 권장되었다.

현대에는 섹스에 대해 한결 열린 마음을 갖게 된 것을 참 다행으로 여긴다. 우리는 섹스에 관해서만큼은 자유로운 존재들이라 여기고 싶어 한다. 그러나 다른 수많은 쾌락들과 마찬가지로, 섹스 또한 수고를 강요하는 문화 속에 억눌려 있다. 오늘날 섹스는 우리가 애써서 '완수'해야 할 대상이요, 노력이 필요한 스포츠처럼 인식되고 있다. 저널리스트 수전 무어Suzanne Moore는 1995년 《아이들러》에 그와 같은 요지의 글 〈사랑의 노동〉을 발표했다. 이 글에서 무어는 학창 시절 제니스라는 친구에게서 다양한 성적 기교들을 배웠다고 말했다.

제니스가 나에게 강조하려 했던 것은 섹스가 노력하고 연습하고 계발해야 할 하나의 활동, 즉 더 높은 단계로 계속 발전시켜 나가야 하는 '운동'이라는 점이었다. 나는 그렇게 많은 노력과 정성이 들어가는 스포츠를 결코 좋아할 수가 없었다. 나는 게을렀다. 성가시게 시달리는 건 견딜 수가 없었다. … 세상의 모든 여성 잡지들은 우리가 어떻게 하면 침대에서 더 큰 즐거움을 얻을 수 있는지에 관해, 엄청난 분량의 기사들을 쏟아낸다. 그 안에는 우리가 탐험하고 실험해야 할 과제들이 넘쳐난다.

그러나 그들이 해결책으로 제시한 '노력' 자체가 잘못된 것이다. 오늘날 섹스는 우리가 배워야 하는 대상이 되어버렸다. 잡지들은 우리에게 과제를 제공한다. 마치 우리가 잘못하고 있다는 듯이, 우리 점수가 형편없다는 듯이. 그래서 우리는 죄의식과 열등감에 시달리게 된다. 많은 스타들 또한 그와 같은 섹스 문화에 한몫 기여했다. 마돈나가 대표적인 경우인데, 수전 무어는 그녀에 대해 이렇게 말했다.

"마돈나는 사람이 얼마나 몸을 혹사할 수 있는지를 보여주는 산 증거다. 그녀는 섹스를 에어로빅처럼 만들었다. 안 그래도 빡빡한 시간을 쪼개 가며 반드시 실천해야 하는 대상으로 만들었다."

그와 같은 섹스 문화가 가장 심각하게 만연된 나라는 미국이 아닐까 한다. 미국인들은 섹스를 종교와 스포츠가 결합된 숭배의 대상으로 승격시켰다. 이렇게 극단적인 현대의 섹스 문화를 우리는 무엇으로 대체할 수 있을까. 무어는 그 의문에 대해 다음과 같은 해결책을 제시했다.

솔직히 말해 몸을 맡기고 누운 채 머릿속으로는 딴 생각을 한다고 해서, 그게 뭐 그리 잘못된 짓이라는 건지 모르겠다. … 섹스가 중요하고도 고된 일, 즉 사랑의 노동이 된 오늘날, 파트너한테 몸이 아파 못하겠다고 말하는 건 혁명과도 같은 용기가 필요한 일이 아니겠는가.

오, 그냥 "누운 채"로 상대방한테 이용당하고 혹사당하는 것! 그것은 분명 게으름꾼들의 은밀한 소망이다. 게으름꾼들을 위한 섹스는 난잡하고 술 취하고 외설스러워야 한다. 아침에 서로 얼굴을 보기 창피할 정도로 짓궂고 음탕하고 추잡스러워야 한다.

또한 게으른 섹스는 느리게 진행되어야 한다. 남자들이란 곧장 성교 행위로 들어가는 걸 바란다고 알려져 있으며, 여자들은 남자들이 밀어 넣고만 싶어 한다고 불평한다. 그러나 나 자신의 경우 성교가 절정에 다다르는 순간, 즉 마지막 단계에 도달하는 순간 약간의 실망 감을 느낀다. 결국 아기를 만들어내는 섹스의 용도가 완수된 것뿐이 라는 느낌이 들기 때문이다. 그래서 정부情婦와 함께 로터스 나무 그 늘이나 커다란 벨벳 쿠션 위에서 담배 피우고 술 마시고 낄낄대며, 며칠 동안이나 농탕질을 했으면 하는 바람이 내 마음 한편에는 늘 도 사리고 있다.

사람들은 취한 상태에서 관계 갖는 걸 비난하지만, 내 경험으로 보 자면 그것이 멀쩡한 상태에서의 섹스보다 더 만족스러울 때가 많다. 술은 모든 부담, 죄의식, 볼품없는 몸매에 대한 걱정 및 모종의 자제 심 (에헴!) 따위를 날려버림으로써 섹스의 쾌락을 강화시킨다. 그렇 다! 섹스의 핵심은 몸을 혹사하는 것이 아니라 나태함에 있다. 그것 이 바로 멋진 섹스를 만들어내는 원동력이다.

성경 아가서에 나오는 솔로몬의 시나 12세기 오마르 카얌Omar Khayyam의 〈루바이야트〉라는 사랑 시에 그런 사실이 잘 묘사돼 있다. 두 시 모두 운 좋게도 알코올의존증 자율치료협회AA: Alcoholics Anony- mous가 등장하기 이전에 탄생했다. 그리하여 섹스를 술과 약물에 취 한 몽롱하고도 관능적인 경험으로 찬미하며, 포도나무와 석류 열매 의 자극적인 향기에 둘러싸인 흥겨운 야외의 정사를 미화하고 있다. 다음은 아가서의 한 대목이다(7:8~13).

8 내가 말하기를 종려나무에 올라가서 그 가지를 잡으리라 하였나니 네

유방은 포도송이 같고 네 콧김은 사과 냄새 같고

9 네 입은 좋은 포도주 같은 것이니라. 이 포도주는 나의 사랑하는 자를 위하여 미끄럽게 흘러내려서 자는 자의 입으로 움직이게 하느니라.

10 나는 나의 사랑하는 자에게 속하였구나. 그가 나를 사모하는구나.

11 나의 사랑하는 자야 우리가 함께 들로 가서 동네에서 유숙하자.

12 우리가 일찍이 일어나서 포도원으로 가서 포도 움이 돋았는지, 꽃술이 퍼졌는지, 석류꽃이 피었는지 보자. 거기서 내가 나의 사랑을 네게 주리라.

13 합환채가 향기를 뿜어내고 우리의 문 앞에는 여러 가지 귀한 열매가 새것, 묵은 것으로 마련되었구나. 내가 나의 사랑하는 저, 너를 위하여 쌓아둔 것이로다.

한편 오마르 카얌은 〈루바이야트〉에서 현재 처한 순간 속에서 쾌락을 찾으라고 호소한다. 그 시가 권하는 대로 지금 당장 자신의 천국을 움켜쥐라!

아, 내 연인이여, 잔을 채우라.
과거의 후회와 미래의 공포를 오늘 지워버리련다.
내일이라! 내일이면 나는 어제의 나와 함께
7천 년 밖으로 멀어져 있을 것을.

논쟁의 여지는 있겠지만, 오마르 카얌은 섹스와 마약, 로큰롤을 찬미하여 노래한 최초의 시인이 아닐까 한다. 그는 '여자, 와인 그리고 음악'이 호색가를 위한 성聖 삼위일체라고 표현했다. 카얌은 그의 시에서 연인에게 "재잘대는 걸 그만 멈춰 달라"고 호소한다. 이 대목에서는 로커이자 시인 조디악 마인드워프Zodiac Mindwarp의 오묘한 노랫말을 떠올리지 않을 수 없다.

너는 말을 너무 많이 해.
그만 입을 다물고 여행을 떠나자,
내 지프의 뒷좌석에서.

완전한 성적 자유는 칭송할 만한 이상이기는 하지만, 실현하기가 너무나 어려운 게 흠이다. 죄의식이 스며들기 때문이다. 질투가 그 추악한 고개를 쳐든다. 문란한 남자들은 상대했던 여자들한테서 보복을 당할 가능성이 있다(그 여자들도 일단 문제의 문란한 남성과 관계를 가졌으므로, 위선자라는 비난을 감수해야 할 것이다). 게다가 아내와 애인들이 자기 남자의 문란한 행동거지를 참아줄 리가 없다. 마찬가지로 아내나 애인이 이 남자 저 남자 상대하고 다녀도 상관 않을 남자란 세상에 거의 없을 것이다. 즉 당신이 성적 자유를 받아들인다 해도 성적 자유는 당신을 받아들이려 하지 않는 것이다. 삶의 자유와 쾌락을 추구하는 우리 게으름꾼들에게는 실로 충격이 아닐 수 없다. 프리섹스에는 확실히 엄청난 값이 매겨져 있는 것 같다.

그렇다면 우리는 어떻게 죄책감을 갖지 않고도 자유로운 섹스를 즐길 수 있을까. 기원전 5세기, 찬란한 문화를 꽃피운 그리스에서 시작된 현대 문명이란 늘 두 가지 'P'를 유지하며 발전해왔다. 여기서 P

는 매춘prostitution과 포르노그래피pornography를 뜻한다. 물론 포르노는 타락한 사회의 일면으로 치부되기도 한다. 그러나 그리스의 항아리나 고대 힌두 사원의 조각상들을 접해본 사람이라면, 소위 비정상적인 섹스 행위, 난교 및 갖가지 부정한 관계들이 수천 년 전에는 예술 작품 안에 묘사되어, 보는 이들에게 쾌락과 영감을 불어넣었음을 잘 알고 있을 것이다. 섹스 장면을 유심히 들여다보고 싶어 하는 열망은 인간의 심리 안에 깊숙이 내재돼 있다.

그래서 포르노그래피가 그 해결책으로 등장하게 되었을 것이다. 누구의 방해도, 비판도 받을 가능성이 전혀 없다는 게 포르노그래피의 장점이다. 오직 자신 외에는 어느 누구도 만족시킬 수 없는 자신만의 무한한 환상 속으로 흠뻑 빠져들 수 있는 것이다. 포르노그래피는 또한 우리의 에로틱한 시간을 망쳐버리는 성가신 불안을 말끔히 해소시켜주기도 한다. '다른 사람들도 이런 방법을 즐기나?', '내가 제대로 하고 있는 건가?' 하는 의심들을 "뭐 어때!" 하는 한마디로 잠재울 수 있는 것이다.

자위에서 죄의식을 제거하는 것이야말로,《플레이보이》창간자 휴 헤프너의 사명이었다. 그는 천재성을 발휘하여 그 사명을 보헤미안의 생활 방식과 연결시키고, 섹스를 고차원적인 관심사로 승격시켰다. 1960년대의《플레이보이》를 보라. 놀라울 정도로 급진적이고 사색적이며 전위적인 내용들이 포함돼 있다.

《플레이보이》가 주장하는 라이프 스타일의 한 가지 단점은 그것이 고소득자한테나 어울리는 사치로 보인다는 점이다. 헤프너는 잡지에 등장하는 장비와 소품들은 중요한 핵심, 즉 '낙관적이고도 로맨틱한 삶의 모든 가능성'을 탐험하는 데 도움이 되는 부속물에 불과하다고 밝혔다. 그러나 그 잡지를 보면서 많은 이들이 동경을 품었고, 그리하여 자신의 처지에 불만을 품게 되었던 게 사실이다. 《플레이보이》의 신선하고도 유쾌한 삶의 방식에서 사람들은 그렇게 자극과 감동을 받았다.

죄책감에서 해방된 섹스를 누릴 수 있는 한 방법으로 남자들은 전통적으로 창녀, 그리고 첩을 이용해왔다. 대부분의 남성들은 여자 친구가 연인에서 아내로 변하고, 그러면서 육아 의무가 여자로서의 리비도보다 우위를 점하는 맥 빠지는 과정을 경험하게 된다. 젊은 아빠는 갑자기 가장의 책임이라는 부담을 짊어진 채, 수도사 같은 삶을 살아야 한다. 아내에게는 아기가 생기고 남편은 정자 기증자로서의 임무를 마친다. 이제 아내는 쓸모없어진 섹스에는 관심이 없어 보인다. 그렇다면 남자는 어떻게 해야 한다는 말인가.

그는 정사情事가 아니라 (격론의 여지가 많겠지만), 섹스가 하고 싶을 뿐이다. 나는 19세기의 파리에 살고 싶을 때가 종종 있다. 사랑의 기교가 능숙한 창부들이 호사스러운 매음굴에 진을 치고 있었고, 남성이 그곳을 드나드는 게 문화적으로 용인되던 시기였다. 내 마음속에서 파리의 매음굴은 즐거움, 웃음, 쾌락으로 가득 차 있다. 반면에 오늘날 영국에서 지속된다는 유일한 사창가는 말만 그럴듯할 뿐 허름하고 불결하게만 보인다. 프랑스에는 아직도 정부를 두는 관습이 실재한다고 한다. 그러나 안타깝게도 소심한 기질을 타고난 나는 정부를 두는 게 감당하기 어려운 기만이요, 죄라는 생각이 든다. 물론 가끔은 본능에 충실해보았으면 하는 마음도 있지만 말이다.

나와 비슷한 기질을 가진 사람한테는 축제가 해결책이 될 수 있을지도 모른다. 많은 문화권에서는 즐거운 연중행사를 열어 평소의 모든 규례들에서 조금쯤 놓여나는 기회를 제공한다. 매년 아르헨티나에서 개최되는 '악마의 카니발'도 그런 축제 가운데 하나다. 《라 나시온》 신문의 기사에 따르면, 2주간의 프리섹스가 축제의 규칙이라고 한다.

대중에 널리 퍼진 속설에 따르면, 1년에 한 번씩은 혼돈이 일어나야 한다고 한다. 정확히 말하자면 바로 카니발 시기에 맞춰, 천국과 지옥의 모든 주민들이 우주와 더불어 조화를 이루게 된다는 것이다. 카니발이 시작되면 악마가 땅속에서 기어나와, 모든 이들이 마음 내키는 대로 행동하도록 만들어준다. 딱 2주간의 이 은혜로운 기간 동안에만 … 부부 관계는 며칠 동안 한쪽으로 밀어놓고, 남녀들은 다시 싱글로 돌아간다. "카니발이 벌어지는 동안 땅 위로 올라온 악마는 아무도 당해내지 못한다"라고 사람들은 말한다. 카니발의 상징인 바질 나뭇가지를 흔들면서.

얼마나 근사한 아이디어인가! 이런 축제가 영국과 다른 국가에서도 은밀히 개최된다는 이야기를 얼핏 들은 적이 있다. 사흘간의 비밀 축제에서 실컷 혼외 관계를 즐기고는 "축제 때는 아무것도 따지지 않는다"라고 변명한다는 것이다. 그러나 내가 사흘간의 섹스 축제를 즐기고 나서, 바질 가지를 흔들며 아내가 기다리는 집으로 돌아간다면 결코 용서받지 못하리라.

섹스가 불러일으키는 가장 큰 위험은 바로 우리 자신에게 있다. 우리 삶을 자유롭게 만들어줄 수 있는 그것이 거꾸로 우리를 속박할 수도 있기 때문이다. 마약과 음주 등 여타 게으른 습관들과 마찬가지로, 우리는 섹스의 쾌락에 중독될 가능성이 크다. 1783년 발표된 윌리엄 블레이크의 시 〈노래〉는 우리에게 그러한 경고 메시지를 전달하고 있다.

들판에서 들판으로 나는 참으로 달콤한 배회를 하며,
여름의 활기를 모두 맛보았지.
마침내 햇살 속에서 살며시 엿보던
사랑의 왕자를 보고야 말았네!

그는 내 머리카락에 백합을 씌워주고,
내 이마에는 발그레한 장미를 얹어주고는,
그의 황금빛 쾌락들이 자라는
아름다운 정원으로 나를 인도했네.

달콤한 5월의 이슬들이 내 날개를 촉촉하게 적셨고,
아폴로 신은 내 목소리를 욕망으로 타오르게 하고는,
자신의 실크 그물로 나를 사로잡아
그의 황금 새장 안에 가두었네.
그는 가만히 앉아 내 노래 소리를 듣고
나와 함께 웃고 뛰어놀고 장난치고는
내 황금빛 날개를 잡아당기며,

내 자유의 상실을 조롱하네.

우리가 추구하는 쾌락, 즉 약물과 섹스, 술로 인해 무시무시한 결과를 초래할 수 있음을 블레이크는 경고하고 있다. 그것들은 모두 중독성이 강해, 우리를 새장 속의 새처럼 꼼짝없이 가두고 만다.

결국 해답이란 중용, 즉 악덕과 미덕 사이의 중간 지점에서 찾을 수 있을 것이다. 중간 정도로만 정절을 지키고, 중간 정도로만 선해진다는 게 과연 가능한 일일까. 조금쯤은 악해지는 걸 우리 스스로 허용할 수 있을까. 가끔씩 음탕해지는 것이 괜찮을까. 어쨌든 우리가 가진 새장 속에 잠시나마 악마를 풀어놓는 게 현명한 것으로 보인다. 그렇지 않으면 그놈이 어느 날 갑자기 폭발하듯 튀어나와 버릴 테니까.

대화, 천재의 단짝

◆

술잔을 비워가면서, 마구 고함치며
허튼 소리를 주거니 받거니 하는 것이 나는 너무 좋다.

조슈아 레이놀즈

◆

게으름꾼들은 세속적인 쾌락을 즐긴다. 그들은 틀에 박힌 일상에만
파묻히거나 헬스클럽에서 스스로를 단련시키는 21세기의 금욕적인
생활 습관하고는 전혀 어울리지 않는다. 그대신 대화, 즉 오랜 벗이나
새로 사귄 친구들과 더불어 생각과 이야기를 주고받는 것이 게으름꾼
의 삶을 지탱하는 생명력이다. 테이블을 둘러싸고 앉아서 시간 가는
줄도 모르고 우리는 대화에 푹 빠져든다. 그러다가 갑자기 누군가가
깜짝 놀라서, "벌써 열두 시야!" 하고 외친다. 시간이 훌쩍 지나가버
린 것이다. 일터에서 보내는 시간하고는 완전히 딴판으로 흘러간 시
간이다.

일터에서는 오후 두 시에서 여섯 시까지의 시간이 끝도 없을 것처
럼 암담하게 느껴진다. 그 시간은 진저리나도록 지겨운 죽음의 시간

240

이다. 내가 어느 상점에서 일하던 시절, 오후의 그 시간대는 정말 따분함 그 자체였다. 마침내 퇴근 시간이 되어 그날의 정산을 마치고 상점 문을 닫고 나면, 나는 동료들과 술집에 몰려가서 밤 열 시가 넘을 때까지 어울려 놀았다. 그런데도 그 시간은 참으로 순식간에 흘러가버렸다. 술집 문을 닫을 때가 되어도 여전히 더 마시고 이야기하고픈 갈증을 느끼곤 했다.

내가 18세기를 특히 좋아하는 것은 조지프 애디슨Joseph Addison, 리처드 스틸Richard Steele, Dr. 존슨, 리처드 새비지Richard Savage, 올리버 골드스미스Oliver Goldsmith, 조슈아 레이놀즈, 제임스 보스웰 같은 문인들에 의해 대화가 일종의 예술로 승화된 시기였기 때문이다. 당시는 또한 클럽과 커피숍의 시대기이기도 했다.

제임스 보스웰의 저서 《새뮤얼 존슨의 삶》은 대화의 즐거움에 바치는 찬사라 할 만한 책이다. 반면 호가스는 풍자적인 제목의 책 《한밤의 최신 대화Midnight Modern Conversation》에서 클럽이 타락, 음주, 음란이 결합된 행태를 보여주는 장소라고 비난했다. 사실 내가 강조하고자 하는 '대화'라는 게 구토하고 비틀거리고 다투고 넘어지는 볼썽사나운 꼬락서니를 연출할 때가 많다. 그러나 그것 역시 재미있지 않은가!

오늘날 현대인들은 대화의 예술을 잊고 사는 것 같다. 어떤 사람에게 '세련된 화술'을 가졌다고 칭찬하는 일(드 퀸시가 빅토리아시대의 게으름꾼 워킹 스튜어트한테 그랬던 것처럼)은 이제 거의 없다. 우리는 누군가의 능력과 성공을 칭찬하며, 과정보다는 결과에 집중한다. 축구선수 데이비드 베컴은 세계적인 스타지만, 그의 언변에 대해서는 아무도 언급하지 않는다는 사실을 생각해보라.

이것은 비단 21세기의 현상만은 아니다. 린위탕은 1930년대에 대화의 예술이 죽어가고 있다며 개탄했다. 그는 현대 문명이 발전함에 따라, 적절한 대화를 나눌 만한 여가 시간이 점점 더 줄어들고 있다고 지적하며, 그 원인 가운데 하나로 중앙난방을 꼽았다.

> 재래식 주택에서 아파트로의 잘못된 변화가 대화의 예술을 파괴하기 시작했고, 자동차의 보급이 확대되면서 그 현상이 극에 달했다. … 속도를 강조하는 현대 문명 세계에서, 대화의 즐거움은 완전히 망가져버렸다. 대화란 느긋한 여유, 편안하고 유머러스하고 경쾌한 분위기 속에서만 가능한 것이기 때문이다. 여기서 말하는 대화란, 단순한 이야기와는 분명히 다른 것이다. 그 차이는 중국어로 '담화談話, speaking'와 '설화說話, conversation'로 설명할 수 있는데, 후자의 경우가 말을 더 많이 하고 여유로우며 화제도 한층 사소하고 비즈니스와는 동떨어진 것들이다.

신속하고 효과 좋은 중앙난방과 달리, 장작불은 게으른 즐거움을 제공한다. 그걸 준비하는 과정이나, 타오르는 불길을 유심히 바라보는 것 자체가 기쁨을 준다. 그리고 그 여유로움과 느긋함 속에서 제대로 된 대화가 이루어질 수 있는 것이다. 린위탕은 계속해서 다음과 같이 말한다.

> 우리는 친한 친구들을 만나 서로 마음에 부담이 없을 때에만 진정한 대화에 빠져들 수 있다. 한 친구는 테이블에 다리를 올려놓고 또 한 사람은

창턱에 걸터앉고, 또 한 친구는 소파 쿠션을 마룻바닥에 내려놓고는 그 위에 주저앉아 편안히 이야기를 나눈다.

'느긋함'에 이어 '나눔'이란 대화의 중요한 의미 중 하나다. 생각과 유쾌함과 화제를 서로 '나눠 갖는 것. 이것이 바로 18세기 혁명가 톰 페인Tom Paine의 위대한 생활 방식이었다. 1790년 무렵, 한 친구가 톰 페인의 일상에 관해 다음과 같은 기록을 남겼다.

런던에 사는 Mr. 페인의 생활은 철학적인 여유와 즐거움이 조화를 이룬 한적한 삶이다. … 이맘때 쯤 그는 짧은 독서를 마치고는 저녁을 먹고 잠시 눈을 붙였다. 그런 뒤 내 가족과 함께 체스, 도미노, 그림 그리기 등의 게임을 하고 노는데 카드놀이는 절대 하지 않았다. 낭송을 하거나 노래를 부르기도 했고, 또는 그냥 대화를 나누며 시간을 보내기도 했다. 그가 대화에 낄 때면 우리는 많은 정보와 재담, 일화들을 들을 수 있었다. 가끔은 화이트 베어, 피카딜리 등지에서 오랜 친구 워킹 스튜어트와 어울리거나 프랑스, 유럽, 미국 각지에서 온 마음 좋은 여행객들과 느긋한 시간을 보냈다. 그들은 밤늦게까지 친밀하고 진실한 대화를 실컷 나누다가 아침나절이 되서야 헤어지곤 했다.

친구들과 함께 쏘다니고 이야기하고 책을 읽으면서 보낸 대화의 시간을 통해, 페인은 1792년 인간의 자유에 대한 명저《인간의 권리 *The Rights of Man*》를 완성할 수 있었다. 사실 그 책 자체가 하나의 대화인 셈이었다. 책의 의도가 프랑스혁명의 본질에 대한 에드먼드 버크Edmund Burke의 공격에 정면 대응하기 위한 것이었기 때문이다.

대화는 아이디어를 낳고, 또한 그 아이디어를 발표할 수 있는 장을 제공한다. 대화는 오랜 역사를 통해 하나의 문학 형식으로도 자리를 잡았다. 예술과 무정부주의에 대한 오스카 와일드의 위대한 에세이 《사회주의하에서 인간의 영혼》과 《예술평론》은 플라톤의 《대화편》과 마찬가지로 대화 형식으로 씌어져 있다.

《아이들러》에도 '대화'라는 제목의 인터뷰 코너가 있는데, 긴 시간 동안 이어진 두서없는 잡담을 최대한 가감 없이 싣는다. 우리가 인터뷰 기사를 그런 식으로 꾸린 데에는 이유가 있다. 잡지나 신문의 인터뷰 기사들을 읽으면 사실상 핵심적인 대목은 빠져 있다는 느낌을 많이 받게 된다. 그런 인터뷰들은 '수박 겉핥기'에 그치는 경우가 많다. 겨우 한 시간의 만남을 토대로 프로이트의 정신분석을 시도하는 것과도 마찬가지다(사실 "그가 뫼르소 와인을 또 홀짝거렸다"와 같은 세심한 문장 하나를 통해서도 인터뷰 상대의 진심이 은근히 드러날 수 있는 것이다).

때문에 나는 사람들이 뱉어놓은 말에 관심을 기울인다. 그들의 성격, 살아온 역사, 생각, 생활 방식, 그 모든 것들이 대화, 즉 그들의 언어를 통해서 드러난다. 그리고 무엇보다 대화는 밤에 이루어져야 한다. 첫차는 새벽 두 시부터 다녀야 하고, 그럼으로써 늦게까지 남아 이야기하고픈 사람이 귀가에 불편을 겪지 않아야 한다. 하루 동안 있었던 모든 근심사에서 벗어나, 와인을 마시며 물 흐르듯 대화를 이어나갈 수 있는 시간이 바로 한밤중이다. 그렇기 때문에 진탕 마시고 끝까지 자리를 지키는 관습이, 일종의 명예로운 전통으로서 영국에서 오랫동안 지켜질 수 있었던 것이다.

21세기의 역사학자 윌리엄 오브 맘스베리William of Malmesbury는 11세기 초반 노르만 정복 시대 평민들의 생활 풍습에 대해 다음과 같이 기록했다. "특히 음주는 보편적인 관습 중 하나였다. 사람들은 밤이고 낮이고 시간 가는 줄 모르고 마셔댔다. … 배가 터지도록 먹고 끙끙 앓도록 마셔대는 데 사람들은 익숙했다."

로버트 번스의 시 〈윌리 브루드〉에도 그런 관습이 잘 나타나 있다.

> 제일 먼저 자리를 뜨는 사람은
> 못난이에 겁쟁이라네!
> 제일 먼저 의자에서 굴러 떨어지는 사람은
> 우리 셋 중에서 왕이라네!

제일 먼저 잠자리에 드는 사람은 겁쟁이요, 술에 취해 고꾸라지는 사람은 왕이라! 더할 나위 없이 근사한 표현이다. 그런 관습은 오늘날까지도 스코틀랜드에서 지속되고 있다. 아일랜드에서도 저녁 식사 자리에서 위스키 한 병을 따고 그걸 비울 때까지 아무도 잠자리에 들지 못하도록 하는 참으로 훌륭한 전통이 있다.

나는 친구들과 어울려 작은 외딴 섬 에이그에서 행복한 저녁 시간을 보낸 적이 있다. 맥주 상자 두 개를 테이블 삼아 엎어 놓고, 게 다리를 부숴 먹으며 잡담은 동틀 때까지 계속되었다. 친구들 중에는 잠깐 눈을 붙이고는 다시 깨어나 술을 마시며 이야기를 계속한 사람도 있었다. 린위탕은 이렇게 말했다. "확실히 밤은 대화하기에 가장 좋은 시간이다. 낮에는 대화의 매력이란 걸 느낄 수가 없다."

그렇다면 좋은 대화란 무엇인가. 자신을 애써 드러내거나 남들보다 더 큰 소리를 내는 건 물론 아니다. 어떤 사람은 말만 하고 듣지는 않는다. 반대로 말은 않고 듣기만 하는 사람도 있다. 둘 다 짜증스러운 타입이다. 진정한 대화란 그 두 가지를 모두 할 줄 알아야 가능해진다. 사실 상대방의 말을 듣지 않고 이야기만 하는 사람은 내 친구 마르셀 테로의 표현대로 '독백용 주크박스'에 불과하다. 동전을 넣으면, 즉 기회가 오면 준비해놓은 이야기를 시작하는 기계 말이다.

대화 속에서는 아이디어가 떠오르고 수정되고 개선되며, 어쩔 때는 반대 의견에 부딪히거나 심한 비난을 듣기도 한다. 때문에 혼자 꼭꼭 간직하던 아이디어를 친구들 앞에 털어놓는 것은 박물관 선반에 쌓아둔 물건을 꺼내 먼지를 털고 구경꾼 앞에 전시하는 것과도 같다. 그리고 그 물건의 진짜 가치가 마침내 사람들 앞에서 드러난다. 다이아몬드가 유리가 되고, 먼지가 뽀얗게 내려앉은 돌덩이는 희귀한 화석으로 판명되기도 한다.

좋은 대화란 관대함을 증명하는 방법이기도 하다. 작가들 중에는 집필 중인 작품에 대해서는 언급을 거부하는 이들도 있다. '그걸 이야기했다가 부정을 탈까 걱정이 된다'거나 '머릿속에 떠오른 구상을 한 번 입 밖에 내면 글로 옮길 수가 없다'라는 구실을 붙여가며 거만하게 거절하는 것이다. 그러나 그것은 빈곤한 상상력에 대한 핑계가 아닐까. 또는 자신의 아이디어를 도둑맞을까 그러는지도 모른다. 물론 어디까지나 무례한 추측이긴 하지만 말이다.

그러나 적어도 Dr. 존슨은 그러한 편견이 없었다. 그는 위대한 사색에 잠기겠노라고 위선적인 구실을 대며 구석에 혼자 처박히는 법이 없었다. 쉼 없이 말을 토해내고 자기주장을 늘어놓으며 새벽이 올 때까지 논쟁을 벌였다. 사람들과 어울리는 걸 좋아하던 그의 습성은 사실 고독에 대한 두려움에서 비롯되었다. 악마와 나란히 잠자리에 들어야 하는 외로운 집으로 돌아가는 게 싫었던 것이다. 그런 두려움이 있었기에, 존슨은 로버트 버튼Robert Burton이 《우울증의 해부》에서 제시한 해결책을 따랐는지도 모른다. 즉 '외로울 때는 게으름을 피우지 말고, 게을러질 때는 혼자 있지 말라'는 것이다.

존슨에게 있어서 좋은 대화란 배움과 경험이 융합된 것을 뜻했다. 그의 자서전을 쓴 작가 월터 잭슨 베이트Walter Jackson Bate는 이렇게 말했다.

"그는 정신적 활동을 소중히 여겼다. 자기가 가진 지식의 범위 안에서 상상력을 끊임없이 기민하게 적용했고, 동시에 '살아 있는 세계'에 정통한 사람들한테서 많은 지식을 습득했다. 존슨은 활발한 대화 속에서 배움과 경험이 확장될 수 있다고 믿었다."

그러나 존슨은 대화 상대로서는 결코 편안한 사람이 아니었다. 사람들은 그에게 건네는 말 한마디도 조심스러워 했으며, 어떤 반대 의견도 허용하지 않는 그의 스타일에 불만을 품기도 했다. 존 테일러 목사는 이렇게 말했다. "그에게 논쟁이란 없다. 그는 당신이 하는 말을 들으려 하지 않고 당신보다 더 목소리를 높임으로써 당신을 압도하려 들 것이다."

그러나 G. K. 체스터턴은 막무가내로 자기주장을 펴는 존슨의 태도가 본질적으로 민주주의 정신의 한 표현이라고 보았다.

"그가 사람들과 옥신각신한다는 것은 그 사람들을 말씨름을 벌일 수 있는 존재, 즉 존슨과 대등한 입장으로 보았다는 증거다. 존슨의 막무가내 식 대화 태도는 축구처럼 양자가 평등한 입장에서 싸움을 벌인다는 사상을 바탕으로 한 것이다."

17세기의 사상가 라 로슈푸코La Rochefoucald는 대화의 방법에 대해 진지한 고민을 했던 사람이다. 그는 문학에 소양이 깊은 마담 드 사블레Mme de Sable의 살롱을 드나들면서 자신의 사상과 금언들을 가다듬었고 결국 인간의 본성에 대한 단상을 추려 놓은 책, 《금언》을 완성시켰다. 《금언》에 실린 명언들은 혼자만의 사색의 결과가 아니라, 여러 사람이 모인 자리에서 가다듬어졌던 것이다. 살롱에서는 대화의 기본 에티켓이 정립되었는데 종교나 정치에 관한 주제는 일절 배제되었다. 그런 주제들을 논하다 보면 결국 고함치고 무례하게 굴게 되며 조화를 깨뜨리게 되었기 때문이다. 《금언》에는 자기중심적으로 대화하는 것에 대한 훈계도 담겨 있다.

지혜롭고 유쾌하게 대화를 이끌어갈 줄 아는 사람이 너무나 드문 이유는 사람들 대부분이 상대방이 한 말에 명확한 답변을 해주려고 고민하기보다 자기가 말하고 싶은 것에만 몰두하기 때문이다. 이제 사려 깊은 답변을 듣기란 너무나 어려워졌다. 대화 중인 사람들의 눈을 들여다보면, 상대가 말하는 내용에는 점차 관심이 멀어지고 자기가 말하고 싶은 화제로 돌아가고 싶어 초조해하는 걸 엿볼 수 있다. 그러나 자기만을 만족시키려 한다면 결국 타인을 만족시키거나 설득하지 못하게 된다. 잘 듣고 요점에 맞게 대답하는 것이야말로 가장 완벽한 대화의 자질이라는 점을 명심해야 한다.

나는 저널리스트들이 대화를 잘 이끌어나가는 이유가 위와 같은 자질을 갖추었기 때문이라고 생각한다. 저널리스트들은 (대체로) 세상에 대해, 다른 사람들에 대해, 남들이 생각하는 바에 대해 호기심이 많다. 그래서 많이 듣고 싶어 하고 배우고 싶어 하며, 자신이 모든 해답을 안다고는 결코 생각지 않는다. 사실 그런 자세는 저널리스트들에게 일차적으로 요구되는 자질이기도 하다.

대화는 매개적인 활동이기도 하다. 일하는 사이사이, 또는 중요한 용무를 처리하는 동안에 대화가 발생한다. 그것은 일에 대한 일종의 보상이며, 일을 더 잘할 수 있도록 도와주는 활력소가 된다. 대화를 하면서 우리는 아이디어를 떠올리고 개선해나간다. 우리의 아이디어를 동료들이 다듬고 발전시키는 것이다. 빌 드러먼드Bill Drummond와 지미 커티Jimmy Cauty는 독창성에 대한 그들의 위대한 작품《매뉴얼The Manual》에서 말하기를, 대화를 통해 아이디어를 만들어내는 것은 천재를 가장 좋은 짝꿍으로 두는 것이나 다름없다고 했다.

하지만 행동을 최우선시하는 현대사회에서 '시간 가는 줄 모르고 나누는 대화'는 안타깝게도 악으로 단죄받곤 한다. '이야기하지 말고 일하자!'가 현대의 모토이니 말이다. 난 거꾸로 '일하지 말고 이야기하자!'라고 말하고 싶다. 대화의 주제가 행동으로 옮길 만한 가치가 있다고 판단되면 적절한 시기에 실천하면 된다. 그러나 대화 자체에도 의미가 있고 즐거움이 있음을 잊지 말아야 한다. 미래에 대한 꿈과 계획을 행동으로 옮기다 보면, 어차피 현실적인 여건에 부딪혀 가혹한 공격을 받기 십상이다. 그러므로 아이디어를 떠올리고 발표하고 가다듬고 발전시키는 대화 그 자체가 자유를 흠뻑 누릴 수 있는 최고의 시간인 것이다.

AM 03:00

새벽 세 시여, 영원하라

◆

그리고 맹세컨대! 탐은 기이한 광경을 보았네!
마법사와 마녀들이 춤을 추고 있었지!

로버트 번스, 〈탐 오 섄터〉에서 .

◆

좋은 음식, 좋은 사람들, 좋은 음악을 하나로 모으면 마술과도 같은
조합이 이루어진다. 새벽 세 시는 말로 다 표현할 수 없는 환상적인
시간대다.

1990년대 초반에 나는 진정한 헤도니즘◆을 처음 경험해보았다. 위
대한 저널리스트 개빈 힐스를 통해 레이브▪를 접한 것이 그 계기였
다. 이른바 나의 커밍아웃이라 할 수 있는 사건이었다. 스물두 살에
직장 생활을 시작하면서 이제 내 인생에서 파티는 끝장났다고 생각
했지만, 지금 생각해보면 진정한 하드코어 파티는 아직 만나보지도

◆ Hedonism. 쾌락을 가장 가치 있는 인간 행위의 동기이자, 행동 기준으로 보는 윤리학설
▪ Rave. 1980년대 후반 영국과 독일을 중심으로 크게 유행한 열광적인 댄스파티. 주로 테크노 계열의 음악
  을 사용

못했던 셈이다.

레이브 파티의 가장 큰 즐거움 중 하나는 밤이 연장된다는 것, 즉 새벽 세 시가 계속 이어지는 듯한 느낌이 든다는 것이다. 당시 파티에서 즐겨 틀어주던 댄스곡 또한 KLF의 〈영원한 새벽 세 시〉였다. 최근에 나는 KLF의 싱어 빌 드러몬드를 만나 그 노래에 담긴 의미에 관해 물어보았다.

새벽 세 시는 전날의 의무와 긴장이 사라지고, 다음 날의 의무과 긴장은 아직 도래하지 않은 시점입니다. '영원한 새벽 세 시'는 바로 그 점을 이야기하고 있는 것이지요. 사실 그 시간에는 모든 게 영원할 것처럼 느껴집니다. 새벽 두 시에는 '집에 좀 일찍 돌아갈 걸' 하는 후회가 들고, 새벽 네 시에는 으슬으슬 추워지지요. 그러나 새벽 세 시는 마법의 시간입니다. 합리적인 이성은 사라지고, 현재 처한 그 순간에만 몰입하게 됩니다. 직관의 문이 활짝 열려 사물을 새로운 시선으로 보게 되지요.

이것이 바로 진정한 '해방'의 의미다. 지루한 일상과 맥 빠진 현실에서 벗어나 경이, 열정, 마법, 가능성이 충만한 또 다른 세상 속으로 들어가는 것이다. 이 장의 서두에 소개한 로버트 번스의 시 〈탐 오 섄터〉는 한 농부가 늦은 밤 술에 취해 장터에서 귀가하는 장면을 담고 있다. 번스가 농부 겸 세무 공무원으로 일하던 시절, 그 지역의 민담에서 이 시의 힌트를 얻었다고 한다. 그 민담의 내용은 다음과 같다.

밤과 아침 사이, 마법의 시간이었다. … 교회 앞마당을 막 지나던 그는 깜짝 놀랐다. 길을 향해 난 고딕 풍의 창문을 통해, 마녀들이 늙고 불결하고 천박한 사내 주변을 신나게 돌며 춤추는 게 보였기 때문이다. 그 남자는 쉼 없이 백파이프를 불어대고 있었다. 농부는 말^馬을 세워두고서 그 장면을 들여다보다가, 마녀들이 자기가 잘 아는 이웃 노파들이라는 사실을 깨달았다.

22세가 현실을 접하고 직업을 갖고 무릎을 꿇어야만 하는 시기라고 여겼던 나 같은 사람한테, 밤새도록 음악에 몸을 맡기고 춤을 추며 얻는 쾌감이란 너무나도 매력적인 것이었다. 하지만 1990년대의 헤도니즘 세대들은 단순히 현실도피를 꾀한 게 아니었다. 만물의 이치에 대한 통찰력을 얻고, 적개심과 욕망에서 해방된 원시적인 상태의 존재감을 맛보며, 무리와 어울리면서 이기심을 버린 순전한 삶의 환희를 경험하고자 했던 것이다.

이 황홀한 새벽 세 시의 체험에 있어 절대적인 역할을 하는 것이 바로 음악이다. 음악은 모든 예술 가운데서도 가장 마법 같은 능력을 갖고 있다. 상황을 바꾸어놓는 음악의 힘은 기적 그 자체라 할 수 있다. 음악은 불과 몇 초 만에 우리의 기분을 비통함에서 환희로 바꿀 수 있고, 몇 시간 동안이나 무아지경 속에 머물도록 할 수도 있다. 또한 음악을 들으면 평소에는 상상할 수 없었던 힘이 몸에서 솟아나기도 한다.

춤은 흔적을 남기지 않는다는 점에서 모든 예술 형식 중에 가장 독특하다. 춤은 쾌락 그 자체를 위해서 행해지며, 실용성이 전혀 없다. 춤이란 건 사인해서 팔아먹을 수가 없기 때문이다. 콜리지는 최초의 예술 형식이 건축과 요리, 그리고 의류라고 말했다. 그러나 나는 춤이 가장 먼저 생겨난 예술일 거라고 생각한다. 벌거벗은 채로 동굴에서 살던 시절, 과일은 나뭇가지가 휠 정도로 열렸을 테고 요리할 필요도 없었을 테니까.

하지만 현대의 정부는 우리가 파티를 즐길 권리를 망가뜨리려고 한다. 우리의 지도자들은 섹스와 마약, 그리고 로큰롤을 두려워한다. 1990년대 영국에서는 정부의 '괴롭히는 자'들이 레이브와 파티를 금지하는 법안을 만들려고 시도했다. 그러나 이 시도는 결국 중지되었는데, 영국의 클럽 문화가 관광객을 끌어들이고 사치품을 판매하는 거대 산업으로 부상하고 있다는 사실을 정부가 깨달았기 때문이다. 결국 정부의 장삿속 덕에 파티는 계속 이어질 수 있었던 셈이다.

지금과는 달리 중세의 교회에서는 파티가 인간의 기본적인 욕구라는 걸 인정하여 연중 다양한 축제를 벌였다. 그 전통이 지금까지 이어지는 대표적인 사례가 매년 개최되는 '글래스톤베리 뮤직 페스티벌Glastonbury Music Festival'이다. 마침 나는 사흘 전에 그 페스티벌에 참가하고 돌아와, 아직도 그 여운이 남아 있는 상태다. 그곳에서는 400만 평의 광대한 부지에 15만 명의 사람들이 모여, 사흘 남짓 음악을 듣고 술을 마시고 이야기하며 춤을 춘다. 새벽 세 시가 72시간 동안 연장되는 것이라 할 수 있다. 현실이 들어설 자리는 없고 오직 즐거움만이 가득하다. 그토록 많은 사람들이 흥에 들뜬 모습이란 참으로 감동적이고 가슴 뿌듯한 광경이다.

그것을 단순한 향락이라고 단정하는 이들은 그 페스티벌을 즐기는 사람들의 심원한 인간적 욕구를 제대로 이해하지 못하는 것이다. 그곳에서는 먹고 자는 일이 해결되므로 모든 정신적인 에너지는 온통 즐거움에만 집중된다. 그것은 원시 상태로의 일시적 회귀다. 경쟁도 없고 생존을 위한 몸부림도 없다. 그냥 이야기하고 노닥거리며 무위를 즐긴다. 참으로 호사스러운 사흘인 셈이다.

철학자 테오도르 아도르노Theodor Adorno는 1953년 자신의 에세이에서 인간은 파티에 빠져들 수밖에 없는 존재라고 지적했다. 파티란 억제하지 말고 마음껏 탐닉해야 하는 일종의 본능이라는 것이다.

> 본능적 충동이 거부되거나 지연되면, 그것을 제대로 통제할 가능성은 오히려 희박해진다. 기회가 포착되기만 하면 그 충동이 순식간에 통제를 뚫고 나오기 때문이다. 훗날의 완전하고도 지속적인 만족을 위해서 당장의 욕구 충족은 연기하라고 훈계하는 이성 때문에, 돌발적인 충동 습성은 오히려 더욱 촉진되고 만다.

다른 말로 설명하자면 이렇다. 나중에 비참해질 가능성이 얼마든지 많은데, 왜 지금 당장 즐거움을 누리지 않느냐는 것이다. 그룹 오아시스의 싱어인 리암 갤러거Liam Gallagher가 던진 유명한 말 그대로, 우리는 '열광하지 않고는 못 배긴다'. 즉 우리한테는 즐거움을 추구하는 근육이 붙어 있어 이것을 반드시 사용할 수밖에 없는 것이다.

헤도니즘이 가진 유일한 문제는 그것이 너무나 큰 환희를 주는 나머지 중독이 될 수 있으며, 빈번한 남용은 건강에 심각한 영향을 미친다는 사실이다. 나는 20대 후반과 30대 초반에 열심히 파티를 찾아다닌 끝에 알코올의존증이 될지도 모른다는 심각한 걱정에 휩싸이게 되었다. 다행히도 나이가 더 들어감에 따라 파티 횟수가 줄어들었는데, 내 의지로 그렇게 한 것이 아니라 상황이 저절로 그렇게 되었을 뿐이다(금주자협회 같은 곳에 가입되어 다시는 술을 마시지도 못하게 될까 봐 두려워서 술의 양을 조금 줄이기는 했다).

사실 어린 자녀가 있는 경우, 술을 진탕 마실 만한 에너지는 남아 있지도 않게 된다. 새벽 여섯 시 삼십 분부터 일어나 일하랴 아이와 놀랴 바쁜 하루를 마치고 나면, 밤에 술판에 낄 만한 에너지는 거의 남아 있질 않다. 지금도 가끔씩은 엄청나게 마셔대는 자리에 끼곤 하지만 아마 1년에 서너 번이 고작일 것이다. 지금은 술보다는 또 다른 방법으로 몸과 마음을 회복하려고 한다. 즉 잠을 많이 자는 것이다. 지금으로서는 그 정도만으로도 내 안의 망각 욕구를 충족시킬 수 있을 듯하다.

또 한 가지 중요한 사실은 파티만 찾아다니다 보면 술 취하지 않은 생활이 상대적으로 지루하게 느껴질 수 있다는 것이다. 그래서 결국 주말에는 유흥에 탐닉하고, 평일에는 무기력한 생활을 하게 되기도 한다. 그러나 진정한 게으름꾼들은 주말만이 아니라 언제나 한결같이 만족한 생활을 하고 싶어 한다. 사실 헤도니즘의 진정한 의미란 매 순간을 즐기는 것에 있다. 술과 마약에 취한 상태에서만 그런 게 아니어야 한다는 것이다. 시간은 견디는 것이 아니라 즐기는 것이어야 한다.

헤도니즘은 살아가는 방식에 있어서 중요한 지침으로 적용해야지, 그냥 한때의 과도한 열광으로 그쳐서는 안 된다. '무절제의 길은 지혜의 궁전으로 이어진다'라는 윌리엄 블레이크의 시 구절을 빌미 삼아 많은 이들이 자신들의 행동을 정당화하려 하지만, 문제는 그 길에만 집착한 나머지 그 길 끝에 있는 궁전에는 결코 도달하지 못한다는 데 있다.

파티에 매달려 사는 삶은 고된 노동과도 같다고 생각한다. 엄청난 정신적, 육체적 에너지를 쏟아내야 하기 때문이다. 왠지 나 혼자만 빠지는 것 같은 기분이 들어 파티마다 쫓아다니는 지경에 이르면 그 것은 더 이상 쾌락이 아닌 성가신 일, 즉 습관이나 다름없게 된다.

파티가 끝나면 우리는 집으로 돌아간다. 그것은 레이브에 심취했던 시절, 또 하나의 커다란 즐거움이었다. 누군가의 집에서 뒤풀이를 열고, 해가 떠오를 때까지 둘러앉아 TV를 보면서 맥주를 마시고 수다를 떨거나, 아니면 멍하니 하늘을 바라보기도 한다. 여덟 시간 동안 온 기운을 다 쏟아낸 후이므로, 우리는 그렇게 늘어져 있을 만한 자격이 있었다. 내 친구 제임스는 그런 시간을 가리켜 우리가 우리 한테 주는 '상'이라고 했다. 다른 누구한테서도 얻을 수 없는 나 자신만이 베풀 수 있는 상. 그것이 새벽 세 시가 존재하는 가장 큰 이유일 것이다.

길에서 줍는 명상

◆

완전한 게으름보다 더 게으르고,
완전한 고독보다 더 고독해져라.

키케로, 《의무론》에서

◆

명상은 가장 순수한 게으름이다. 몇 시간 동안의 절대 무위 상태가 정
신적 차원으로 승화된 것이 바로 명상이기 때문이다. 명상을 통해서
우리는 우리의 내밀한 차원, 즉 영혼, 정신, 어떤 본질을 우리 자신과
연결시킨다. 이는 이성이 지배하는 의식 세계에서는 대부분 무시되는
것들이다. 명상을 통해서 우리는 지성과 감성, 물질의 세계를 넘어선
의식 저편의 자아를 추구한다. 즉 명상이란 세속적인 근심과 갖가지
불안에 굴복하지 않고 저항하는 방법이라 할 수 있다. 이런 식으로 내
적인 자아에 영양을 공급함으로써, 우리는 인생의 갖가지 문제와 난
관에 수월하게 대처할 수 있는 능력을 키우게 된다.

　나의 아버지는 20년 동안이나 새벽 네 시에 일어나 한 시간 동안
무위의 시간을 갖고 있다. 인간의 영혼이 우주를 배회하는 데 왜 새

벽 네 시가 가장 좋은 시간이냐고, 나는 최근에 아버지께 여쭤보았다. 아버지는 다음과 같이 대답해주셨다.

새벽 네 시에 일어나라고 하면 어떤 사람들은 몸서리를 칠지도 모르겠다. 하지만 네가 적당한 시간에 잠자리에 들고 충분히 수면을 취하기만 한다면, 긍정적인 사고 에너지를 충만히 채우기에는 새벽 네 시가 하루 중에서 가장 좋은 시간이란다. 이때 사람은 지극한 평화를 느끼게 되는데, 자신에 대한 만족감과 타인에 대한 좋은 감정까지 생겨나지. 새벽 네 시의 명상은 우리의 정신을 위한 아침 식사와도 같단다. 그렇게 함으로써 하루 종일 훨씬 더 너그럽게 행동할 수 있고, 성내는 일도 한결 줄어들게 될 거다. 잘 이해가 안 되겠지만 틀림없이 효과가 있단다. 뇌의 신경세포들이 새로 깨어나고 각성 호르몬이 아직 활동을 시작하기 전, 즉 하루 일을 시작하기 전에 그런 식으로 마음을 다스리는 거지.

참고로 무슬림들은 엄격한 일과를 준수하도록 되어 있다. 동트기 직전에는 아침 기도를 드리면서 "잠자는 것보다 기도하는 게 낫다"라고 두 번 말해야 한다. 추측건대 다시 침대로 기어들어가고 싶은 유혹을 이겨내는 방법이 아닐까 한다. 또한 그렇게 선포함으로써 하루 종일 종교의 테두리 안에 그들의 마음을 묶어둘 수 있을 것이다. 코란은 '해 뜨기 전과 해 지기 전에 신을 경배하는 의식을 (언제나) 거행하라. 밤에도 낮에도 신을 경배하라. 그리하면 (영혼의) 기쁨을 누릴 수 있으리라'라고 가르치고 있다.

하지만 불행히도 나는 잠자는 게 기도보다 좋다. 내 아버지의 일과는 지나치게 엄격한 면이 있다. 새벽 네 시에 일어나는 것은 내가 보기에는 완전히 지옥이나 다름없다. 내가 눈을 뜨는 시간은 아침 일곱 시 정도다. 아이들이 법석을 떠는 소리에 잠이 깨어 늘 투덜대곤 하지만, 머리맡으로 뛰어올라오는 작은 얼굴들을 보면서 어쩔 수 없이 웃게 되곤 한다.

아버지는 현재 새벽뿐만 아니라 하루 중 틈이 날 때마다 명상을 실시하고 있다. 아버지가 머물고 있는 수련원에서는 복도와 홀에 두세 시간 간격으로 명상 음악이 오 분간 흐른다. 듣기 좋은 음악이기는 하지만, 현재 처한 순간을 즐기고 싶어 하는 우리 게으름꾼들한테는 너무 형식적이고 단조로운 멜로디다.

나는 이보다 훨씬 더 비공식적인 명상 방법을 주장하고 싶다. 나의 경우 명상이란 독특한 순간에 이루어지곤 한다. 예를 들어 기차의 창밖을 바라보면서 느긋한 즐거움에 빠져 있을 때 종종 명상에 잠기게 된다. 그러나 그게 말처럼 쉬운 것만은 아니다. 열차 안에서도 업무를 보는 사람들이 많아졌고, 그들이 늘어놓는 따분한 용어와 으스대는 말투를 듣지 않을 수 없게 되었기 때문이다. 며칠 전에는 어떤 젊은 여자가 모종의 프로젝트에서 공을 세웠으니, '조사원'에서 '선임 조사원'으로 승진시켜 달라고 요구하는 통화 내용을 들어야 했다. 그녀는 이렇게 말했다.

"모든 여직원들 중에서 내가 제일 큰 기여를 했다고요."

그날 또 다른 남자 하나는 자기 친구들에게 모조리 전화를 걸더니 취업 면접을 잘 치렀다고 수다를 떨어댔다. 지겨운 비즈니스에서 자주 듣게 되는 한마디, '끝내줬어'라는 말을 그 남자도 빈번하게 사용하고 있었다. 이렇게 사람들이 휴대폰으로 통화하는 소리를 들을 때마다 내 마음에는 짜증이 밀려오고, 각성 호르몬은 곤두선 신경을 진정시키려 활발하게 작동한다. 그러다 보면 결국 의식 저편의 세계로 집중하는 건 불가능해지고 만다. 열차 안에서 휴대폰으로 떠들어대는 소리 때문에, 나의 내적인 평화는 그렇게 방해를 받기 일쑤다.

그러나 노력만 한다면 일상생활 속에서 버려질 법한 시간을 충분히 명상으로 활용할 수 있다. 정거장에서 버스를 기다리면서, 카페에 앉아 친구를 기다리면서, 교통 지옥 속의 자동차 안에서도 명상을 할 수 있다. 갑갑한 지하철역에 서서 해탈의 경지로 몰입하기란 물론 쉽지 않지만, 분명 가능한 일이다. 산만하고 공허한 순간들을 깊은 사색의 감미로운 무위 상태로 전환시키는 노력을 반복할수록, 그 과정은 더욱 익숙하게 진행될 것이다.

물론 내가 그런 경지에 올랐다는 말은 아니다. 오히려 나는 그런 상태와 거리가 멀다. 나는 여전히 발을 동동 구르고 볼멘소리를 하고 하늘을 올려다보며 한숨을 푹푹 내쉬면서 지체된 열차가 도착하기를 기다린다. 어린 시절, 화가 나면 버스 정류장의 시설물에 주먹질을 해대곤 했다. 대개 지각한 날에 그랬다. 물론 지각한 건 내 잘못이지만, 내 분노를 상대해줄 수 있는 건 버스 정류장과 벤치 같은 공공시설뿐이었다.

명상에 대한 아버지와 나의 관점 차이에서 알 수 있듯, 게으름꾼의 방식이란 혼란 그 자체다. 그들은 정해진 일과나 이론, 엄격한 훈련, 질서, 규율에서 벗어나려고 한다. 그들은 일상에 진저리를 내며, 획일적인 사고 시스템도 결코 원하지 않는다. 요즘에는 서점마다 자기 관리에 대한 책들로 넘쳐나는데, 저마다 특정 이론을 내세우며 그걸 실천하면 바라는 목표에 도달할 수 있을 거라고 우리를 설득한다.

'당신의 일터, 주변 사람들, 가족한테 더 좋은 사람이 되어라', '당신의 일생을 일주일로 바꿔서 생각하라.' 그러나 그 책들이 대안으로 내놓은 생활 방식들은 모두 그 나름의 룰을 설정하고 있다는 데 문제가 있다. 즉 하나의 '이즘ism'이 또 다른 '이즘'으로 대체되었을 뿐인 것이다. 그 이즘들은 사소한 습관들을 강조하며 수선을 피우지만, 정작 정신과 신체와 영혼이라는 삼박자 앞에서는 마땅한 해결책을 제시하지 못한 채 당혹스러워한다.

잡지들을 보아도 눈이 어지러울 정도로 다양한 생활 습관 개선책들이 소개돼 있다. 비타민 보충제, 명상법, 아로마 테라피, 요가, 인격 단련 훈련, 자아 각성 훈련 등 수천 가지 방법들이 진리를 찾는 외롭고 가여운 사람들을 끌어모으려고 경쟁을 벌인다. 그들은 우리가 막상 처한 문제에 관해서는 입을 다물면서도, 자신들이 제시하는 방법을 실천하라며 그 대가로 돈을 받아 챙기려 한다. 그러나 분명한 해결책은 그들이 제시하는 모든 아이디어와 방법들을 포기하는 것이다. 그들이 말하는 것들은 모두 방해물에 불과하다. 나 같은 게으름꾼은 그런 방법들을 일일이 다 기억해낼 수가 없고, 그래서 숱하게 위반하고 결국 죄책감을 느끼게 될 뿐이다. 주여, 제가 무슬림이 아니라서 다행입니다.

게으름꾼의 열망은 어떠한 법규 없이 살아가는 것, 또는 자기 스스로 만들어낸 자신의 룰에 의지해 살아가는 것이다. 게으름꾼은 내적인 힘을 키워서 자신을 완전히 지배하는 주인이 되고 싶어 한다. 그 어떤 권위에게도 자신을 지배할 권리를 넘겨주려 하지 않는다. 아무리 달콤한 회유책으로 꼬드긴다 해도 넘어가지 않는다. 룰이 적으면 적을수록 권위가 그들을 제압할 가능성은 적어지고, 따라서 죄책감에 에너지를 낭비할 가능성도 희박해진다. H. D. 소로H. D. Thoreau의 표현을 빌리자면 '자기 자신의 주인'이 되기란 무척 쉽다. 우리 스스로 자신을 위한 일련의 행동 규칙을 만든 다음, 그것들을 실천하지 못할 때만 죄책감을 느끼면 된다.

하지만 사람들은 종종 겁을 먹고 자기 자신의 주인이 되는 것을 지레 포기하고 만다. 명상에 있어서도 마찬가지로, '명상은 너무나 어려운 것'이라는 선입견 때문에 선뜻 실천에 옮길 엄두를 내지 못하는 경우가 많다. 다양한 명상 관련 단체들은 그런 오해를 반길 것이다. 명상이란 전문가가 가르쳐야 하는 것으로, 따라서 돈이 들어야 한다는 인식과도 자연스레 연결이 되니까 말이다. 그렇게 무수한 명상 기법들로 인해 오히려 평범한 사람들은 깊은 사색에 접근하는 데 큰 방해를 받고 있다. 무위는 이제 골치 아픈 일처럼 여겨지게 되었다.

그러나 명상은 그저 허공을 응시하는 것임을 깨닫는다면 더 많은 사람들이 그 효력을 경험할 수 있을 것이다. 명상은 쉽다. 필요한 것은 그저 창 하나뿐이다. 학창 시절 이십 분 동안 멍하니 창밖을 내다보던 게 기억난다. 그게 바로 명상이었다. 물론 선생님들은 그게 헛된 공상이라며 꾸짖었지만. 창을 내다보는 건 공짜고 어디에서든지 할 수 있다. 기차에도 버스에도 창이 있으며 집안에도 있다. 시를 한 편 읽고 의자를 찾아서 창가에 앉아보라. 그러면 명상의 준비는 다 끝난 셈이다.

명상에 또 하나의 핵심 열쇠가 있다면 바로 순간을 포착하는 것이다. 나는 게빈 힐스라는 친구와 휴일을 같이 보내면서 무척 감동을 받은 일이 있었다. 어느 날 우리는 에이그 섬에서 산책을 하고 있었다. 바위와 관목, 안개가 우리 주변을 에워쌌다. 갑자기 게빈이 바위에 걸터앉더니 "잠깐 명상을 좀 해야겠어"라고 말했다. 그러고는 조용히 십 분간 앉아 있었다. 그는 순간을 포착한 것이다. 순수한 고요의 순간을 발견하는 데 형식이나 지도자는 따로 필요 없었다. 그는 그 순간이 온 걸 스스로 감지하고 있었다.

명상을 위해 새벽 네 시에 일어나는 게 싫다면, 새벽 네 시까지 잠을 안 자는 것도 한 방법이 될 수 있다. '늦게 잠드는 게 곧 일찍 일어나는 것이다'라는 말도 있듯이 말이다. 레이브 파티를 마치고 열기를 진정시키는 칠아웃Chill-Out 문화도, 사실 명상을 위주로 하는 것이었다. 레이브 주최자들이 춤에 지친 사람들한테 편안한 휴식 공간을 제공하면서 칠아웃은 시작되었다. 참가자들은 편안하게 앉아 잔잔한 음악에 귀를 기울이며, 광적인 무아지경 상태에서 벗어나 휴식을 취할 수 있었다. 칠아웃 현상은 하나의 문화로 발전하여, 그것을 주제로 한 음악까지 생겨날 정도로 확대되었다.

예전에 나도 침대에 누워 KLF가 1990년 발표한 음반을 감상하며, 지극히 행복한 순간을 누리곤 했다. 그 음반은 이름부터 '칠아웃'이었고, 아직까지도 이 분야의 최고 앨범으로 꼽힌다. 그 음악을 듣고 있으면 마음이 차분해지면서 상상력과 영감이 솟아오르곤 했다. 이제 영국의 많은 클럽에서 칠아웃 공간이 댄스 공간만큼 큰 자리를 차지하게 되었고, 그보다 더 커진 경우도 있다. 지금은 명상 중심의 연중 페스티벌 '빅 칠The Big Chill'까지 개최되고 있어, 누구든지 마음만 먹으면 아름다운 환경 속에서 좋은 음악을 배경으로 명상을 할 수 있다.

글래스톤베리 페스티벌에서 가장 인상적이었던 일은, 새벽 네 시에 환상열석◆을 찾아갔을 때였다. 그 유적은 아름다운 풍경이 내려다보이는 들판에 자리하고 있었다. 장엄한 야경이 펼쳐진 가운데 많은 사람들이 한데 어울려 잠잠한 쾌락에 몰입했다. 마치 시간이 멎은 듯이 모두들 하늘을 묵묵히 응시하거나 경치를 바라보거나 명상하거나 아니면 그냥 존재하고 있었다. 그리고 해가 떠올랐다.

위처럼 특별한 때가 아니라, 일상에서 쉽게 이용할 수 있는 명상 방법으로는 구릉지 산책, 불가에 앉기, 눈 감고 음악 듣기, 낚시, 담배 피우기 등을 권할 만하다. 작가 윌 셀프는 '장시간의 고속도로 드라이브'를 한 방법으로 꼽았다. 물론 비행기에서도 명상을 할 수 있다. 사실 비행기는 무한한 우주의 신비를 사색하기에는 이상적인 장소가 아닐까 한다. 당신의 머리가 말 그대로 구름 속에 있는 것이므로.

무위를 실천하는 사람의 마음은
무위로 가득 차 있다.

무위의 지혜를 가르친 노자의 말이다.

◆ Stone circle. 고대의 거석 문화 유적

위인은 잠꾸러기

◆

'잠을 놓쳤다'면서 무슨 큰 재앙이나 맞은 듯이 불평하는 사람들이 많다.
그러나 그들이 진정으로 애석하게 여겨야 할 일은
시간과 활력, 기회를 놓치는 것이다.

토머스 에디슨, 〈사람들은 내키는 일만 한다〉에서

◆

발명가 토머스 에디슨은 벤저민 프랭클린과 더불어 미국을 대표하는
게으름꾼의 강적이다. 1847년에 출생한 그는 13세 때 기차 승객들한
테 간식거리와 신문을 팔면서 일을 시작했고, 시간을 쪼개 과학 서적
을 탐독했다. 돈, 기계, 고된 노동에 대한 애착은 그를 부유하고 유능
한 재계의 거물로 만들어놓았다. 이 일 중독자는 다양한 발명품들을
쏟아낸 덕분에 결국 에디슨제너럴일렉트릭Edison General Electric의 공동
설립자가 되었고, 그것이 오늘날의 글로벌 기업 GE가 되었다.

　오스카 와일드와 폴 라파르그 같은 당대의 위대한 게으름꾼들은
기술 문명이 인간을 고된 노동으로부터 자유롭게 해줄 거라고 기대
했다. 와일드는《사회주의하에서 인간의 영혼》에서 이렇게 주장했다.
"기계는 우리를 대신해 탄광, 위생 관련 업종에서 일해야 하고 증

기선의 화부火夫가 되어야 하며, 도로를 청소하고 비 오는 날 우편물을 배달해야 하고, 힘들고 따분한 모든 일을 도맡아 해야 한다."

또한 라파르크는 《게으를 수 있는 권리》에서 기계를 인류의 구원자라고 칭하며, "우리를 불결한 일과 고용살이에서 벗어나게 해주며, 우리에게 여가 시간과 자유를 돌려줄 신"이라고 표현했다. 그러나 정작 에디슨은 기술 문명이 단지 생산성과 능률을 증가시키는 수단일 뿐이라고 보았다. 결국 그는 테크놀로지를 이용하여 많은 사람들의 삶을 노예처럼 전락시켰다. 그런 그가 미국 산업화의 위대한 인물로 추앙받고 있는 것은 서구 문명사회가 예술과 생명에서부터 노동과 죽음을 향해 추락하고 있음을 보여주는 증거라 할 수 있다. 에디슨은 무엇보다도 잠이 시간 낭비라고 믿었다. 그에게 있어 잠이란 비생산적이고 무익한 것이었다.

대부분의 사람들은 지나치게 먹고 지나치게 잠을 잔다. 단지 그게 편하다는 이유만으로. 그렇게 먹고 자다 보면 결국 건강을 해치고 능률도 떨어지게 된다. 하룻밤에 여덟 시간에서 열 시간씩 자는 사람들은 완전히 깬 것도 아니고 완전히 자는 것도 아닌 멍한 상태가 된다. 즉 24시간 내내 멀거니 조는 상태로 지내는 것이다.

이것은 명백한 난센스다. 나는 여덟 시간 이하로 잠을 자면(사실 열 시간씩 자는 걸 좋아한다) 아무 일도 할 수가 없다. 나의 소중한 수면 시간은 최근 어린 자녀들이 태어나면서 급격히 감소하게 되었다. 아이들은 아침 여섯 시 또는 일곱 시, 때로는 한밤중에도 나를 깨운다. 그런 이유로 잠을 충분히 자지 못한 날에는 일을 하기가 무척 힘들어진다. 쉽게 짜증이 나고 비이성적이 되며 사람들과 자주 언쟁을 벌이게 되기 때문이다.

그럴 때의 나는 누군가의 사소한 잘못에도 엄격하게 굴고 문을 쾅 하고 소리 내어 닫는다. 설거지 같이 쉬운 일을 하면서도 끊임없이 불평을 해댄다. 그러나 잠을 충분히 자고 나면 나는 완전히 다른 사람이 된다. 의욕이 넘치고 관대하며 상냥해진다. 일의 능률도 훨씬 오른다. 하루 종일 걸릴 일을 서너 시간이면 뚝딱 해내고 그럼으로써 빈둥댈 시간은 더 많아진다.

잠을 줄여야 한다는 생각 그 자체가 게으름꾼들한테는 저주나 다름없다. 그들에게 잠이란 삶의 중요한 즐거움 중 하나이기 때문이다. 잠은 감미로운 꾸물거림이요 일시 정지이며, 매슈 드 아베튀아 Matthew De Abaitua의 표현을 빌자면 '위대한 중단Big Quit'이다. 잠을 자는 동안 이성은 잠시 활동을 멈추고 더 위대한 어떤 힘에 우리 자신을 내맡기게 된다. 따라서 '더 많이 일하고 덜 자라'던 에디슨의 훈계와 달리, 우리 게으름꾼들은 '일은 덜하고 잠은 더 많이 자라'를 신조로 삼는다.

에디슨이 게으름의 난적, 백열전구를 발명하게 된 것도 그의 안티 수면 철학에서 비롯되었다. 이 인공 태양은 밤의 불편함을 제거하여 장시간의 고된 노동을 용이하게 할 목적으로 창조되었다. 전구가 발명됨에 따라 근로자들은 밤에도 일을 하는 신세가 되었다. 야근으로도 성이 차지 않아 교대근무 제도까지 탄생하게 됐으니, 블레이크가 〈네 개의 개체들〉에서 했던 예언이 실현된 셈이다.

청년들의 외출을 훼방 놓아 낮이고 밤이고 영원히 일에만 묶어둔다. 그리하여 놋쇠와 금속을 연마하고 윤을 내는 작업이 끊임없이 이어지리니…….

지금까지도 우리는 여전히 고된 노동에 속박된 채 살아간다. 스탠리 코렌은《잠 도둑》에서 전구가 인간의 수면 패턴에 끼친 영향을 다음과 같이 설명했다.

> 우리 연구소에서 현대 젊은 성인들의 평균 수면 시간에 대한 조사를 실시한 결과, 하루에 일곱 시간 반이 조금 못 미치는 것으로 나타났다. 1910년에도 이와 비슷한 조사가 실시되었는데, 그 조사 시기가 중요한 의미를 갖는다. 왜냐하면 텅스텐 필라멘트 백열전구가 도입된 해가 1913년이기 때문이다. … 백열전구 이전의 수면 유형을 살펴보면, 사람들이 평균 아홉 시간가량 잤음을 알 수 있다. … 다른 말로 하자면 에디슨은 사람들이 깨어 있는 시간을 연간 500시간 이상이나 늘려놓은 셈이다.

백열전구의 발명은 산업과 게으름 사이의 전쟁에서, 산업이 승리를 거둔 가장 상징적인 사례라고 할 수 있다. 이제 우리는 게으름을 피울 만한 구실이 없어진 것이다! 근래 들어 일부 제약 회사들은 불길한 약을 만들어냄으로써 수면에 대한 공격을 주도하고 있다. 최근 방송된 TV 다큐멘터리 프로그램에는 흥미로운 주장을 펼치는 과학자들이 등장했다. '오렉신'이라는 뇌 속의 화학물질이 깨어 있는 상태를 유지할 수 있게 한다는 내용이었다. 또한 얼마 전에 미국의 진보적 잡지 《유튼》에는 제약 업체들이 그 화학 물질을 채취하여 각성 상태를 증강시키는 약을 만들고자 한다는 기사가 실렸다. 일에 대한 열정을 상승시키는 약을 개발하여 돈벌이를 하겠다는 심산이다.

> 특정 질환을 위한 치료제들이 더 넓은 시장으로 손을 뻗고 있다. 수면장애의 일종인 기면증 치료제, 프로비길은 건강한 사람들의 각성 상태 보조제로 주목을 받고 있다. … 제약업 비평가인 패트 무니는 이렇게 말했다. "불안을 몰아내고 기분을 전환시켜 주는 약들이 근로자들을 억압하는 수단으로 남용될 소지가 있다."

이런 상황은 Dr. 마이클 스미스^{Dr. Michael Smith}가 1995년 《아이들러》에서 기고를 통해 이미 예언한 내용이다. "앞으로 탄생할 '기적의 약'이란 수면의 즐거움과 그 욕구를 활성화시키기보다는 감소시키는 방향으로 개발될 게 불 보듯 뻔하다."

최근 영국에서 전파를 타고 있는 드링크제 및 알약 광고를 예로 들어보자. 한 광고에서는 "기운이 없나요? 이제 그럴 필요가 없답니다" 하는 카피가 흘러나온다. 그리고 종합비타민이 들어 있는 작은 알약 하나면 일상적인 피로를 거뜬하게 물리칠 수 있다고 주장한다. TV에 "피곤하세요? 그러면 더 많이 주무세요" 하는 광고가 나올 가능성은 아마 전혀 없을 것이다. 그렇게 살면 돈은 어떻게 벌겠냐며, 사람들이 의심의 눈길을 보낼 테니까. 사실 잠이 늘 모자란 현대인들에게 있어, 활력을 준다는 제약 회사들의 상품들은 참으로 반가운 존재가 아닐 수 없다.

그렇다면 우리가 인위적인 각성 상태를 유지하게 되었을 때 결국 덕을 보는 사람은 누군가? 바로 우리의 고용주들이다. 제약 회사의 광고를 보아도, 우리가 그 약을 먹으면 의욕이 넘치고 민첩해져서 더 열심히 일하게 되므로 실직할 위험이 줄어들게 된다고 주장한다. 이러다가 사람들이 의식이 마비된 로봇처럼 능률과 생산성이라는 목표를 향해서 묵묵히 일만 하는 세상이 올 것 같아 나는 두렵기만 하다.

신체의 신비로운 일시 정지 상태이자, 고통에 빠진 사람들의 친구인 수면. 옛부터 지혜로운 사람들은 수면을 찬미해왔다. 대단한 잠꾸러기였던 Dr. 존슨은 수면이 위대한 평등주의자라고 보았다. 누구도 잠을 자지 않고는 살 수가 없고, 누구나 잠을 통해서 기운을 회복할 수 있기 때문이다. 그러므로 열등감에 시달린다면, 세상의 모든 위대한 인물들이 태아처럼 웅크린 자세로 침대에 누워 잠의 나라로 떠나는 모습을 상상해보라고 Dr. 존슨은 권했다.

자기 자신에 만족하는 사람이란 세상에 없으므로, 따라서 질투를 받을 만한 자격이 있는 사람은 없다. 그 사실을 세상 사람들이 모두 인지한다면 세상에 질투의 대상은 사라질 것이다. 그런데도 세상에 질투가 존재한다는 것은 인류가 진정한 가치보다는 겉모습만 보고 사람을 판단하기 때문이다. 강자든 약자든, 유명한 사람이든 미미한 존재든 간에, 삶에 지칠 대로 지쳤을 때 바라는 것은 오직 한 가지, 수면을 통해 자연이 망각의 즙을 건네주기를 갈망하는 것이다.

르네상스 시대의 위대한 사상가이자 에세이 작가 몽테뉴는 잠자는 걸 좋아했다. 그에게 유일한 고민거리가 있다면 잠을 자는 동안에는 그것의 즐거움을 인지할 수가 없다는 점이었다. 그리하여 그는 하인더러 한밤중에 자신을 깨워보라고 지시하기도 했다. 의식이 희미한 상태에서 수면의 느낌을 맛보는 동시에 다시 잠 속으로 빠져드는 기쁨을 누리기 위해서였다. 잠이란 고된 노동으로부터 회복을 제공하는 휴식이요, 의무에서의 해방이다. 의무 따위는 저만치 미뤄둔 채 실컷 잠을 자면서, 커다란 어떤 힘에 자기 자신을 맡겨보라. 잠은 당신의 불안에 대해 마법과도 같은 효력을 발휘할 것이다. 엘리자베스 시대의 시인 사무엘 다니엘Samuel Daniel은 사람의 근심을 완화시키고 진정시키는 잠의 효력에 대해 다음과 같은 찬미의 소네트를 바쳤다.

근심을 달래는 마법사 잠이여, 캄캄한 밤의 아들이여,

죽음의 형제여, 어둠 속에 조용히 태어나

내 피로를 제거하고 생기를 회복시키네.

내 근심이 다시 다가올 것을 까맣게 잊어버리게 만드네.

낮은 탄식을 뱉기에 충분한 시간이니

난파선 같은 내 병약한 청춘은

밤의 허위라도 감싸주지 않는다면

깨어 있는 눈으로 낮의 모욕에 한숨지을 수밖에 없어라.

꿈들이여, 낮의 욕망들이여,

내일의 열정일랑 그만 만들어내거라.

떠오르는 태양이, 밤이 거짓말쟁이임을 증명치 못하게 하라.

내 슬픔 위에 더 큰 고통이 얹혀지리니,

어떻게 해서든지 내가 계속 잠들게 하라.

그리고 결코 깨우지 말라, 낮의 경멸을 느낄 뿐이니.

과학자들은 여전히 고개를 갸웃거리겠지만 하늘만은 알고 있다. 잠이 우리의 모든 문제를 해결할 수 있다는 사실을 말이다. 몹시 지치고 근심스러울 때도 한숨 자고 나면 모든 불안과 의무들은 극복할 만한 대상으로 여겨진다. 아침에는 세상이 더 괜찮아보이는 것도 그 때문이다. 존 스타인벡John Steinbeck은 그런 느낌을 이렇게 설명했다.

"밤에는 어렵기만 하던 문제가 아침에 해결되는 걸 흔히 경험한다. 이것은 잠 위원회가 밤새 활동한 결과다."

2002년 출간된 《달콤한 잠의 유혹》에서 저자 폴 마틴Paul Martin은 다수의 연구 결과들을 통해, 긴 수면 시간과 낮잠이 우리의 건강과 행복에 미치는 효과를 증명했다. 또한 그는 체르노빌 같은 대형 참사 및 소소하게는 열차나 고속도로 충돌 사고 등의 재난이, 잠의 결핍으로 발생했음을 증명했다. 기업의 이윤 추구가 노동자의 수면 부족을 불러오고, 수면 부족은 결국 끔찍한 참사를 불러온 것이다.

《달콤한 잠의 유혹》를 읽으면 기분이 좋아진다. 왜냐하면 잠을 많이 자는 우리 게으름꾼들의 고질적인 습관이 사실은 건강에 유익하며 오히려 정상이라는 사실을 확인할 수 있기 때문이다. 그러므로 우리가 게으름을 피우는 모든 행태는, 더 자연스럽고 더 원시적인 삶으로 돌아가자는 간절한 호소라고 볼 수 있다. 잠이란 낙오자의 것이 아니다. 잠은 더 강인한 혈통, 더 위대한 사람, 행복의 열쇠를 손에 쥔 자, 곧 게으름꾼의 것이다.

마틴은 위대한 잠꾸러기이자 침대에서 글을 써낸 탁월한 사상가들을 다음과 같이 열거했다. 키케로, 호라티우스Horace, 밀턴Milton, 조너선 스위프트Jonathan Swift, 장 자크 루소Jean Jacques Rousseau, 볼테르Voltaire, 앤서니 트롤럽Anthony Trollope, 마크 트웨인, 로버트 루이스 스티븐슨, 마르셀 프루스트, 콜레트Colette, 윈스턴 처칠이 그들이다. 이 리스트에 오른 인물들은 삶다운 삶, 즉 진정한 자유를 누리는 삶에 대해 그들 스스로 생각하던 것보다도 훨씬 더 훌륭한 귀감을 우리에게 남겨주었다.

잠을 많이 자지 않는 사람들은 자신의 권위를 이용하여 독단적인 사고방식을 남에게 주입시키려 했고, 그로 인해 세상에 많은 해악을 끼치고 말았다. 또한 그들은 사람들이 불안함과 죄책감을 갖도록 만들었다. 일례로 대처 여사는 하룻밤에 네다섯 시간밖에 자지 않는다고 주장했다. 여사는 이 이야기를 통해 자신이 몸을 혹사해가면서까지 열심히 일하는 사람이라는 걸 강조했고, 그 덕에 많은 사람들이 죄책감을 느껴야 했다. 그러나 그녀의 만성적인 수면 장애로 인해 영국에 불행을 가져온 숱한 정책들이 만들어졌을지도 모르는 일이다. 예를 들어 인두세를 생각해낼 당시 그녀가 수면 부족에 시달려 좀비 같은 상태에 있었던 건 아닐까. 우리는 잠을 자지 않으면 신경질적이 되고 어리석어지며, 주변 사람들을 달달 볶게 된다.

한때는 나도 일 때문에 잠을 희생시키는 어리석은 덫에 빠진 적이 있었다. 《아이들러》 창간호를 내던 무렵이었다. 마감 시간을 맞추느라고 우리는 서른여섯 시간 내내 일에 매달렸다. 그 일을 다 끝마치고 나자, 엄청난 고생을 버텨냈다는 약간의 자랑스러운 심정도 없지 않았다. 그러나 그 고통을 감수한 것은 사실 바보 같은 짓이었다. 서른여섯 시간 중에서 후반 열여덟 시간 동안은 평소의 십분의 일 정도의 속도로 일을 했던 것이다. 아홉 시간 동안 잠을 자고 다시 일을 시작했다면 훨씬 더 생산적인 작업이 되었을 게 분명하다. 사실 우리가 마감 기간을 하루쯤 어긴다고 해서 어느 누가 상관이나 했겠는가. 부담감과 자만심이 혼합된 그와 같은 자학적인 형벌을 우리는 단호히 거부해야 한다.

잠을 자지 말라고 고집하는 사람들한테는 아주 지배적이면서도 잔혹한 면이 있다. 자신의 삶을 완전히 장악하고자 하는 욕망으로 인해 그들은 망각 자체를 두려워한다. 그래서 잠자는 걸 겁내는 것이다. 나는 수면이 약자를 위한 것이라고 믿는다. 조나단 코Jonathan Coe의 소설《수면의 집House of Sleep》에서는 잠을 증오하는 한 인물에 대해 다음과 같이 설명하고 있다.

대처 여사처럼 도덕주의를 신봉하는 사람에게 있어, 비굴한 복종의 표시로 매일 몸을 누여야 한다는 게 어떤 기분일지 상상할 수 있겠는가. 뇌는 기능이 정지되고 근육도 둔감하고 무기력해진다. 그들은 그런 모욕을 결코 견딜 수 없을 것이다.

수면은 행동을 우위에 두는 이 세상에 맞서는 저항의 한 방법이다. 존 레논은 위대한 수면 옹호자였다. 그는 노래 〈아임 온리 슬리핑〉에서 늦잠을 비난하는 사람들에게 큰소리를 친다. 오히려 그들이야말로 쓸데없이 부산하게 움직이는 미치광이들이라는 것이다. 이 세상에 잠자는 것보다 더 무해한 행위가 또 있을까. 그런데 왜 사람들은 우리가 늘 깨어 있기를 바라는 것일까. 왜 우리를 그냥 내버려두지 않는 걸까. 존 레논은 잠꾸러기가 위대한 예술을 창조해낼 수 있음을 보여준 산 증거다. 당신은 무인도에 누구를 데려가고 싶은가? 대처 여사인가, 존 레논인가?

1960년대와 1970년대에는 언젠가 모든 집안일을 넥타이 맨 로봇들이 대신해줄 거라는 믿음이 대중에 널리 퍼졌다. 우디 앨런의 영화 〈슬리퍼〉에서처럼 사람들은 낮잠이나 자면서 빈둥거리면 될 거라고들 생각했다. 그러나 현실에서 테크놀로지의 발전은 엄청난 재앙을 몰고 왔다. 노동력을 절약해준다는 장비들은 결코 노동력을 절약시키지 않았다. 버트런드 러셀은 《게으름에 대한 찬양》에서 핀 공장을 예로 들어 설명했다.

핀 공장에서 어떤 기계의 발명으로 평소보다 두 배나 많은 핀이 만들어지게 되었다. 핀 가격은 이미 낮아질 대로 낮아진 상태여서 더 이상 낮은 가격으로는 판매될 수가 없는 상태였다. 분별 있는 세상에서라면, 핀 만드는 일을 하는 사람들이 여덟 시간 일하던 걸 네 시간으로 줄이면 문제될 게 없다. 그러나 현실 세계에서는 훨씬 더 비참한 결과를 맞이하게 된다. 사람들은 계속 여덟 시간 동안 일하고 따라서 핀은 너무 많이 생산된다. 그 바람에 핀 공장들이 파산하기 시작하고, 핀 생산에 참여하던 사람들 가운데 절반이 일터를 잃는다.

딱 필요한 만큼만 근무하는 것은 우리 삶을 운영하는 매우 현명한 방법이다. 그렇게 하면 일하는 데 빼앗겼던 시간을 이용해서 충분하게 잠을 잘 수 있다. 그러나 회사에서 두각을 나타내겠다는 욕심으로 점심을 걸러 가며 늦게까지 일하고, 집에서까지 일을 한다고 해보자. 잠자는 시간은 현저하게 줄어들고 아침에는 간신히 일어나 겨우 회사에 도착하고, 하루 종일 좀비처럼 자리를 지키다가 회의석상에서는 어리석은 이야기를 늘어놓게 된다. 따라서 잠을 충분히 자고 밥을 챙겨 먹고 난 다음 일터에 가는 편이 훨씬 낫다. 물론 그것은 우리의 기업 문화 속에서 용인되기 쉽지 않을 것이다. 고된 일에 매여 사는 현대인들은 평일에는 절대 느긋한 즐거움을 누리지 못하도록 돼 있다. 그런 즐거움을 추구하려면 허가된 여가 시간, 즉 휴일이나 휴가를 이용해야 하는 신세다.

나는 과학자들이 이제 우리 편이 되어서 공허한 약속을 남발하는 장비들은 그만 만들어내기를 바란다. 그리고 고용주들은 근로자들이 잠을 푹 잘 수 있도록 해주기를 간절히 바란다. 마지막으로 모든 독자들에게 비노니, 충분한 수면에 경의를 표하고 그 효력을 받아들이시기를!

휴일엔 떠나지 말라

◆

2~3일간 느긋하게 쉬면서,
내가 세상을 마음껏 어지럽히는 상상을 할 수 있다면······.
맨 첫날에는 회사로 가서 사장의 머리를 날려버리는 장면을 그려볼 것이다.
그게 내가 제일 먼저 하고 싶은 일이다.

헨리 밀러

◆

영국에서는 1936년 휴일 제도에 혁명이 일어났다. 산업화된 노동계급이 형성된 이후 처음으로 정부는 무수한 각료 회의, 연구, 계산을 거듭한 끝에 1년에 일주일간의 유급휴가를 근로자에게 제공하는 법안을 실시하기로 조심스럽게 결정했다. 당시의 입법자들은 그런 선행을 베풀다니 자신들은 참으로 위대하고 관대하며 친절한 사람들이라고 자부했을 것이다.

휴가 관련 업종에 종사하던 사업가 빌리 버틀린Billy Butlin은 정부가 유급휴가를 도입하도록 로비를 벌인 장본인이었다. 새로 생긴 법정 여가 시간을 통해 돈벌이를 할 속셈이 깔려 있었던 것이다. 1945년 무렵에는 1500만 명의 영국인들이 연중 법정 휴가를 갖게 되었다. 18세기에 휴가를 누리던 사람들이 불과 8천 명으로 추산되던 것과 비교해보면 휴가 개념이 온 국민들에게 엄청나게 확산된 것이었고, 따라서 레저 산업도 대폭 성장하게 되었다.

정부의 회의록을 보면 새로운 휴가 제도의 도입에 대해 정부가 매우 실용적인 기대를 하고 있었음을 알 수 있다. 즉 휴가를 통해 생산성이 상승될 수 있다고 보았던 것이다. "휴가 제도를 도입하면 근로자의 행복, 건강, 능률에 지대한 영향을 끼칠 수 있다. 그것은 부정할 수 없는 사실이다."

그러나 그 휴가가 다양한 활동으로 빡빡하게 채워졌다는 데 문제가 있었다. 휴가란 빈둥거리기 위해서 주어지는 게 아니었다. 정신 차릴 틈이 없을 만큼 바쁘게 돌아가던 버틀린의 휴가 캠프를 17세기의 농부들이 보았다면 참으로 어처구니없어 했을 것이다.

캠프 참가자들은 아침 일곱 시 삼십 분에 기상하여 곧바로 엄청난 활동을 소화해야 했다. 목욕, 볼링, 당구, 탁구, 원예, 산책, 댄스, 보트 타기, 테니스, 크리켓, 연주회, 미인 대회, 체조, 놀이 공원, 승마, 소풍, 극장 등이 주 종목이었다. 물론 휴식은 그 메뉴에 포함되지 않았다. 미국의 풍자작가이자 저널리스트였던 아트 버치월드Art Buchwald가 1957년 버틀린 캠프를 방문했다. 모든 일과를 마친 오후 다섯 시 삼십 분쯤 이렇게 소감을 밝히고 있다.

우리는 저녁 식사 전에 잠깐 휴식을 취하기 위해서 벤치에 앉았다. 그러자 안내원이 다가와 걱정스러운 얼굴로 물었다. "무슨 일이세요? 재미가 없으십니까?"

사색, 게으름, 명상을 위한 무위, 그런 것들은 버틀린의 세계에서 허용되지 않았다. 논스톱 놀이가 바로 그곳의 룰이었다. 그리고 이 모든 것들의 목적은 다시 명랑한 기분으로 일터에 돌아가 일에 파묻히는 것이었다. 어린이들은 비버 클럽Beaver Club이라는 아이들 전용 캠프에 참가하여, 비버의 머리글자를 딴 다음과 같은 도덕 교육을 받았다.

B Be kind to animals(동물에게 친절하게 대하기).

E Eager always to help others(열심히 남을 돕기).

A Always be clean, neat and tidy(언제나 청결하고 단정하고 정돈 잘하기).

V Victory by fair play(정정당당하게 승부하기).

E Energetic at work and play(놀이도 공부도 신나게 하기).

R Respect for parents and all elders(부모님과 어른들을 존경하기).

버틀린의 휴가 캠프는 뱅크 홀리데이◆에 해변으로 떠나던 전통이 자연스럽게 이어진 것이라 할 수 있다. 뱅크 홀리데이는 1871년 처음 도입되었다. 당대의 한 감독관이 기록한 바와 같이, 이런 휴가로 인해 해변에서는 정신 사나운 휴가 풍경이 벌어지기도 했다.

택시와 자동차 등 각종 이동 수단들이 마구 뒤섞인 대이동, 말, 조랑말,

◆ Bank Holiday. 영국의 법정 공휴일

개, 당나귀, 아이들, 남녀 어른들, 보모들, 아기들, 이동 탈의실들 … 카드
놀이를 하는 어린 소년들, 아기를 안은 보모들, 바느질하는 젊은 엄마들,
소설을 읽는 부인들, 바이런 시집과 외알 안경을 지참한 신사들, 신문과
지팡이, 안경을 착용한 노인들.

소설, 시집, 외알 안경 따위로 꽤나 고상한 분위기를 가장하고 있지
만 모두 겉치레에 불과하다. 휴가를 맞아 한꺼번에 터져 나온 군중,
자기 자신의 주인이 되는 드문 기회를 즐기기 위해 강가와 해변으로
몰려든 점원과 공장 근로자들에 의해, 세련됨과 교양은 저만치 물러
나버렸다. 리얼리즘 작가 조지 기싱George Gissing은 1892년 휴가 풍경
에 대해 다음과 같이 우려를 표하고 있다.

휴가 때가 되면 거리는 사람들로 넘쳐난다. 인간의 천박성이 이날만큼
똑똑히 드러나는 때도 없을 것이다. 푹푹 찌는 무더운 장소로 한꺼번에
몰려가 우둔함을 서로 겨루는 것이 휴가라 여기는 모양이다. 가엾은 아
이들은 큰소리로 울어대며 끌려다니고, 울고 보챘다는 이유로 얻어맞기
일쑤다.

기싱은 1년 내내 삶의 질을 향유할 수 있도록 차라리 근무시간을
단축해달라고 주장했다.

거창한 법정 휴일이라는 이름으로 겨우 며칠 떼어준다는 것은 참으로
모순적인 발상이다. 그것은 해악을 끼칠 뿐이다. 우리가 바라는 것은 1

년 내내 근무시간을 단축하는 것이다. 예를 들어 모든 노동이 오후 네 시에 끝날 수 있도록 말이다. 그렇게 되면 사람들은 자연스럽게 여가에 익숙해질 것이고 그 시간을 현명하게 사용하는 법을 깨우쳐 나갈 것이다. 우리가 오직 일에만 매달려 산다면, 이런 삶은 기대도 할 수 없을 것이다.

세상의 모든 일은 하루 서너 시간 안에 끝날 수 있어야 한다. 그 정도가 되면 건강과 안락함, 나아가 인간미라는 사치까지 누리는 게 가능해진다. 현재 우리는 돈에 대해 집착하기 때문에 일을 많이 할 수밖에 없는 것이다. 이제 모든 사람들은 이웃과 투쟁을 벌이는 형국이 되었다. 열두 시에 문을 닫는 이웃 식료품점보다 돈을 더 벌기 위해서, 삼십 분 더 늦게 문을 닫는 판이다. 일은 그 자체로 끝이 아니다. 그것은 단지 수단일 뿐이다. 그러나 우리는 요즘 일을 전부로 여기고, 수많은 사람들이 일 외의 것에는 아무 관심도 두려 하지 않는다.

더 부유해지는 게 아니라 더 가난해질 것을 주장하는 글이다. 적은 소득으로 행복해질 수 있다면, 돈을 더 많이 벌 필요가 없으므로 당연히 일도 덜하게 되지 않겠는가. 하지만 오늘날 우리의 휴일은 여전히 버틀린의 영향 아래 고통을 받고 있다. 휴가란 너무나 조직화돼 있어 신나기는커녕 부담이 된다. 50주간의 고된 일을 마치고 나서 1주간의 또 다른 고역을 견뎌야 하는 처지가 된 것이다. 우리는 누군가가 자신의 시간을 조종하는 것에 길들여져 있어, 스스로 재미를 추구하는 방법과 그 효력에 대해 잊고 만 것이 아닐까.

매년 휴가철이 되면 우리는 야단법석을 떠는 사람들과 공항에서 한참을 부대끼고, 숙박 시설을 찾아 헤매다가 길을 잃고, 차를 렌트하느라 바가지요금을 물고, 여권을 잃어버리고 가방을 도난당하는 난리를 겪는다. 휴가 동안 느긋하게 보낼 시간이란 없다. 낯선 지역의 낯선 생활 방식에 익숙해질 만하면 이제 집으로 돌아가야 한다. 이렇게 버틀린의 후예가 되어 스카이다이빙, 번지 점프, 바나나 보트 같은 오락들에 열중하다 보면 결국 사장의 머리를 날려보내는 상상은 전혀 할 틈이 없어진다. 현대인들은 휴가를 떠나도 여전히 압박을 받는 신세인 것이다.

1970년대 말엽 영국에서는 2주간의 유급휴가가 4주로 바뀌었는데, 미국에서는 아직도 보름에 그치는 것으로 안다(야심으로 똘똘 뭉친 일중독자들은, 그 약소한 휴가마저도 사용하지 않고 있다). 이것이 문명이란 말인가. 태양 아래서 보름을 보내는 것은 50주 동안의 고된 노동에 비하면 너무도 빈약한 보상이요, 잘못된 계산법이다. 고대사회에서는 휴식을 갖는 날이 지금보다 훨씬 더 많았다.

고대 이집트에서는 대중에 널리 퍼진 속설에 따라, 1년에 5분의 1은 일하는 걸 금지했다. 고대 아테네에서는 1년에 축제일이 50~60일이나 되었고, 그리스의 도시 국가 타렌툼은 전성기 때 축제일이 근무일 수보다도 많았다. 고대 로마력을 보면 명목상 종교적인 이유를 들어 재판이나 공공 업무가 시행되지 않는 날이 108일이나 되었고, 율리우스력에서는 그 숫자가 훨씬 많았다.

J. A. R. 핌로트J. A. R. Pimlott는 《영국인의 휴일The Englishman's Holi-

day》에서 그렇게 기록하고 있다. 첨단 기계 문명과 부를 자랑하는 현대사회가 1800년 전보다도 여가 시간이 현저히 적다는 사실이 도무지 믿어지지가 않는다. 주말이 있지 않느냐고 반문할 수도 있겠지만, 주말은 이제 우리가 또 다른 종류의 일, 즉 쇼핑을 하는 시간이 되어버렸다. 우리에게 배정된 또 하나의 의무인 셈이다. 번잡하고 소란스러운 쇼핑몰에 있다 보면 시간이 무수히 소모되고 골치마저 지끈거린다.

오래전에는 일과 놀이가 혼합된 형태로 행해지던 때도 있었다. 일 지옥에서 탈출해 휴식을 취한다는 개념은 상대적으로 최근에 등장한 것이다. 직업 제도가 현실에 정착된 시점, 즉 일의 세계가 너무나 고단해서 미치지 않으려면 쉬는 날이 꼭 필요해진 시점이 되었기 때문에 휴일이 생겨난 것이다. 사람들이 저마다 직업을 갖기 이전의 시대에는, 조직화된 휴가 제도가 필요치 않았다. 축제와 성일聖日, 장날이 얼마든지 그 기능을 대신했다. 에드워드 파머 톰슨은《공통의 관습》에서 이렇게 말했다.

'여가'는 시대와 맞지 않는 용어다. 소규모 농업과 오두막 경제가 유지되는 시골 대부분의 지역에서, 일이란 너무나 돌발적이고 불규칙한 것이어서 일과 여가를 명백히 구분한다는 개념은 성립될 수가 없었다. 사람들 사이의 어울림도 노동과 동시에 행해졌다. 장을 보고 양을 치고 농작물을 거두고 작업장에 필요한 재료들을 나르면서, 1년 내내 자연스럽게 사교의 장이 펼쳐졌다. 게다가 축제나 특별한 행사 때가 되면 사람들은 엄청난 감정적 소용돌이에 휘말렸다. 토요일 밤과 일요일 아침의 단편적인 만남하고는 차원이 달랐다. 사람들은 오직 그날만을 기대하며 (또는 기억하며) 몇 주간의 고된 일과 빈약한 식사를 견뎌냈다. 그날이 오면 사교의 장이 활짝 펼쳐지고 삶의 부담은 사라졌다. 젊은이들의 성적 에너지는 이런 축제 기간에 집중적으로 상승했다.

19세기 말엽의 뱅크 홀리데이와 20세기의 유급휴가는 한 가지 중요한 관점에서 산업화 이전 축제나 성일들하고 차이를 보인다. 그런 휴가 제도들은 지배계급에 의해 조종을 받는다는 것이다. 1883년 미국 정부에 의해 공식적으로 제정된 노동절 역시 그런 맥락에서 만들어진 것이라 할 수 있다. 작가 보리스 라인스타인^{Boris Reinstein}은 노동절이란 노동자들을 기만하는 사탕발림이라고 묘사했다.

미국 노동절은 노동자들이 주인에게서 받는 '선물'이었다. … 자는 사람의 몸에 올라앉아 피를 빠는 흡혈귀는 제 날개로 희생자에게 부채질을 해준다고 한다. 피를 빨리는 고통을 진정시켜 희생자가 잠에서 깨어나지 못하도록 막기 위해서다. 그러므로 미국 자본주의를 대리하는 정치인들이 만들어낸 노동절이란, 잠자는 거인, 곧 미국 노동계급이 자본가들에게 피를 빨릴 때 그 고통을 잠재우는 부채질 역할을 하는 것이다. 그날이 오면 봉급 노예들은 몸에 칭칭 감긴 사슬에서 풀려나 모두 주인공이 된다. 그들의 주인인 자본가는 그날만큼은 겸손을 가장한다. 언론, 종교계, 정치계에서 자본가의 대변인들은, 노동자를 향해 아첨의 인사말을 날려대고 어리석은 사람들은 자랑스러움에 어깨와 가슴을 활짝 편다. 그러나 위선의 하루가 지나고 바보들의 축제가 막을 내리면, 억지로 교활한 미소를 짓고 있던 주인들이 냉소를 보내며 (물론 노예들이 알아채지 못하도록) 노동자의 몸을 사슬로 다시 얽어매고 굶주림과 고역이라는 채찍을 휘둘러댄다.

현재 미국인들은 연간 2천 시간을 일하고 있다. 하루에 대략 아홉 시간씩 일하는 셈이다. 《과로하는 미국인》에서 줄리엣 쇼어Juliet Schor는 미국인이 30년 전보다 연간 한 달을 더 많이 일한다고 지적했다.

그럼에도 불구하고 휴가 때가 되면 우리는 뭔가 석연치 않은 비굴함을 느끼는 데 그 원인은 죄책감에 있다. 니체는 《도덕의 계보》에서 그런 감정을 가리켜 부채의식이라고 표현했다('죄책감guilt'이라는 단어가 본래 'gold'와 같은 어원을 갖고 있다). 사람들은 휴가가 다가오면 마치 조직에 대한 의무를 회피하기라도 하는 듯한 죄책감을 느낀다. 그러나 휴가의 가치는 정당한 인정을 받아야 한다. 형식을 위한 휴가여서는 안 된다.

"나는 정말로 휴가가 필요해." 이 말 속에는 새로운 활력을 갖고 고된 일터로 복귀하기 위해, 잠시 쉬어야겠다는 당당한 의지가 포함돼 있어야 한다. 1882년 니체는 《즐거운 학문》에서 사람들 사이에 만연돼 있는 자기 학대와 열등의식에 관해 다음과 같이 비판했다.

사람들은 휴식을 부끄러워하며, 긴 시간의 사색은 바람직하지 않은 것으로 여긴다. … 점심을 먹으면서도 손목시계를 들여다보며 골똘히 생각에 빠지거나, 한편으로는 주식시장의 최신 뉴스를 읽으며 마치 뭔가 대단한 것이라도 놓칠까 조바심하는 기색이다. '아무것도 안 하느니 무슨 일이든지 찾아서 한다'라는 원칙은 문화와 품위를 질식시키는 노끈 같은 역할을 한다.

이 시대의 교육받은 (그리고 받지 못한) 사람들은 '기쁨'을 존중하는 데 너무나 인색해져버렸다. 이제 사람들은 모든 기쁨에 의심의 눈길을 보내고 있다. 노동은 선한 양심을 점점 더 궁지로 몰아붙였고 … 기쁨 그 자체를 수치로 여기게 만들었다. 이제 우리는 시골로 잠시 여행을 떠날 때에도 '건강상 어쩔 수가 없다'라는 구실을 붙인다. 이러다가는 친구들과 산책하며 깊은 사색을 하는 시간마저도 자학과 핑계를 끌어다 붙여야 하는 날이 올지도 모른다.

예전에는 그렇지 않았다. 변명의 대상은 기쁨이 아닌 노동이었다. 집안이 좋은 어떤 사람이 상황이 나빠져서 어쩔 수 없이 일을 할 경우, 그것을 남들에게 꼭꼭 숨기곤 했다. 일을 하는 것은 노예들이었고, 그들은 하찮은 존재라는 열등감에 짓눌려야 했다.

외부의 어떤 힘이나 내적인 자기 통제에 의해서만 휴가가 허락되는 문화는 결국 해로운 영향을 끼칠 뿐이라는 게 니체의 주장이다. 한 가지 덧붙이자면 'leisure(여가)'라는 말은 라틴어 'licere'에서 파생되었는데, 그것은 '허용된다'라는 뜻이다. 우리의 자유 시간에 대한 결정권을 타인의 손에 넘기고 말았다는 의미인 것이다.

1990년대 말엽 프랑스에서 사회주의 정부가 집권하던 시절, 근로 시간을 주당 서른다섯 시간으로 제한하는 법이 시행돼, 긴 주말과 해변 여행이 늘어났다. 생산성은 외관상 문제를 일으키지 않았다. 일자리는 풍부했다. 그러나 이 제도는 2002년 새로 집권한 우파 정권에 의해 막을 내리고 말았다. 법안 처리로 휴일을 증가시키는 데에는 한계가 있음을 증명하는 사례다. 새 정부가 들어서면 쉽게 상황이 뒤바뀔 수 있는 것이다. 정부가 주도하는 휴가 정책의 또 다른 문제는, 겉보기에는 자비로운 정책이라 할지라도 그것 역시 또 다른 형태의 사회 통제일 뿐이라는 사실이다. 축제에서 자발성을 박탈해버린 격이다.

그러므로 획기적인 해결책이란 우리 스스로 우리만의 휴가를 만들어 이용하는 것이다. 9월에 휴가를 갖고 남들이 노는 시기에 일을 하고, 주중에 여행을 하고 금요일과 토요일은 집에서 보내는 것이다. 자고로 여행과 휴가란 세상의 흐름을 거슬러 행할 때 보람이 있다. 오전 열한 시에 버스를 타고 떠나면 참으로 유쾌한 여행이 될 것이다. 군중이 이동하는 시기를 피하는 것, 그것을 통해서 우리 삶은 한층 넉넉하고 만족스러워질 수 있다. 물론 그것은 프리랜서의 삶에서나 가능한 일이다. 그러나 넉넉하게 즐기는 휴가와 여행은 봉급 노예에서 벗어난 걸 후회하지 않을 만큼 멋진 변화가 될 것이다.

기업 경영 전문가이자 게으름꾼의 친구인 찰스 핸디Charles Handy는 1년을 큰 덩어리로 나누어 쓰는 방법을 제안했다. 그렇게 하면 해마다 장기간의 휴가를 사용할 수 있다고 그는 주장한다. 1993년 그를 만나 인터뷰했을 때 핸디는 시간을 구분해 활용하는 방법에 관해 이렇게 설명했다.

"나는 돈을 벌기 위해 1년에 100일 동안 일을 합니다. 여러 세미나에서 강연을 하는 거지요. 글을 쓰고 책을 읽는 시간도 필요한데 거기에 100일이 들어가고, 추가로 50일 정도는 내 신념과 이상을 위한 활동에 씁니다. 그러면 115일이 남는데, 나 자신의 개인적인 추구를 위해서 사용하는 시간이지요. 그 중에서도 90일은 아무것도 하지 않은 채 빈둥거리며 보내는 시간으로 남겨둡니다. 먹고 마시고 투스카니를 여행하는 것만 뺀다면요."

테오도르 젤딘Thoedore Zeldin은 그의 유명한 책《인간의 내밀한 역사》에서 안식년의 부활을 주장했다.

신은 유대인들에게 7년마다 안식의 해를 지키라고 지시했다. 그해가 되면 유대인들은 땅의 경작을 멈추고 부채를 면제해주고 노예를 풀어주었다. 안식년은 이제 21세기에 요구되는 인간의 권리로 부각되어야 한다. … 삶에 대한 기대 수준이 두 배로 높아진 지금, 딱 한 가지의 직업을 통해 딱 한 가지 길을 가는 삶이란 의미가 없어졌다. … 따라서 안식년은 방향을 전환할 기회를 제공하거나 단순하게는 시간이 없어 못하던 일, 즉 사색과 긴 산책을 할 수 있는 기회를 제공함으로써 우리에게 더 나은 미래를 선사할 것이다.

19세기의 노동계급 저널리스트였던 윌리엄 벤보William Benbow는 고대 유대인들의 안식년에서 힌트를 얻어, '그랜드 내셔널 홀리데이Grand National Holiday'를 만들자고 제안했다. 1년에 4주간의 여름휴가를 갖자는 것이 그의 주장이었다.

고대 유대인들 사이에서는 7년마다 '해방의 해Year of Release'라는 장기간의 축제가 실행되었다. 1년 내내 휴일이라니, 상상해보라! 사람들은 얼마나 행복했을까. 또한 노동을 중단하고 1년 내내 마음을 갈고 닦으려면, 식량은 얼마나 많이 준비해놓아야 했을까. 하물며 문명과 풍요의 한가운데 있는 현대인들이 한 달간의 휴가조차 즐기지 못하고 그 짧은 기간 동안만큼도 일을 쉬지 못한다면, 우리는 참으로 비참한 삶을 살고 있는 것이다.

벤보는 새로 형성된 노동계급이 하루에 10~12시간씩 일하고, 일주일에 딱 하루만 쉬고, 휴일이라고는 성탄절과 부활절밖에 없으며, 연중 휴가는 아예 없던 시절인 1832년에 활동을 했다. 따라서 그가 제안한 그랜드 내셔널 홀리데이가 정부 당국에 전혀 먹혀들지 않았던 건, 어찌 보면 당연한 결과라 할 수 있다.

게으른 사람들에게 있어 가장 이상적인 휴가 전략이란 일단 집을 휴가와 어울리는 지역으로 옮기고 유동적인 방식으로 일을 조정해서 하는 것이다. 그리고 나면 현재 처한 순간을 즐기며 살아갈 수 있고, 북적대는 주말이 아니라 수요일에 해변에 나갈 수도 있게 된다. 일례로 나는 데븐이라는 시골에 살기 때문에 휴가를 가고 싶은 욕망 자체를 느끼지 않는다. 나는 아침나절과 휴일 오후마다 일을 한다. 물론 친구들을 만나거나 결혼식에 참석하기 위해 주말이면 길고 짧은 여행을 다닐 때도 있다. 그러나 매년 여름 보름간의 휴가를 떠나는 건 전혀 구미가 당기지 않는다. 엄청난 경비와 혼란을 감수할 만한 가치를 전혀 못 느끼기 때문이다.

또 하나 좀 더 급진적인 해결책은 휴일이라는 개념 자체에서 아예 벗어나는 것이다. 당신이 하는 일이 재미가 있다면 왜 달아나고픈 생각이 들겠는가. 《아이들러》 잡지와 관련해서 인터뷰를 진행했을 때, 배우 키스 앨런한테서 그런 생각을 처음 엿볼 수 있었다. 그는 이렇게 말했다. "휴일이란 나에게 전혀 의미가 없어요. 나는 언제나 휴일을 지내고 있다고 생각하거든요."

비슷한 사례로 코미디언이자 작가였던 아서 스미스Arthur Smith는 "휴가를 가시나요?"라는 질문에 "내 인생 자체가 휴일입니다"라고 대답했다. 매우 지혜로운 해결책이라 생각된다. 빌리 버틀린 또한 비슷한 충고를 남긴 바 있다. "인생에서 성공의 비결이란 당신의 일을 즐기는 것입니다. … 해낼 수 있다는 자신감을 갖고, 당신을 위한 그 일에 최대한 빨리 뛰어드는 거지요."

한때 종교적인 의미를 지녔던 휴일은 이제 세속성을 띠게 되었고, '홀리 데이holy day'는 '홀리데이holiday'가 되었다. 홀리데이에는 홀리데이보다 훨씬 많은 노력이 들어가면서도 재미는 훨씬 떨어진다. 내 아내가 휴일에 대해 투덜거리던 것이 생각난다. 휴가랍시고 엄청난 돈을 써가며 고생하느니, 차라리 그 돈으로 보름 동안 요리사, 청소부, 보모를 고용하고는 늘어지게 호강이나 해보겠다는 것이다.

어쩌면 진정한 게으름꾼들은 휴일이라는 개념에 대해 아예 관심을 끊은 사람들일지도 모른다. 모든 계획과 휴가 자체마저 잊고, 그냥 휴식을 취하자. 그것이 바로 비공식적인 뱅크 홀리데이, 즉 게으름꾼의 하루다.

꿈꾸는 세상을 위하여

◆

"풀타임으로 꿈만 꾸는 거지!"
데이비드 세인트 허비슨이 영화 〈이것이 스파이널 탭이다〉에서 팝스타가 아니면 무엇이 되었겠느냐는 질문을 받고

◆

게으른 사람들은 꿈을 꾼다는 이유로 오래 전부터 숱한 괴롭힘을 당해야 했다. 관료들과 자본가들은 우리의 환상과 공상이 시간 낭비라며 잔인하게 조롱한다. 그들은 우리가 허공의 뜬 구름을 본다고 비아냥대며, 창밖을 멀거니 내다보는 걸 그만두라고 핀잔한다. 심지어 친구들조차 우리의 엉뚱한 계획을 듣고 나면 "아직도 꿈꾸는 거야?", "꿈 깨!"라며 김빠지는 소리를 한다. 꿈과 게으름은 늘 한 쌍처럼 붙어다니며, 싸잡아서 비난을 받는다. 《로미오와 줄리엣》에서는 현실적이고 분별 있는 머큐쇼가 경솔하고 무계획적인 공상가 로미오한테 '게으른 두뇌의 자식'이라고 비난하는 장면이 나온다.

그렇다면 진짜 현실 세계란 정확히 어떤 것인가. 사람들을 더욱 가난하고 더욱 불행하게 만드는 무익한 물건들을 생산하느라, 하루 종

일 고된 작업을 하는 것을 뜻하는 것인가? 정부 정책, 보험증권, 연금 계획, 생산성 목표, 대출금 상환, 은행 자동 납부? 무미건조하고 융통 성 없는 행동? 그 모든 것들이 '진짜 현실'이고, 우리가 진짜 현실에 서 도망치기 위해 만들어낸 세상, 즉 우리가 머릿속에서 지어낸 세상 은 거짓이라고 누가 감히 말할 수 있을까. 결국 두 세계 모두 상상력 과 언어의 산물인데 말이다.

진정한 게으름꾼들의 의무란 이 두 가지 세계를 하나로 모으는 것, 즉 꿈의 세계와 낮의 세계를 조화시키는 것이다. 국세청, 요금 청구 서, 관공서, 대출, 기저귀가 실재하지 않는 것인 양 가장하는 건 우스 꽝스러운 짓이다. 그것들은 실제로 존재한다. 물론 회피하고 싶을 때 가 많지만 그것들은 이내 눈앞에 다가와 자기들의 존재감을 일깨우 고야 만다. 청구서 더미와 온갖 의무들은 그냥 쌓아두기만 한다고 저 절로 해결되지 않는다.

여기서 Dr. 존슨의 유명한 일화 하나를 살펴보고 지나가기로 하자. 제임스 보스웰은 Dr. 존슨이 물질의 실재에 대해서 이렇게 논했다고 전한다.

일찍이 버클리 주교는 물질이 실재하지 않으며 우주의 만물은 단순한 관 념에 불과하다는 독단적인 궤변을 늘어놓았다. Dr. 존슨과 나는 이에 대 해서 잠시 이야기를 나누었다. 그의 독단이 사실이 아니라는 데 의견 일 치를 보기는 했지만, 명확한 반증을 하기는 어려웠다. 그때 존슨이 분연 히 외친 한마디를 나는 결코 잊을 수가 없다. 그는 커다란 돌부리를 힘껏 걷어차더니, 비틀거리면서 이렇게 외쳤다. "그러므로 나는 반박하오!"

돌부리를 걷어찬 존슨은 물론 분명한 요점을 이야기하고 있었다. 그렇다고 꿈의 세계를 경멸하거나 무시하는 오류를 범해서는 안 된다. 왜냐하면 그 세계 또한 실재하고 있기 때문이다. 나는 꿈을 다음과 같이 세 가지 부류로 정리해보았다.

첫째, 잠자는 동안 머릿속에 떠오르는 기이한 환상과 이야기들.

둘째, 의식이 몽롱한 상태에서의 마음의 배회. 소위 공상이라고도 한다.

셋째, 더 나은 세상에 대한 우리의 비전. '네 꿈을 이루라'는 말에서 의미하는 꿈이 바로 이것이다. 때로는 무모한 계획이라 불리기도 한다.

우리가 유념해야 할 사실은 첫 번째 유형의 꿈을 절대 무시하지 말아야 한다는 것이다. 꿈의 나라는 오리지널 사이버 공간으로 우리 마음속에 지어진 가상현실이다. 우리가 밤에 꾸는 꿈들은 또 다른 세계, 즉 대안 현실 속으로 우리를 안내한다. 그 현실을 통해서 우리는 하루하루 이어지는 삶에 의미를 부여할 수 있게 된다. 또한 꿈은 우리를 무의식과 연결해준다. 그러므로 꿈은 소중히 여겨져야 한다. 우리 삶에 너무나 큰 영향을 미치는 한 요소가 너무나 하찮은 영역으로 내몰리고 있다고 한다면 과장일까. 우리는 꿈을 기반으로 살고 있으며, 그것들은 우리의 중심에 존재한다. 그러므로 꿈에 귀를 기울여야 한다.

우리가 밤에 꾸는 꿈들은 낮에 대한 기묘한 영상들로 가득 차 있다. 꿈속에서 우리의 영혼은 자유롭게 떠돌아다닌다. 즉 우리는 날 수 있고 노래할 수 있으며, 무슨 일이든지 잘할 수 있고(예를 들어 꿈속에서 나는 스케이트보드를 선수처럼 잘 탄다), 유명인들과 에로틱한 관계를 나누며(나는 마돈나 꿈을 꾼다. 아니 예전에 꾸곤 했다), 사람들 얼굴이 바뀌어 나타나기도 하고, 초현실주의 그림처럼 한 친구가 녹아내려 다른 친구로 변하기도 한다.

꿈속에서의 사물은 보이는 그대로의 그것이 아니다. 분명히 내 집인데도 내 집이 아닌 것이다. 이성과 논리, 현실은 창밖 저 멀리로 날아가버린다. 마음을 통제하는 기능이 일시 정지되면서 독창성에 어마어마한 영감을 제공하게 된다. 지혜로운 사람들은 이 사실을 잘 알고 있었다. 예를 들어 프랑스 작가 시몬 드 보부아르Simone de Beauvoir는 다음과 같이 기록했다.

잠자리에 들 때마다 나는 밤의 모험이 펼쳐지기를 무척 기대한다. 또한 아침에 그 모험과 헤어져야 하는 것이 못내 아쉽기만 하다. … 밤의 모험은 내가 가장 좋아하는 즐거움 가운데 하나다. 특히 그 예측불허의 돌발성과 헤어질 때의 애석함을 나는 좋아한다. … 그래서 나는 아침에 눈꺼풀 밑에 남은 그 잔상을 다시 끌어모으려 애를 쓰곤 한다. 그러나 그것들은 반짝이다가 이내 사라지고 만다.

초현실주의 영화감독 루이스 부누엘Luis Bunuel은 꿈이야말로 자기 인생의 하이라이트라고 말했다.

20년을 더 살게 해줄 테니 무엇을 하면서 그 시간을 보내고 싶으냐고 묻는다면, 나는 이렇게 대답할 것이다. "하루에 두 시간만 움직이고, 나머지 스물네 시간은 내내 꿈만 꾸고 살 거요. … 그 꿈들을 다 기억만 할 수 있다면……." 나는 악몽을 꾸더라도 꿈꾸는 것이 좋다. 사실 악몽이 대부분이지만.

하루 두 시간의 활동은 아마도 그의 환상을 예술로 옮기는 데 사용하려는 시간이었을 것이다. 마찬가지로 로버트 루이스 스티븐슨은 소설의 스토리와 인물을 구상하는 데 꿈을 활용했다. 그는 브라우니Brownie라는 작은 생물들이 자기한테 이야기를 들려준다며, "브라우니들은 내가 잠에 빠진 사이에 내 작품의 절반을 완성한다"라고 기록했다.

그 밖에도 꿈이 창조력에 어마어마한 영향을 미치는 사례는 많다. 콜리지는 꿈속에서 〈쿠빌라이 칸〉을 착안했고, 폴 매카트니Paul McCartney가 〈예스터데이〉의 곡을 떠올린 것도 꿈속이었다. 메리 셸리Mary Shelley는 비몽사몽 상태에서 《프랑켄슈타인》의 아이디어를 떠올렸으며, 아인슈타인은 상대성이론의 결정적인 실마리를 꿈속에서 찾아냈다. 데카르트가 철학의 길을 가기로 결정한 것 역시 꿈이 계기가 되었다(그는 그 꿈이 자기 일생에서 가장 중요한 사건이었다고 말했다). 또한 멘델레예프는 책상에 엎드려 깊은 잠을 자고 난 후, 원소 주기율표를 연구하기 시작했고, 《해리 포터》의 작가 J. K. 롤링J. K. Rowling은 열차 창밖을 멍하니 내다보다가 아이디어와 줄거리, 등장인물을 떠올리게 되었다.

꿈의 세계가 현실 속으로 들어온 사건을 묘사한 훌륭한 작품으로는 19세기 루이스 캐럴Lewis Carroll이 지은 《앨리스》 시리즈가 있다. 일상 세계가 위는 아래로 안은 바깥으로 뒤집혀버린다는 상상력이 동원된 걸작이라 할 수 있다. 이 시리즈는 아이의 눈에 비친 어른들의 세계가 얼마나 모순돼 있으며, 얼마나 말도 안 되는 논리와 애매한 규칙으로 가득한지를 보여주려는 의도를 담고 있다. 이처럼 위대한 작품은 꿈과 삶 사이에 놓인 장벽을 허무는 역할을 한다. 위대한 밴드의 연주를 가만히 듣고 있자면, 타인의 꿈 세계가 현실 속으로 스며들어오는 충만한 즐거움을 맛볼 수 있듯이 말이다.

결국 우리 삶의 예술이란 꿈과 현실을 하나로 모으는 것이라 할 수 있다. 이것이야말로 무정부주의의 진정한 정수가 아닌가 한다. 즉 꿈과 현실은 창작이라는 행복한 테두리 안에서 서로 보완하고 협력하는 관계를 유지하는 것이다. 그러나 그 두 세계가 인간의 경험이라는 적대적인 영역 안에서 각각 분열되면 비극이 생겨나게 된다. 그리하여 행복한 결혼 생활이 파탄 나고, 일과 삶이 분열되며, 예술과 과학도 갈라서게 되는 것이다.

꿈을 부정하는 현실 속에서 소위 전문가라는 사람들은 자신들이 다루는 작은 세계에만 관여할 뿐, 그 밖의 분야에 관해서는 철저하게 입을 다문다. 정신세계는 정신분석가가, 정부라는 세계는 정치인들이, 음식의 세계는 슈퍼마켓과 그곳의 점원들과 요리사들이 전담한다. 커다란 하나의 세계는 수백만 개의 작은 세계들로 갈라지고, 그것들은 서로 경쟁을 벌인다. 그 결과 인간은 절망과 어리석음에서 헤어 나오지 못하는 불행을 겪고 있다. 누군가가 지정해준 룰을 따라가다가 시간이 조금 지나면 다른 사람한테 도움을 청한다. 그것이 소용이 없으면 또 다른 사람한테 돈을 지불하고 다시 도움을 청한다.

그룹 블론디의 리드보컬 데보라 해리Debbie Harry가 말한 대로 꿈을 꾸는 건 무료다. 꿈이란 상업 세계의 틀을 완전히 벗어나 있다. 프로이트와 그 제자들을 찾아가지 않는 이상, 어느 누구도 꿈 때문에 돈을 지불하지는 않는다. 바로 그렇기 때문에, 즉 꿈에는 돈이 들지 않기 때문에 우리는 그 중요성을 잊고 사는지도 모른다. 새로 나온 자동차 모델한테 쏟는 것만큼도 관심을 기울이지 않게 된 것이다.

사랑 또한 일종의 꿈이다. 완벽한 미래에 대한 비현실적인 상상을 부추기는 게 바로 사랑이다. 사랑에 빠진 사람들은 달콤한 미래에 대한 기대를 사랑에 투영시킨다. 그리고 자신의 연인이 그런 미래를 실현시켜줄 거라고 믿는다. 콜리지는 그런 감정을 가리켜 '미지의 지극한 행복에 대한 본능적인 갈망'이라고 표현했다. 사랑에 빠져본 사람이라면, 사랑이 짧은 시간이나마 우리의 정신세계에 얼마나 큰 영향을 미치고 변화를 주는지 짐작할 수 있을 것이다.

사랑은 일종의 백일몽, 기쁨이 충만한 몽롱한 세계로 우리를 안내한다. 그것은 우리 스스로 들어갈 수도 있고 벗어날 수도 있는 세상이다. 우리는 연인과의 행복한 순간을 떠올리고 마음속에서 다시 되새김질하며 즐길 수 있다. 이런 의미로 볼 때 사랑은 영원이 아닌 일시적인 꿈이라고 할 수 있다. 즉 행복한 순간을 마음속에 다시 불러들이고 향유하는 걸 스스로 선택할 수 있지만, 그런 다음에는 감정을 한쪽으로 밀어놓고 다시 일상으로 돌아가야만 하는 것이다. 연인관계가 깨지는 것은, 미래를 향한 지극한 행복이나 꿈속 같은 몽롱한 상태가 그리 오래 지속되지 않기 때문일 것이다. 사랑이 꿈과 같다는 걸 깨닫는다면, 순식간에 몰입했다가도 이내 실망하는 우를 범하지 않고, 사랑을 즐기며 그것과 현명하게 동반할 수 있을 것이다.

꿈은 일종의 최면 상태와도 연결이 된다. 잠과 각성 상태의 중간 지점. 이곳에 이를 때 우리는 꿈을 꾸고 있음을 의식하면서도, 그 내용과 방향까지 스스로 통제할 수 있다. 콜리지는 자신의 몽상에 매혹돼, 그것을 평범한 꿈과 명확히 구별한 최초의 작가였다. 그는 1811년 경 그의 책《수첩Notebook》에서 우리의 마음은 몽상의 상태에서 잠의 요정에게 지시를 내린다고 설명했다. "진정한 창조의 모태인 상상력이, 기억의 잔해와 단편들로부터 순식간에 모종의 형태를 조합해낸다"라고 그는 말했다. 우리의 정신이 영화감독으로 나서서 몽상의 진행을 진두지휘한다는 것이다.

콜리지는 '깨어 있는 꿈'이라는 말로 이 최면 상태를 표현하기도 했다. 깨어 있는 꿈을 가리켜 작가 폴 마틴Paul Martin은 '꿈꾸는 사람이 자신의 꿈 내용을 완전히 인지하는 특별한 꿈'이라고 자신의 책에 기록했다. 또한 그 꿈은 보통의 꿈보다 훨씬 더 생생하고 기억에도 오래 남으며, 아이디어와 열망을 실현시키는 데 지대한 영향을 미친다고 설명했다.

깨어 있는 꿈을 꾸기 위해 제일 먼저 해야 할 일은 게으름으로 가는 긴 여정의 첫 걸음과도 동일하다. 즉 알람 시계를 처치하는 것이다. 깨어 있는 꿈을 꾸려면 눈이 저절로 자연스럽게 떠질 때까지 푹 자야 하기 때문이다. 마틴은 이렇게 조언했다.

"매일 아침 눈을 떴을 때 간밤의 기억이 사라지고 온갖 잡념들이 그 자리를 채우기 전에, 제일 먼저 꿈꾼 내용에 대해 생각하도록 자신을 길들여야 한다."

그렇게 하면 꿈을 꾸는 동안에도 그 내용을 인지하는 습관을 기를 수 있다. 잠자리에서 눈을 떴을 때는 간밤에 꿈을 꾸었는지부터 자신에게 물어보라. 마틴에 따르면 깨어 있는 꿈이란 삶의 질을 개선시키는 아주 재미있는 방법이다. 깨어 있는 꿈에 익숙해진 사람들은 잠에서 깨어난 뒤에도 하루 종일 꿈속의 분위기를 유지함으로써 즐거운 경험들을 할 수가 있게 된다.

이렇게 눈을 뜬 채 꿈속에 빠져드는 것, 깨어 있는 꿈을 꾸는 것, 백일몽 자체를 즐기는 것은 우리가 바라는 이상적인 삶에 대해서 독창적인 환상을 품도록 만들어줄 것이다. 그 환상이 자리를 잡으면 삶은 결국 그것을 따라오게 된다. 용기를 내시라, 게으름을 추구하는 그대들이여!

문제는 우리가 이중의 속박에 사로잡혀 있다는 것이다. 우리는 일을 너무 열심히 하고 있어 꿈을 꿀 시간이 없다. 꿈을 대신할 만한 걸 생각해낼 여유가 없어서 계속 일에 얽매인 채 살아가고 있다. 그러므로 차라리 해고를 당한 몸이라면 신에게 감사하는 게 좋을 것이다. 내가 《아이들러》잡지를 처음 착안한 때가 실업수당을 받고 있을 때였다. 실업자가 된 나는 오랜 시간 동안 침대에 눕거나 욕조에 들어가 앉아 있을 수 있었다. 그렇게 호사스러운 시간 동안 (물론 죄책감을 무지하게 느끼기도 했지만) 일종의 최면 상태에 들어가곤 했는데 내가 진정으로 즐길 만한, 나를 위한 일을 찾아내는 데 중요한 계기가 된 시간들이었다.

그 시절 나는 침대에 누워 내 이상적인 삶에 대해 행복한 상상을 하곤 했다. 에이그 섬(스코틀랜드의 외딴 섬으로, 지상에서 가장 아름다운 장소)에 가서 살고, 아침에는 책을 읽고 글을 쓰며, 오후에는 장작을 패고 낮잠을 잔다. 그리고 저녁이 되면 소호의 딘 스트리트에 가서 술을 마시면서 시간을 보내면 좋겠다는 식이었다. 물론 실현 불가능한 꿈이었다. 그러나 이 책을 쓰던 지난 7개월 동안, 나는 아름다운 시골 데번에 살면서 아침마다 일을 했고, 오후에는 정원을 손보거나 절벽의 오두막에 올라가 시간을 보냈다. 저녁에는 밥을 먹고 술을 마시고 사람들과 이야기를 나누었다. 본질적으로 내가 꿈꾸던 삶은 실현된 것이라 할 수 있다. 세부적인 사항이 조금 바뀌었을 뿐이다.

당신의 꿈을 좇으라. 이 간단한 한마디는 너무 자주 들어서 진부하게 들릴지도 모르겠다. 그러나 이 말은 반드시 깊이 생각해보고 넘어가야 할 가치가 있다. 소비주의 사회에서 꿈을 좇으라는 말은, 돈을 많이 벌거나 유명해지는 것, 또는 그 두 가지 모두를 이루는 것과 동일시되곤 한다. 그러나 돈이 자유와 동의어라는 생각은 완전한 오해다. 부자가 되고 유명해지는 것은 대중 잡지들이 심어주는 환상일 뿐이다. 우리가 갈망하는 자유와 독립을 돈과 명예가 가져다줄 거라고 믿도록 우리는 기만당하고 있거나, 아니면 스스로 기만하고 있는 것이다.

인간은 본질적으로 고집이 센 피조물들이다. 아이를 키워본 사람이라면 어린아이들이 오만한 기질을 타고났다는 걸 잘 알 수 있을 것이다. 아이들은 이래라저래라 하는 지시를 들으려 하지 않는다. 그래서 그토록 다양한 책략들이 개발되었을 것이다. 벌, 달래기, 미끼, TV 못 본다, 과자 안 준다 등의 위협. 전부 다 어른의 뜻에 아이들을 굴복시키기 위해 마련된 고육지책들이다.

감리교의 창시자 존 웨슬리는 '아이들의 의지를 일찌감치 꺾으라'며 냉혹한 가르침을 전수했다. 그러나 살아가면서 의지를 꺾이기는 어른들 역시 마찬가지다. 한 술 더 떠 우리 어른들은 스스로 자신의 의지를 억제하고 굴복시키는 방법들을 개발해왔다. 부자가 되고 유명해지는 것은 너무도 요원한 꿈이어서 우리는 지레 자포자기하고 만다. 우리 삶에서 아주 작은 개선을 시도하는 것조차 엄두를 내지 못한다. 고작 한다는 게 매주 복권방에서 복권을 사는 것 정도다. 하지만 꿈은 결코 돈과 관련이 없다. 꿈이란 바로 당신 자신과 관련돼 있으며, 삶의 질과 상상력을 의미하는 것이다. 우리가 이 사실을 수용하기 어려워하는 이유는 아마도 두려움 때문일 것이다. 즉 우리는 우리의 꿈을 두려워하며, 그렇기 때문에 의도적으로 그것을 회피하는 것이다.

'꿈'이라는 단어는 현대의 마케팅과 홍보 활동에 너무나 왜곡된 채 사용되고 있다. 닷컴 기업들이 한창 주목을 받던 시절, 젊은 기업들이 몽상적인 분위기로 이렇게 홍보하는 것을 들을 때마다 나는 확실한 모순을 느꼈다.

"우리는 꿈을 가지고 있습니다. 우리 직원들은 그 꿈을 공유합니다. 그리고 그 꿈을 실현시키기 위해 열심히 일하고 있습니다."

그러나 그 꿈이 정확하게 무엇이란 말인가. 세련된 스포츠웨어를 세계의 젊은이들한테 잔뜩 팔아 치우는 걸 말하는 건가. 그것은 꿈이 아니다. 거대한 이윤에 대한 단순한 환상에 불과하다. 진정한 꿈이란 다른 사람들이 잊고 있는 걸 보는 것이다. 당신의 시선이 하늘을 향하고 있다면, 즉 꿈을 꿀 수 있다면, 이 세상의 실체를 명확하게 꿰뚫어볼 수 있을 것이다. 그토록 많은 시인과 선각자들이 과음 등에 의해서 젊은 나이로 죽은 이유가 아마 거기에 있는 게 아닐까 한다. 진실을 가까이에서 들여다보는 것은 고통스러운 일이다. 견딜 수 없는 고통이 될 수도 있다.

키케로는 《의무론》에서 이렇게 지적했다.

"사람들이 자신의 수고와 근면성을 팔아넘기는 행태를 우리는 천박하고도 혐오스러운 짓으로 판단해야 한다. 누구에게든 돈 때문에 자신의 수고를 제공하는 것은 자신을 파는 것이요 자신을 노예로 전락시키는 일이다."

찰스 핸디도 같은 요지의 주장을 폈다.

"우리의 시간을 누군가에게 팔아넘기려고 줄을 서다니, 참으로 기괴한 일이 아닐 수 없다. 그것은 노예, 그것도 자원 노예나 다름없다."

폴 라파르그, 버트런드 러셀, 니체, 그리고 수많은 작가와 사상가들이 지난 2천 년간 분명한 목소리로 주장한 것도 같은 맥락이다. 독자 여러분과 내가 지금까지 나눠온 생각들도 그것과 다르지 않다.

나에게는 한 가지 꿈이 있다. 그런데 그 꿈에는 몇 가지 다른 이름들이 붙어 있다. 사랑, 무정부주의, 자유가 그것이다. 그것은 또한 '게으름'이라고도 불린다.

언제나 일요일처럼

초판1쇄 발행 | 2014년 3월 20일

지은이 | 톰 호지킨슨
옮긴이 | 남문희
펴낸이 | 이은성
펴낸곳 | 필로소픽
편집 | 김은미
일러스트 | 김은빈
디자인 | 방유선

주소 | 서울시 동작구 상도동 206 가동 1층
전화 | (02) 883-9774
팩스 | (02) 883-3496
이메일 | philosophik@hanmail.net
등록번호 | 제379-2006-000010호

ISBN 978-89-98045-39-5 03840

필로소픽은 푸른커뮤니케이션의 출판브랜드입니다.

이 도서의 국립중앙도서관 출판시도서목록(CIP)은 서지정보유통지원시스템 홈페이지
(http://seoji.nl.go.kr)와 국가자료공동목록시스템(http://www.nl.go.kr/kolisnet)에서 이용
하실 수 있습니다.(CIP제어번호: CIP2014000376)